让我我行上2

酱子贝 著

TC-ROAD

北京燕山出版社
BEIJING YANSHAN PRESS

十三岁的简茸觉得路柏沉是世界上最帅、游戏技术最强的人,十七岁的简茸亦然。

contents

001　**第十二章**
　　女装直播

032　**第十三章**
　　生日礼物

061　**第十四章**
　　对战战虎

090　**第十五章**
　　恐怖快递

120　**第十六章**
　　中野双排

151　**第十七章**
　　代言拍摄

181　**第十八章**
　　战败 PUD

212　**第十九章**
　　Road 的开导

247　**第二十章**
　　Road 专用符文

278　**第二十一章**
　　Soft 直播事故

"174……你简历好像写的175？"

"我十月体检是174.1，四舍五入，就175了。"

带我吗?简神.

第十二章 女装直播

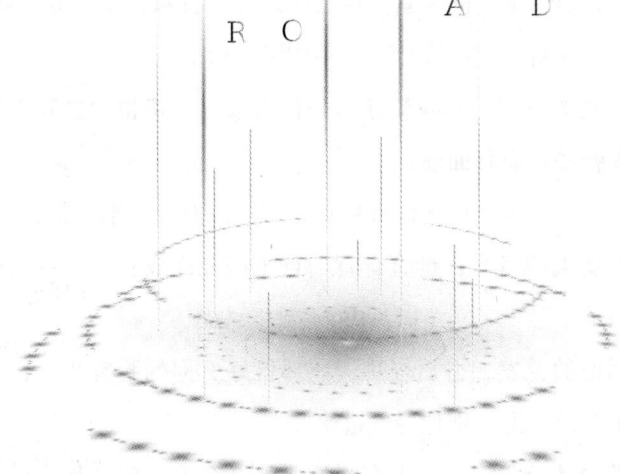

车库就在负一层，下车后从右侧的门进去就可以到家里。

路妈听见车库的动静，早早就在负一层玄关等着，见门被打开，她道："都这么晚了你还出门，是有什么急事吗？这位是？"

简茸没想到这么晚了路柏沅的家人还没睡，他跟在路柏沅身后，听见路妈的声音后，肩膀霎时间绷紧。他已经好几年没和长辈交流相处了。

简茸还在思考自己应该说什么，路柏沅就帮他应了。

"队友，基地进贼了，我带他回来住两天。"路柏沅打开鞋柜，拿出一双干净的拖鞋丢在简茸面前。

"遭贼了？"路妈急忙往他身后瞧，"人没有受伤吧？报警了吗？"

简茸对上女人的目光，挺直脊背，点了好几次头："我没受伤，报警了……打扰您了。"

路妈看到他的蓝发，柳眉轻挑："那就好。你的脸有些红，是不是外面太冷了？快把门关上，别让冷气进来。"

简茸乖乖地转身关门。车上有暖气，怎么会冷，他这是撒谎被戳穿，臊红的。

"您怎么还没睡？"路柏沅往屋内走。

"我哪睡得着，你爸也没睡，他说今晚一定要下赢你。"路妈又看向简茸，张嘴想说什么，又忽地止住。

简茸反应过来，忙自报家门："简茸，您叫我什么都可以。"

路妈微笑道："小茸，今晚你睡三楼客房吧，就在小路房间旁边，那间房前几天刚收拾过。"

一楼客厅，路爸皱着眉头坐在棋盘前，他听见动静，头也没抬地说："你是觉得下不过我，临阵脱逃了？"

路柏沅"嗯"了一声："您就当我是。"

"你——"路爸倏地抬头，目光在站在楼梯口染着蓝头发的男生身上停留了几秒，才看向路柏沅，"你赶紧过来！"

路柏沅知道路爸不把棋下完睡不着，叹了一口气，回头道："你先上去，房间是左手边第一间，有事给我发消息。"

简茸应了声好，谢绝路妈要带路的好意，一步两台阶地上了楼。

客房比他在基地住的房间要小一点儿，不过家具齐全，衣柜、书桌、沙发等都有，看上去也很干净。

简茸关上门，放下背包外套，躺到沙发上，用手背遮住了眼睛。

良久后，他从口袋里拿出手机来看。

半路上他就把手机调成静音，屏幕上显示收到了很多消息，大多是讨论组的红包提示。

他加入的讨论组不多，除了TTC内部群之外，只有一个常年有"99+"条未读消息的主播群，以及今晚聊得特别热闹的《英雄联盟》选手群——

"战虎大牛修改群名为'战虎新年雄起'"。

"WZWZ-Mini修改群名为'恭喜Mini成为S11最受欢迎选手'"。

"TTC小白修改群名为'恭喜TTC战队拿下S11全球总决赛冠军'"。

幼稚死了。

简茸一只手撑着下巴，刚打算去翻翻前面的红包。

"MFG空空修改群名为'英雄联盟第一中单空空新年发财'"。

"++耳修改群名为'谁第一？'"。

"MFG空空修改群名为'对不起'"。

群里被"哈哈哈"刷屏，简茸也笑了一下。他往上滑动手机屏幕，捡漏了好几个红包。

这个群里都是每个战队的首发队员，个个不缺钱，红包都是两百一个使劲儿发，没一会儿简茸就捡了五百多块钱。

简茸确定没有漏网之鱼后，把手机丢在沙发上，从背包里找出衣服洗澡去了。

另一边，棋局很快结束，路爸不满地要求再来一局。

路柏沅刚摇头拒绝，搁在桌边的手机又响了一声，他拿起来看了一眼，是讨论组的成员一直在@他。

战虎大牛："Soft怎么不说话了？@R双排吗？"

WZWZ-Mini："他好像在领前面的红包，我这儿一直有领取提示。"

TTC袁谦："一个包也就十几二十块，不至于吧？"

TTC袁谦："等等，我半小时前发的红包也被他领了。"

TTC小白："我一个半小时前发的红包也被他领了，这得翻多久？你是财迷吗？@艹耳。"

……

TTC小白："人呢？捡了红包就跑啦？"

路柏沅失笑，把手机丢进口袋里。

简茸洗完澡，躺在床上翻未读消息。

石榴："这段话中蕴藏着我最深的思念。我方才让云捎去满心的祝福，只想点缀你甜蜜的梦。朋友，你是我一生的牵挂，祝亲爱的你在新的一年里每天都开心。"

艹耳："我让云捎去的话你收到了吗？"

石榴："捎了啥？"

艹耳："你再发这种肉麻玩意儿，我就拉黑你。"

石榴："……"

手机一振，简茸退出去看消息。

R："我托空气为邮差，把我热腾腾的问候装订成包裹，印上真心为邮戳，37℃恒温快递，收件人是你。祝你春节愉快。"

简茸："……"

简茸抓着手机看了好久，然后坐起来回复。

感谢表情包，太敷衍。

"谢谢。"太冷淡，删掉。

"谢谢，你也春节愉快。"好像没什么诚意，删。

五分钟后。

艹耳："谢谢。已收到你热腾腾的问候，也祝你春节愉快，天天开心。"

他刚点击发送，房门就被人敲了两下。

简茸飞快地下床开门。

房间没开灯，走廊只有楼梯处亮了一盏昏暗小灯，路柏沅的手机成了最亮的光源，上面是简茸刚刚发出去的那段话。

路柏沅抬头时笑容还没收干净，几秒后，他解释："那段话是我刚收到的……换衣服时不小心点到了转发。"

简茸沉默了很久才说："我也是随便回的。"

"嗯。"路柏沅把手机关了，"对面是我的书房，有电脑，没密码，你随便用。"他叮嘱完，从口袋里拿出一个红彤彤的物体递到简茸面前。

简茸难得迟钝，低头看着他的手，没接红包。

路柏沅说："压岁钱。"

简茸摇头说："不用。"

"没多少，只是一个意头。"路柏沅顿了一下，胡扯，"我家的传统，每个人都有。"

简茸还没回过神，路柏沅忽然伸手过来，用食指钩开他胸前的口袋，把红包放了进去。

路柏沅看着简茸被撑得鼓起来的口袋，满意道："行了，你早点睡，新年快乐。"

门关上,简茸回到床前,打开红包。

他很久很久没收到压岁钱了,红包的质感都陌生起来。

里面装着厚厚的一沓钱,目测比他辛苦抢了一晚上的数额多好多倍。

良久后,简茸把红包重新封上,小心地放到枕头底下。

大年初一,简茸睡醒时窗外正在下雪。他盯着白茫茫的天看了一会儿,才拿起手机看时间。

下午两点十七分。

正常起床时间,今天大年初一,他还能再赖十分钟……不是。

简茸倏地坐起身,拿起手机再次确认时间。

路柏沅正在客厅跟丁哥打语音电话,听见楼梯处传来一阵脚步声。

丁哥说:"不行,我还是不放心,我改机票,明天就回去。"

"随你。"

挂断电话后,路柏沅看向一脸慌乱的简茸:"醒了?"

"嗯,我睡过头了。"简茸把睡乱的头发揉平,靠过来时身上有一股洗漱后的薄荷味。

"随你睡,我家没有早起的规矩。"路柏沅关掉电视,"你饿了吗?我带你去吃饭。"

简茸愣了愣,随即打量了一下四周。

"他们出去了。"路柏沅站起身,"你想吃什么?"

简茸刚要说都行,又忽然想起一个瘦黄的小身影。

路柏沅见他不吭声,挑眉:"怎么了?"

简茸抿唇:"今天我有事,可能要出去一趟。"

"大年初一?"

简茸"嗯"了一声,摸摸鼻子:"昨天约好了。"

路柏沅颔首:"很着急?"

简茸想了想:"五点吧。"

小橘都是五点出没,只晚不早。

"现在两点半。"路柏沅看了眼时间,"我带你去吃顿饭,再送你过去,应该来得及。"

他们去吃了一顿西餐,出来之后,简茸把手机连上路柏沅车子的导航。

从餐厅去简茸家居然只需要二十分钟。

他们到达小区后,找停车位费了一段时间。

路柏沅站在楼道口,看着台阶上的一人一猫,失笑道:"你就是跟它约好的?"

"嗯。"简茸没察觉出他话里的笑意,低头把猫粮倒进碗里。

路柏沅倚在门边:"它叫什么名?"

简茸摇头:"没名字。"

"你怎么没取一个?"路柏沅垂着眼问,"那你平时都叫它什么?"

简茸说:"笨猫,小橘。"

他心情好时叫它小橘,心情不好时叫它笨猫。

路柏沅看橘猫哗哗吃了一大碗猫粮,问:"既然你这么挂心它,怎么不带回去养?"

简茸安静了几秒,才说:"我养过它几天。可是它野惯了,关在房子里就一直叫,会被邻居投诉,放出来又找不到,只能等它五点自己出现,就算了。"

路柏沅点头,有些野猫确实不喜欢被家养。

简茸给猫重新补好粮、添上水,临走之前又蹲着对小橘说:"明天我再来看你,别死了。"

直到上了车,路柏沅脑子里都还回荡着这句话,语气干巴巴的,没什么感情,有种别样的喜感。

简茸担心笨猫跟出来,上车后就一直看着后视镜。

车子刚驶出十几秒，路柏沅忽然打方向盘靠边停了车。

简茸一脸疑惑，转头看他。

只见路柏沅拿出手机搜了些什么，然后拨通了电话。

"你好，请问是爱宠宠物医院吗？是这样的，我想请你们照顾一只野猫，它每天五点都会出现在……"路柏沅看了他一眼。

简茸下意识道："翡翠小区。"

"翡翠小区一栋门口，或者二栋的地下室楼道。是一只橘猫，尾巴上有一撮白色，我这儿有照片。麻烦你们每两天给它送一趟水和猫粮，猫粮和罐头钱我出。"路柏沅的手肘撑在车窗上，像在谈什么商业交易似的，"我会给你们相应的酬劳，但你们需要定时发视频给我……好的，那我们微信聊。"

挂了电话后，路柏沅把手机丢给他，一边发动车子一边道："你看看有没有好友申请。"

简茸抓着他的手机，过了半天才回过神：还可以这样？

宠物医院的老板很好说话，因为是流浪猫，对方的收费并不高。

爱宠宠物医院："好的，小猫叫什么名字呢？"

简茸捧着手机想了一下。

R："小橘。"

跟宠物医院达成共识后，简茸把手机锁屏放好："谢谢……照顾它的钱我出就好了。"

路柏沅没跟他争："好。"

简茸了却一桩心事，松了一口气，别过脑袋看着窗外的雪花。

他对这方面的事心思一向不活络，要不是路柏沅在，他恐怕每个假期都要来一趟，平时闲下来还会挂心这只老流浪猫。

还好路柏沅在。

手机铃声打断了简茸的思绪，他手忙脚乱地从大衣里找出手机。

丁哥在电话里说:"小茸,我刚让官博发了你复播的福利投票链接,你有空上去转发一下,我就不上你的号了。"

简茸随口应了句"好"。

简茸打开微博,首页第二条就是官博发的投票消息,简茸看了眼前面几个选项。

"1. 抽水友内战。

2. 使用指定英雄排位。

3. 抽取幸运水友双排带飞。

4. 抽取水友赠送礼物。"

果然是这些老福利选项,这都是简茸以前做过的活动。

他心不在焉地往下滑动页面,才发现下面还有:5. 唱歌。

简茸挑了一下眉。

行吧,他还能接受,可以借小白的声卡随便唱唱。

"6. 跳舞。"

简茸倏地坐直身体。

"7. 用撒娇的语气直播。"

看到第 7 项下面还有一个选项,一种要命的感觉直冲简茸的脑袋。

他的拇指僵在半空很久很久,久到手机暗掉,才按到屏幕上,小心又缓慢地往下滑——

"8. 穿女装。"

简茸撒气似的把手机丢到座位底下,发出"咚"的响声。

到了红绿灯路口,路柏沆停车瞥了一眼:"你怎么不捡手机?"

"让它再躺一会儿。"简茸双手揣兜,表情冷得掉渣。

女装?怎么不直接让他做托马斯回旋?

而且大男人穿女装有什么好看的?这也能算福利?

回到家，简茸回房间后立刻给丁哥打电话，问有没有更改福利选项的机会。

"投票人数都过万了，改不了。"丁哥语气愉悦，"我看了一下，你的微博一小时涨了几万活粉，这流量多少人拍马都赶不上。"

"那是流量吗？"简茸咬牙道，"那些条件你们都是怎么想出来的？跳舞？撒娇？女装？"

丁哥耸耸肩："我事先跟你提过福利方案，是你自己说随便的，后来我还找你确认过一次，你直接没回我消息。"

简茸回想了一下，闭眼："我当时在打排位。"

"总之，这事已经拍板了，没法改。"丁哥咳了一声，安慰他，"没关系。跳舞嘛，随便扭扭就行了，撒娇也就动动嘴皮子，再不济真要穿女装，也只是换一套衣服的事。很多选手或主播都穿过女装，这有什么！"

简茸知道没转圜的余地，挂断电话，闷声闷气地登上了自己的小号。

他还有机会，只要没人投票，他就不用穿女装了。

简茸找出大号十分钟前发的微博，毫不犹豫地选了选项1——

"最少选择两项，请重新选择。"

简茸面无表情地盯着这个提示看了两秒，然后麻木地截屏，机械地把截图发送给丁哥。

丁哥："小白十八岁直播的时候有六种福利。我考虑你直播人气有保障，才减到两种福利的。"

艹耳："那我还得谢谢管理层？"

丁哥："不用，都是你自己的努力。"

简茸又想摔手机了。

他回到微博，在前四项中随便选了两个，闭眼点了确认，然后迅速把页面往上滑。

几秒后，简茸慢吞吞地睁眼，像开奖似的往下翻——

"抽水友内战——1"。

简茸停顿两秒，不可思议地揉了揉眼睛。

1？

丁哥不是说投票过万了吗？怎么会有只有 1 票的选项？这 1 票还是他自己投的！

简茸呆愣了很久，才继续往下滑动页面。

"使用指定英雄排位——0

抽取幸运水友双排带飞——1

抽取水友赠送礼物——11

唱歌——1233

跳舞——4099

用撒娇的语气直播——18424

穿女装——23768"。

简茸躺到床上，闭上眼睛。

冷静一点儿，违约金赔不起，他真赔不起。

不就是女装吗？穿一晚上就脱了，又不影响他游戏操作和直播质量。

简茸再次拿起手机，切换大号。

投票活动才刚发出没多久，一切还可以挽回。

路柏沅很快就知道简茸摔手机的原因了。

书房电脑中放着 HT 最新一场比赛的录像，路柏沅握着手机沉默了两秒，才说："女装？"

"嗯，那边做过调查，穿女装是最吸引观众的福利了。"丁哥道，"我听他语气挺不情愿的，你既然跟他在一块儿，多帮我看着点，别让他搞出什么事来。"

路柏沅立即回忆起小白十八岁生日时穿裙子的模样，只一瞬就不忍回想般地闭上了眼。

想到简茸下车时那张冰块脸，路柏沅笑了一下："他也愿意？"

"虽然他挺抗拒的，但他不像出尔反尔的人。"丁哥那边鞭炮声震天，"我这儿信号不好，等我明天回去再说吧，你先帮我看住他一晚……我的天，他发微博了！我挂了！"

电话被匆匆挂掉，路柏沅抬手暂停比赛回放，点开了微博。

TTC·Soft："新年好。我想你们了，老朋友，聊聊吧。"

路柏沅看清后面配着的表情，哑然失笑。

评论区比原博还要精彩，短短几分钟，评论数量已经破了五百。

"晚了。"

"有什么话直播再聊吧，我这儿忙着开小号呢，没空搭理你。"

"1和3是谁投的啊？内战有什么好看的？跟这傻儿子打内战，不是白白把自己送到他面前挨喷吗？"

"娱乐圈路人，混圈多年第一次看到这样的票型，不愧是你们电竞圈。"

"围观的别跑！投票选8，你爱豆永不脱发，新年发发发！"

"这投票不该叫'Soft福利二选一'，应该叫'新仇旧账一起算''好巧你也讨厌Soft吗''跟他有仇的麻烦过来投一下票'或'是亲粉就开十个小号'。"

"@TTC电子竞技俱乐部 投票开错了，选项应该是'JK、女仆、Lolita、制服'。"

"大家投一下跳舞好吗？他曾在直播间踢了我七个小号，我现在要让他在我面前踢七十次腿。"

"一副瘦骨头，跳舞有什么好看的，就不怕他糊弄人，给你来套广播体操？"

"投撒娇啊，这还用想？"

简茸发出微博后，起身倒了一杯水，并在心里不断打草稿，想动之以情，晓之以理，让傻……让水友们重新投票。

他回来后一翻评论，一千多条，没一条说的是人话。

局势非常严峻。

简茸握着水杯思考许久，然后豪气地在微博发了一个大红包。

"有病？玩不起？还搞贿赂？"

"我给你发红包，比你这大一百倍，你女装+跳舞+撒娇怎么样？跳舞和撒娇我实在选不出来，OK的话，钱我直接转你微博？"

"八百八十八块一百个包，你打发叫花子？"

"没抢到，气得我又去买了两个小号来投票。"

还能这样玩？

简茸好几次点开回复界面想骂人，刚打出一句话又硬生生忍住了。

几次之后，他盯着最后那条评论，忽然灵光一闪，像抓住救命稻草似的给石榴打电话。

简茸成功从石榴那里拿到想找的人的联系方式，立刻添加好友，验证消息填上"十万火急"，还在后面加了一长串的感叹号。

买粉/刷赞评/热搜请联系："我通过了你的朋友验证请求，现在我们可以开始聊天了。"

买粉/刷赞评/热搜请联系："您好，请问有什么需要？"

艹耳："刷票。微博投票，能刷吗？"

买粉/刷赞评/热搜请联系："没问题，您需要刷多少票？"

艹耳："先来个二十万票。"

买粉/刷赞评/热搜请联系："？"

艹耳："问号什么意思？能不能做？"

买粉/刷赞评/热搜请联系："可以是可以，就是比较麻烦。你为什么要这么多票呢？我见过的投票都没有单项选择超过二十万的。"

买粉/刷赞评/热搜请联系："或者您看这样行不行，您把投票链接发给我们，我们帮您控制投票结果，保证您需要的选项能获得第一。"

也行。

简茸松了一口气,把链接发过去。

买粉/刷赞评/热搜请联系:"?"

买粉/刷赞评/热搜请联系:"你这单做不了。"

艹耳:"为什么?"

又浪费了十分钟,简茸有些烦躁,刚打出"连这种单都接不了,你还当什么水军",手机就突突突地振起来。

买粉/刷赞评/热搜请联系:"你说呢?你在哪里学坏的?谁教你买数据的?老实做人,踏实做事,这么简单的道理都不懂?你这是作弊,是造假知道吗?买数据都买到我头上了?"

简茸:"……"

这都什么跟什么?

艹耳:"你一破水军公司,在这儿跟我讲道理?"

买粉/刷赞评/热搜请联系:"我那是帮别人刷,又不是我自己刷。我给你投的票都是我自己的号,OK?"

买粉/刷赞评/热搜请联系:"我截图了,如果日后投票结果有什么问题,我一定投诉你哈,自己悠着点。你有找水军的工夫,不如用来挑挑裙子。"

看屏幕上方还显示着"对方正在输入",简茸忍着打语音电话跟人对骂的冲动,把这水军号拉黑了。

又一条路被封死了。

简茸已经想不到别的什么翻盘办法,心如死灰地准备关掉评论区。

"哈哈哈,豆腐也来投票了,还分享了投票链接,哈哈哈哈。"

"战虎、MFG也投了,不过没分享链接,只是看到他们赞了这条投票微博,具体不知道投了哪一条。"

"我逛了一圈,发现被Soft阴阳过的选手纷纷加入战场。这就是英雄联盟选手之间的友谊吗?有被感动到。"

"Soft 有难，八方点赞。"

简茸已经没脾气了。

他冷静地开启小号，去回复其中一个粉丝："请问哪些选手点了赞呀？想去吃瓜。"

粉丝立刻热情地发了一份名单过来。

简茸截屏，存图，放到了备忘录里，取名"血仇，暗杀名单"。

他做完一切，把投票链接分享到战队内部群。

艹耳："帮我投一下跳舞，谢谢！"

穿女装是板上钉钉的事了，只是穿件衣服，不是不能接受。

撒娇……对于平时听见哆一点儿的声音都得闭麦才能专心打游戏的简茸来说，是真不会。

P宝的小辅助："为什么？撒娇比跳舞容易啊。"

艹耳："我不会那玩意儿。"

P宝的小辅助："那你会跳舞？"

艹耳："不就扭腰扭脖子？"

P宝的小辅助："别，兄弟，我真不想跟别人聊天的时候，对面忽然发一张你的搞笑 GIF 表情包过来。"

丁哥："我也建议你选撒娇，动动嘴巴的事。"

艹耳："我说了不会。"

小白发了一条语音过来。

饶是简茸在打开之前做过心理准备，还是被他雷到了。

"哥哥讨厌，哎哟，你不要说脏话啦！谢谢哥哥的礼物，mua……"

简茸起了一身鸡皮疙瘩，立刻关掉语音。

艹耳："你想死吗？"

大谦："哈哈哈哈。"

Pine："恶心，群主踢下人。"

P宝的小辅助："我就示范一下嘛。"

丁哥："不是，简茸你没明白我意思。选项上是"用撒娇的语气直播"，又不是让你对水友撒娇。"

艹耳："什么意思？"

丁哥："你跟队友撒娇也算撒娇，文字漏洞嘛。"

队友？我的队友是谁？

P宝的小辅助："对啊，到时候你向我哥撒娇就行。都这么熟了，这你总撒得出来了吧？"

简茸原以为自己已经百毒不侵了，但这一刻，他再度头皮发麻、心脏乱跳。

让他向路柏沅撒娇……

艹耳："不行。"

P宝的小辅助："为什么不行？"

这还要问为什么？哪有向男人撒娇的！

而且路柏沅做错什么了，要听一个男人朝他撒娇？

艹耳："我自己答应的事，不连累别人。"

P宝的小辅助："这有什么，我哥不会介意这些的，他无视人的本领一流。主要是你得学学怎么撒娇，要不要白爷临时给你开个补习班？"

简茸黑着脸刚想打字，一个小香猪头像忽然跳了出来——

R："用不着你，他会。"

简茸看着这行字，握着手机蒙了一下。

我会吗？我自己怎么不知道？

不过木已成舟，他会不会都无所谓了。群里很快又扯到另一个话题，过几天就是和战虎的比赛了，丁哥放假也没闲着，说了几点战虎队员打比赛时的小习惯和BP环节要注意的地方。

待群里重新安静下来，简茸把手机丢进口袋里，起身想去书房打排位赛。

他去开门却发现书房的门也敞着，路柏沅随意地靠在电竞椅上，在看比赛回放。

路柏沅听见动静，回过头，叫住想默默回房的人："你想打游戏？"

"嗯。"简茸顿了一下，"我也不是特别想，就是有点无聊。"

路柏沅关掉视频，起身让出电脑："正好，我看你玩。"

路柏沅的书房里只有一台电脑，但有两张椅子，分别用来玩电脑和看书。

电脑桌面是小香猪在草地上打滚的照片，简茸这才想起问："我怎么没看见猪？"

"你来时它在睡觉，这会儿被抱出去遛弯了。"

简茸一怔："猪也要遛弯？"

路柏沅笑道："不遛也行……但我爸爱折腾。你想看？"

简茸诚实地说："想。"

路柏沅"嗯"了一声："等我爸回来了，我把它偷上来给你玩。"

偷上来给他玩？

简茸安静地看了路柏沅两秒，才倏地收回脑袋，短促地应道："好。"

简茸坐到电脑前，习惯性地登上微信，才想起自己现在用的是路柏沅的电脑。

他刚想关掉社交软件，丁哥的消息就发过来了。

简茸毫无防备地打开，看到对方发来的裙子图片后愣了好几秒。

丁哥："过几天就要复播了，这些得赶紧定下来。你看看这几套有没有能接受的，没有我让服装师再找找。"

丁哥发来的衣服大都很正经，裙子居多，其中最夸张的是一件黑白女仆装。

路柏沅在简茸身后看完了这几套衣服，感觉到简茸的不自然，他问："你不想穿？"

简茸回过神，把照片关掉："有点。"

"那就不穿了。"路柏沅拿出手机,"丁哥那边我去说,不是什么大事。"

简茸摇头,折腾了这么久,他自己都冷静下来了:"算了,我答应了就要做到……而且丁哥之前也跟我确认过几遍,是我自己没上心。"

路柏沅意外地挑了一下眉,他见简茸之前那么排斥女装,还以为简茸会立刻趁机反悔。

可能是感受到他的疑惑,进入单排队列后,简茸低头理了一下自己的头发:"我当时染这头发的时候也不情愿啊,但愿赌服输……再说了,染头发、换衣服而已,碍不到什么。我不乐意穿,只是不想给那群水友看笑话。我闭着眼都能猜到他们那天会怎么嘲讽我。"

路柏沅:"那现在你不怕他们嘲讽了?"

简茸选择英雄:"怕。所以我让丁哥帮我多安排几个房管,到时候骂不过就踢人。"

路柏沅怔了一下,然后低头笑了。

简茸已经进入游戏,不知道身后的人是什么表情。直到车库卷帘门转动的声响透过窗缝传进来,路柏沅从椅子上起身,拍了拍简茸的脑袋。

"到时给我也上个你直播间管理员的马甲?"

简茸的耳郭瞬间发热,手上操作不慢,漂亮地单杀掉对面的中单:"好。"

"嗯。"路柏沅满意地收手,"你先玩着,我去偷猪。"

当晚,简茸久违地点开了发朋友圈的按钮,在相册里挑了几张小橘的照片,然后又添加几张小香猪的照片,准备给自己朋友圈除除草。

发送之前,简茸停顿了几秒,然后返回又加了一张照片,图里是路柏沅给他发的红包。

发送成功之后,简茸顺手刷新了一下主页,发现路柏沅两秒钟前也发了一条朋友圈,就和他的并排在一起。

他的朋友圈除了九张照片之外,还有一个简单的配字:"年。"

路柏沅只发了一张照片,没字。

照片是从侧面拍的，照片中简茸盘腿坐在地上，一只手撑着下巴，另一只手在揉皮皮——也就是小香猪的脑袋。

简茸盯着这张照片怔了好久，直到下面跳出小白的回复才回过神。

小白："吓死我了。这两条朋友圈靠在一起，乍一看还以为我哥公布恋情了。"

下面很快有人问。

袁谦回复小白："你想多了，队长能和谁公布恋情啊？"

小白回复袁谦："唐沁姐？"

简茸面无表情地把小白的回复删了。

几秒后，他还嫌不够，打开小白的资料，头一回使用了"不让他看"功能。

路柏沅睡醒时，朋友圈有一百多条消息提示，他眯着眼睛看了几条，懒得回复，只是给简茸的朋友圈点了赞后就起了床。

没过几分钟，丁哥的电话打了进来。

路柏沅正在洗脸，他关上水龙头，接通电话道："我还没醒。"

丁哥回答："你醒了。我看到你点赞简茸的朋友圈了。"

路柏沅无话可说："干什么？"

"我到基地了。贼抓到了，除了小白的电脑，其他东西都找回来了。"丁哥低头收拾行李，"你的表对方还没来得及卖，在我这儿，所以跟你说一声。哦，对了，我一会儿让人去接简茸回来。"

路柏沅扯下毛巾擦干脸，问："今天还在假期，他为什么要回去？"

丁哥被问得一怔，简茸不是本来就要待在基地过年的吗？

"他马上要复播了，当然要提前回来做准备。"

路柏沅的动作顿了一下，几秒后说："知道了，你别来接了。我跟他一起回去。"

路柏沅把简茸从房间叫出来吃早餐，吃完后两人就回屋收拾行李，准备回基地。

简茸抱着自己的背包在路柏沉房门口等,忍不住道:"其实我可以自己打车走。"

路柏沉推着行李箱走出来,随口胡扯:"表找到了,我得回去检查一下。"

简茸瞪大眼:"找到了?真的?"

"嗯。"路柏沉见他一脸惊喜,失笑道,"是我的表,你高兴什么?"

简茸一直觉得基地遭贼都是他的问题,得知东西找回来了,自然松了一口气。

"没,我就是高兴。"简茸别开眼,拿起路柏沉的行李箱,"那我下楼等你。"

简茸在一楼遇见了路柏沉的父母。

两人似乎刚从外头回来。看见简茸手里拎着自己儿子的行李箱,路妈微微一愣:"你们要回去了?这是小路的行李箱吧?"

路爸冷哼一声:"让小辈帮他拎箱子,他还真是会摆架子,入了那行后一身傲慢的坏毛病。"

简茸在两位长辈面前一直没怎么说话,现在却应得飞快:"是我自己想拎的,我从他手上抢来的。"

路爸:"⋯⋯"

"他也不傲慢,对每个队员都很照顾,从来没摆过什么架子,更没有您说的那些坏毛病。"说完,简茸朝两位长辈鞠了个躬,"这两天打扰你们了。"

简茸拿着行李在车库等,过了十分钟,路柏沉才出来。

车子发动,简茸刚系上安全带,身边人忽然问:"你跟我爸说什么了?"

简茸一顿:"没说什么。他骂你了吗?"

"没。"车子驶出车库,路柏沉道,"他问我给你灌了什么迷魂汤,这么向着我。"

简茸抱着背包愣怔几秒,然后彻底成了哑巴。

说是复播准备，其实也就几件事，最主要的是熟悉直播流程。

简茸拒绝丁哥要找专业人士上门指导的请求："你找的这个人，我比他红。以后如果还有这方面的需要，你直接找我就行，我收费比他低。"

丁哥："……"

后来的声卡、摄像头和直播画面，简茸都轻车熟路地当着丁哥的面设置完毕。

当路柏沅复诊完回基地的时候，简茸已经开始训练了。

丁哥见他回来，忙放下手机，问："怎么样？医生怎么说？我都说了我陪你去，你又不肯。"

"没大事。"路柏沅坐到沙发上，看着旁边的黑色布袋，"这是什么？"

丁哥"哦"了一声："裙子。"

路柏沅揉了一下眉："你办的这事，是不是有点为难人？"

"我就知道你要这么说。"丁哥叹了一口气，"真没你们想的那么夸张，穿条裙子而已。女装加上和你双排……你知道我用这俩条件跟星空TV谈到什么吗？明天下午，简茸直播间能在星空TV最好的推荐位上挂到晚上，星空TV所有宣传都会跟上，甚至明天他收到的礼物，平台都愿意和他二八分……这待遇，除了你之外，还有谁有？虽然我就帮他谈下一天，但这些曝光度足够让他以后赚得盆满钵满了。"

"我觉得这事能给他带来最大的利益，我就帮他争取，就这么简单。"

路柏沅沉默地听完："你就不怕他不愿意？"

"不会。"丁哥先是否认，然后开玩笑道，"他要真不愿意……就让你帮忙，他很听你的话。"

路柏沅起身上楼，丢下一句："你想多了，他不愿意，我不会让他播。"

简茸复播当天是大年初四。

路柏沅醒来时，战队讨论组里已经聊嗨了，小白在讨论组里倒计时。

P宝的小辅助："还有最后一分钟！"

P宝的小辅助："最后三十秒！我的截屏键已经按捺不住了！"

大谦："你悠着点吧，今晚就要回基地了，不怕被小茸打死？"

"P宝的小辅助撤回了一条消息"。

路柏沅关掉讨论组，保持着睡醒时的姿势，点开了简茸的直播间。

简茸还没开播，弹幕已经刷了整个屏幕。

"好久没来Soft的直播间了，怀念啊！"

"我高考查成绩都没这样蹲过点。"

"啊啊啊，Soft搞快点，搞快点，我老婆马上要进产房了！"

"开了一把排位，队友太垃圾了，四十分钟都没结束，为了看你直播，我把游戏退了，结果你复播当天还迟到？"

"前面的，我是你队友，我也退了。"

"还没开播，直播间热度就冲到第三了？"

"排面。"

"我看了一下观众席，目前已经有十一个英雄联盟的选手在这个直播间里了。我没看错吧？"

"十三个了，他们自己不开播，看热闹来得比谁都快！"

"我的天，路神来了！时隔几月，路神再次来到Soft的直播间了！"

路柏沅见直播迟迟没开，正想起身洗漱，就见屏幕忽然一闪，开始显现出画面来——

视频里的人穿着粉白款式的水手服，衣领处系着粉色蝴蝶结，上边露出一截修长白净的脖颈，因为仰着头，还能看到他微微凸出的喉结。

他戴着假发，蓝色马尾辫垂落在胸前，头上还有一对粉色的兔耳朵。

简茸化了妆，脸颊被刻意打得很红，画眼线时给他逼出几滴生理性眼泪，所以他眼底此时潋滟一片。

他像是看不清弹幕，眯着眼往前凑了一点儿，弹幕停顿两秒，随即犹如洪水决堤般涌出来。

简茸认真看某个东西时嘴巴会习惯性张开一些，几秒后，这张涂了润唇膏的粉唇一张一合："弹幕刷慢点，我看不清。"

大家："……"

"我都准备冲了，他一张嘴我就歇气了。"

"Soft 好漂亮。"

"Soft 把衣领拉一拉！"

"Soft 生日快乐！"

"那些YY的粉丝能不能滚？他几千万的金主都在这儿呢，你还敢放肆？"

"现在说你娘们唧唧，你认不认？"

"我记得TTC不收女队员，你之前是不是为了加入TTC而女扮男装？"

"宝贝好可爱，我亲一个。"

"妈粉逐渐变质。"

"感谢小白、谦哥、盒子、Pine、空空送的一个星海，感谢'Soft天下第一娘炮'送的一个星海，感谢'宝贝闺女我爱你'送的两个星海……"

念到最后，简茸皱眉："宝贝？你们恶不恶心！别这么叫，我脚毛都要孳起来了。"

"你长这德行还有脚毛？"

"我的脚毛比你头发都多。"简茸说罢，直接屈起右腿放在椅子上，抓着摄像头就要往脚上拍。

大家都一脸蒙。

"啊这？这是什么环节？"

"我的天，没人真想看你的脚毛！"

"你穿十条裙子都是一个纯傻儿子。"

"裙子！裙子拉一拉！"

"哦哟，这裙子还是正版的，你没让我失望，懂行。"

"惊了，这不会被封？"

镜头晃了一下，刚拍到简茸穿的白色长袜，观众们就听见一阵开门声。

简茸刚要证明自己是纯爷们，摄像头忽然被人抢走。他一愣，下意识抬头看去。

路柏沅穿着一件短袖，灰色长裤，头发因为刚睡醒没整理有些杂乱，是一副刚从床上起来，还没来得及洗漱的模样。

路柏沅把摄像头拿在手上，屈起食指敲了敲简茸那条腿的膝盖。

"放好。"他的嗓音微哑。

简茸回过神，立刻把脚放下去："你醒了？"

路柏沅连脸都还没洗。他把摄像头放回电脑上方，然后才垂眼看他："你想被封直播间？"

简茸一怔，很快反应过来："不是，我里面穿了裤子，你看。"

简茸说完，撩起裙子，给路柏沅看那条超短裤。

路柏沅："……"

简茸这段时间被养胖了一点儿，不再是皮包骨的模样，他的大腿白白净净，上面有两颗小痣。

大家又是一脸蒙。

"看不见看不见看不见，让我看看裤子长什么样！"

"我老公刚睡醒的模样好帅！"

"让我看看！让我看看！路神，你挡住摄像头了，啊啊啊——"

"路神的声音好性感，啊啊啊，我爱了。"

"不是说要和路神双排的吗？什么时候开始啊？"

路柏沅伸手把简茸的裙子拉下来："我去洗把脸再来跟你双排。"路柏沅接着道，"不准再掀裙子。"

路柏沅走出训练室后的半分钟，简茸还低头在看自己的裙子。

这裙子还好吧？

简茸原本还有些抗拒，直到丁哥把衣服拿回来——这所谓的"水手服"，在简茸眼里就是普通的短袖白衬衫，裙子快到膝盖，还没他夏天在家里穿的裤子短。

就是化妆的时候不舒服，他怕痒，画眼线的时候几度想翻脸走人。

虽然镜头只拍得到他的上半身，但手掀裙子的动作足以让其他人抓狂。

"我的天，你是变态吗？你为什么一直在看自己的裙底？"

简茸把裙摆拉平，重新坐好："自己看自己算什么变态？你平时不洗澡？"

"让我也看一眼，我已经说累了。"

"有什么东西是我们这些给你刷礼物的人不能看的？"

"路神为什么自己不开直播，却肯和Soft双排啊？反正都是玩游戏，顺手开个直播不行吗？"

"从首页推荐点进来的……这女主播为什么这么多人看？不过锁骨挺好看，衣领能再往下拉拉吗？"

"拉你个头，猥琐男滚。"

"别磨叽了，宝贝快撒娇。"

"就是，说好了撒娇的。"

简茸跟水友聊天的时候习惯盘着腿，他刚抬起一条腿，想起路柏沅说的话，又默默放下了："撒娇？谁说要向你们撒娇了？"

"我，你竟然说话不算话！"

"在哪儿举报？TTC官方能不能出来管一管？"

"前面的Soft爹是不是没看他今天发的宣传微博？他确实不是要对我们撒娇。"

"谁看那玩意儿？开小号投完就完事了。"

别说水友，那些宣传连简茸自己都没看。他刚睡醒就被抓去化妆、试

第十三章 生日礼物

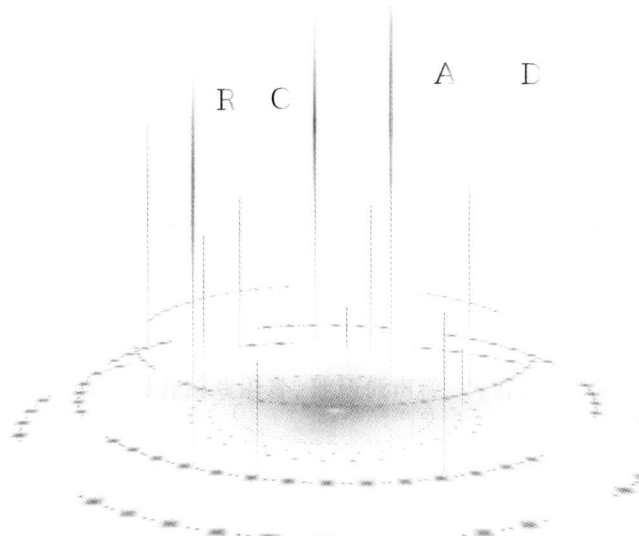

直到选择英雄的倒计时快结束时，路柏沅才随便点了一个英雄，嗓音如常："应该是。"

简茸还捂着脸，张着手指给自己眼睛留了一条缝。

弹幕里全是"哈哈哈"，看得他都不认识这个字了。

简茸平时都没叫过谁"哥"，更别说"哥哥"。路柏沅沉默的那几秒，他都恨不得钻到小白机位下面那条缺了一角的地缝里。

简茸闷头灌了半杯凉水，才把关注点重新放回游戏。

简茸看见路柏沅的英雄头像，愣了一下："你玩阿木木？"

阿木木是冷门中的冷门，从没上过职业赛场不说，就连平时排位都很少人会选。

这待遇和阿木木的英雄形象差不多，他是一个连放技能都是在哭的英雄，经典台词是"我还以为你从来都不会选我呢"。

路柏沅不会说自己是时间到了乱点的，他面不改色地调整好阿木木的符文："嗯，我练练之前讨论过的新套路。"

简茸一头雾水。

正在观看直播的 TTC 众队员兼教练也满脸疑惑。

什么阿木木的新套路？阿木木能有什么套路？

几秒后，路柏沅又道："我忘了你在开直播。算了，无所谓。"

他演得太真，简茸还以为自己漏课了。

"爷爷，你听到了吗？阿木木要上赛场了！"

"爷爷挣扎着抬起食指晃了晃，说不信谣不传谣。"

"你能不能别浑水摸鱼？撒娇就撒一句？好歹也得保持到今天直播结束吧？"

"唉，真的，我用我全家人的手机号码注册了微博来投票，就为了能赢过跳舞选项，结果……就这？很失望，我粉的主播竟然是这样的人。"

"这样敷衍，没意思。"

"弹幕怎么了？为什么突然这么真情实感？"

"这傻儿子吃软不吃硬，装就对了。"

"我一周前就挂在你直播间等复播，等来的是什么？唉，鱼哭了水知道，我哭了谁知道？"

"你怎么不说盘古开天的时候，你就在我直播间里挂着？"简茸皮笑肉不笑，"别无理取闹好吗？这种普通的对话怎么撒娇？"

水友们早有准备，他的话刚说完，无数撒娇词语瞬间占满屏幕。

简茸粗略地看了一眼，然后将几个发那些不堪入目词语的水友封了。

他碰了一把自己的兔耳朵，随便选了个沙皇。

进入读条界面，简茸立刻抓起手机发微信。

艹耳："你如果听得不舒服，我就少说点话。"

R："不舒服。"

简茸嘴角一僵，然后慢慢垮下来。

他这说的是什么话，谁听一个大男人撒娇会觉得舒服？

简茸半天才敲出一个"好"字，还没发送，手机又振了一声。

R："声音太小，听不清，大点声。"

进入游戏的声音把简茸扯回神，他慌乱地把手机搁桌上。

他们确实跟熟人撞车了，对面是战虎战队的中野。

刚进游戏，对面的人就说话了。

[所有人]战虎大牛："放心，我们不玩窥屏那一套。"

[所有人]TTC·Road："OK。"

"你打不了就等我。"路柏沅走到蓝BUFF旁，"我六级后抓。"

大牛这局玩的是大眼怪维克兹，这英雄手长，特别克制简茸玩的沙皇。

"好——"简茸顿了一下，"呢，哥哥。"

路柏沅终于把这句"哥哥"听清楚了。

不嗲，简茸喊得很不自然，但莫名顺耳。

清完三狼野怪，路柏沅在前往上半野区的路上，抬手捻了一下耳机上的音量键，往上滑了一些。

"再嗲一点儿！"

"我的天，你耳朵着火啦！"

简茸这英雄前期就是刷，他补完兵，抽空把自己的"辫子"往前放，挡住耳朵："你少得寸进尺。"

简茸在打训练赛时和大牛对过几次线，大牛经验丰富，打法老成，他很难占到便宜。

对面当然不会让简茸顺利发育，大牛仗着英雄技能射程远压得很凶。简茸吃了英雄的亏，只能吃吃进塔的小兵维持生活。

六级，路柏沅靠近中路："我来了。"

简茸被压得恼火，刚硬着头皮跟大牛打了一波，现在两人都只剩半管血条。

简茸立刻道："他有闪现，不好抓，可以先把他闪现打出来。"

路柏沅指挥："闪左边推他。"

简茸依言行事，飞快丢闪交大招。大牛被推到右边草丛时就知道对方打野来了，在看到路柏沅的那一秒，他毫不犹豫地丢闪现逃跑。

两道闪现声同时响起，只见路柏沅几乎在同一时间丢出闪现，然后一个预判Q精准地命中大牛，紧跟着丢出禁锢大招，把他留在原地罚站。

路柏沅这波预判太帅了，拿下人头之后，简茸脱口道："漂亮！"

几秒后，被弹幕催促的简茸咬牙补充："哥哥真棒。"

简茸说话的语气硬邦邦的,听着像念课本,怎么都没撒娇那个味儿。

水友们不觉得嗲,只觉得好笑。尤其他那一个个要命的尾音,说一次够让人笑好久。

路柏沅:"你交了闪现,一会儿他们打野肯定会过来,自己小心。这局我们想赢,只能打后期。"

路柏沅像预言家,简茸刚从家里出来,就被战虎中野越塔强杀了。

想拖到后期很难,上下两路都不给力,几波小团战下来,队友基本阵亡在战场,经常只有路柏沅和简茸能全身而退。

这一次同样,队友闲着没事进敌方野区被抓,简茸赶到时,队友正好倒地。

他配合路柏沅艰难地击败了敌人,然后两人迅速撤离对方野区。

经过敌方蓝 BUFF 时,简茸走路的动作明显慢了。

当他第三次停下时,路柏沅开麦:"怎么了?"

简茸按着鼠标,围着阿木木转了一圈,才诚实道:"我想要他们蓝 BUFF。"

敌方蓝 BUFF 还有十七秒刷新,他们没有优势,敌人随时都可能过来。

路柏沅还没说话,简茸又低声喃喃:"他们都抢我两个蓝 BUFF 了。"语气是带着不甘的,声音也和平时差不多。

但这话听起来就是莫名的……

"我的天呐!还说你不会撒娇?"

"我不能帮你拿这个蓝 BUFF,我只能给你砸钱,是我没用,呜呜呜。"

"你好嗲啊啊啊啊——"

简茸愣住:"我怎么撒娇了?"

"你想要蓝 BUFF 自己蹲着不就行了?你以前玩游戏不都把队友当成摆设?这不是撒娇让 Road 留下来陪你拿蓝 BUFF?"

简茸:"……"

耳机里传来信号声，简茸回过神，发现路柏沅操控的人物已经走到了敌方蓝 BUFF 处。

"过来。"路柏沅声音温和，语气自然，"今天你生日，想要什么都行。"

简茸本来想反驳水友两句，听见这话，他抿起唇不吭声，转身默默地去偷蓝 BUFF。

大家："？"

两人一直排到傍晚。其间，路柏沅没再玩过弱势英雄，简茸的蓝 BUFF 也没再被人偷过。

又一局游戏结束，简茸的手机忽然一振，是讨论组的消息。

丁哥："@R 超过规定时间了，别排了，休息一会儿。"

简茸把这句话反复看了两遍，皱起眉头。

艹耳："什么规定时间？"

R："知道，最后一局。"

丁哥："你别当我不知道，你们刚结束一局游戏。"

丁哥："真别打了，我正好有事跟你说。"

简茸正云里雾里，就听见路柏沅的声音从耳机里传出来："丁哥找我，你自己打一会儿？"

简茸说"好"。

路柏沅起身经过简茸身边的时候，简茸忍不住回头想问什么，戴着的兔耳朵忽然被人轻轻攥住。

路柏沅第一次摸这种玩意儿，他捏了两下："还有半小时下播？"

简茸看了眼时间："差不多。"

路柏沅颔首，松开兔耳朵，转身出了训练室。

直到进入新一局游戏，简茸满脑子都还是那句"规定时间"。

职业选手没什么"规定时间"，一般都是想练多久练多久，除非教练觉得这选手快猝死了，不然很少主动喊停。

终于磨到下播时间，简茸整个人都松了一口气。

他在众多挽留弹幕中关掉直播平台，下了楼，才发现其他人已经回到基地，正在客厅分老家特产。

袁谦最先发现他，笑道："小茸，生日快乐。"

Pine 正在打手游，闻言抬头看了他一眼："生日快乐。"

简茸环视一圈，没看见路柏沅和丁哥，走下最后一级台阶，不是很习惯地说："谢谢。"

都是没什么情调的电竞少年，大家今天在直播间刷的钱就当是生日礼物了。

简茸刚走到沙发前，就被小白一把拽到了沙发上。

"我去你的，你这衣服还是露脐装！"小白惊呼。

"不是。"简茸随意地拽了一下衣服，"太短，站直才会露。"

"那不就露脐装吗？"小白朝他扬扬下巴，"对了，你快给我看看你的脚毛。"

简茸以为自己听错了："什么？"

"脚毛啊！"小白满脸好奇，"我听 P 宝说，脚毛是长在脚背上的，我没有，P 宝他又不给我看他的，你快让我长长见识。"

简茸那句"你是不是有病"已经跑到嘴边了。

"不过你好像连腿毛都没几根啊。"小白盯着他的腿，皱起眉头，"跟女生的腿似的。你真有脚毛吗？"

路柏沅下楼的时候，看见的就是简茸赤脚踩在茶几边缘，白色长袜随手丢在地毯上，正在自己脚背上努力找着什么的样子。

"这儿，看见没？"简茸指着自己脚背某处道。

"哪儿呢？"小白皱着眉，很努力才看清，"啊？就一根？"

简茸冷嗤一声："一根怎么了？你连一根都没有。"

简茸展示完脚毛，正犹豫着怎么开口问小白关于"规定时间"的事，余光就瞥见一只修长的手把他随手扔在地毯上的长袜捡了起来。

路柏沅刚和丁哥谈完事，衣袖被他随意扯到了手肘处，平时用来握黑色鼠标的手此时抓着白底粉边的长袜，非常突兀。

简茸第一反应就是把自己的脚丫子从茶几上挪下来。

"你俩干什么呢？"丁哥跟在路柏沅身后，"比脚毛？亏你们想得出来，比点好的行不行？"

手机铃声响起，路柏沅把袜子随手放到沙发扶手上，接通电话往外头走。

丁哥赶紧叫住他："你去哪儿？"

路柏沅丢下一句："拿快递。"

直到大门关上，简茸才挪到另一侧沙发上，抓起袜子抬脚想往上套。

"干吗？"丁哥叫住他，愣愣地道，"你还想穿回去啊？"

其他三人也跟着看过来，简茸保持着穿袜子的姿势顿了两秒，然后把另一只袜子也脱下来："没有。"

丁哥打开手机看了眼："今天直播效果挺好的，热度第一，人气第一，还直接冲到了这周平台礼物榜第五。"

"才第五？"袁谦从手机中抬头，"他今儿都收了快一百万礼物了吧，只能排到第五？"

袜子没处放，简茸随手把它揣进夹克口袋里。

他听见这话，倏地抬头："一百万？"

"准确来说是一百一十七万。"丁哥随意算了一下，"不加上免费礼物，扣分成和扣税应该有个五六十万。钱是小事，主要是关注度，你一天涨的粉丝比别人一个月涨的还多……看，这波女装不亏吧？"

袁谦见简茸一脸惊讶，乐道："你别一副没见过世面的模样，你以前可是大主播。"

简茸确实算得上是大主播。

但《英雄联盟》分区观看人数多，肯砸礼物的却少，每月礼物排行榜上的，不是户外博主就是颜值博主。《英雄联盟》收礼物多的也是女主播，简茸以前都是靠底薪和免费礼物分成吃饭的。

小白从桌上拿起一个橙子："算了，你们看他这直播风格，只吸喷子不吸礼物。"

大门被打开，路柏沅一只手夹着一个包裹，另一只手拎着一个蛋糕盒回来了。

丁哥回头看了一眼，挑眉："咦？送到了？外送员怎么没给我打电话？"

简茸循声回头，看到路柏沅左手拎着的蛋糕时怔了一下。

"我正好碰到，顺手拿了。"路柏沅抬起后脚把门关上。

丁哥一脸纳闷："你怎么知道这蛋糕是我们的？我好像没填具体门牌号吧？"

路柏沅把蛋糕盒放到茶几上："你就差把名字写蛋糕上了。"

蛋糕上立着的小人偶染了蓝发，戴着耳机，胸前还挂了一块牌子，表情臭臭的。

"蛋糕！是蛋糕！我好久没吃蛋糕了！"小白激动了两秒，纳闷地看向丁哥，"我过生日的时候怎么没有蛋糕？"

袁谦乐呵呵地说："我也没有。"

"别说你们，我自己都没有。"丁哥拿起裁纸刀，粗鲁地割断蛋糕包装盒上的蝴蝶结，"简茸这不是恰好赶上了吗，我就琢磨着好歹买个蛋糕……你们之前生日都没在基地过，事后补蛋糕还有什么意思。"

简茸的手肘抵在膝盖上，盯着蛋糕上的小人偶看了很久："我戴的是什么？"

丁哥"哦"了一声："S11全球总决赛的奖牌。"

大家看向他的眼神都一言难尽。

"干吗？"丁哥理直气壮，"图个好彩头不行？大家赶紧吃了蛋糕睡觉，明天还要训练。小路，要不要顺便帮你把快递拆了？"

路柏沅把包裹放到沙发旁："不用。"

丁哥把生日蜡烛插上："过生日的流程是什么来着？唱生日歌？"

简茸想也不想就拒绝："别那么麻烦。"

丁哥想了想，几个大男人围在一块儿唱生日歌确实有些傻："那吹蜡烛、许愿这两个流程总得走吧？"

简茸犹豫两秒，勉强点头答应。

"打火机，我的打火机呢？"丁哥在兜里摸索了一会儿，正纳闷地要回屋找，一个黑底金边的打火机忽然出现在他面前。

丁哥顺手接过打火机，开盖摁火，刚要去点蜡烛，动作忽然顿住了。

路柏沅伸出的手还停在半空中，难得在心里骂了句脏话，不露痕迹地往右边靠，跟面前的人拉开距离。

果然，丁哥猛地转头，唾沫横飞："路柏沅，你又抽烟！之前你做体检的时候医生怎么说的？让你禁烟两个月有这么难吗？你是网瘾少年还是烟瘾少年啊？哦——我知道了，你刚才出去就是为了抽烟吧？行啊，你还学会用快递当掩护了。"

路柏沅坐到沙发扶手上，无奈道："我没抽烟，这玩意儿一直在我兜里。"

"不抽烟你带着它干吗？照明？"丁哥保持着弯腰的姿势，随便叫了一个离路柏沅最近的人，"简茸，你闻闻他的手，看有没有烟味！"

简茸："……"

简茸刚想说人和人之间需要信任，路柏沅忽然朝这边伸出手来。

路柏沅就坐在沙发扶手上，手正好伸到他脑袋旁边，保持不近不远的距离。

路柏沅手心朝上，手指懒散地屈着，手腕处有条微微凸起的筋。

几秒后，简茸凑近一些闻他的手。

一股淡淡的香味，应该是打完游戏后用了洗手液。

简茸嗅了两次，兔耳朵跟着主人脑袋回到原位，简茸声调平平："没烟味。"

路柏沉很短暂地晃了一下神。

直到蜡烛被点亮，他才收回手，道："满意了？"

"今天你没抽烟，不代表之前没抽。"丁哥点好火，把东西丢自己口袋里，"打火机先没收了，等禁烟期过了再还你。"

路柏沉将右手放进口袋："不用还，送你了。"

丁哥气笑了："你还……立个新规矩，以后看到谁抽烟直接找我举报，成功举报一次，我个人掏两千元当奖金。"

"哇……你怎么可以把举报这种不良风气带到队伍里来？"小白浮夸地演完，然后举手，"我举报 P 宝在来基地的路上抽烟了，两根，能算我四千吗？"

Pine 抬手就敲了他的脑袋两下。

"以前的不算。以后看到谁抽烟直接拍照，凭照片领钱。"丁哥逗完趣，又说，"来，简茸，许个愿吹蜡烛，愿望就许 S 赛夺冠怎么样？"

简茸低头就把蜡烛吹了。

丁哥："……"

简茸说："不用许愿，冠军我自己能拿。"

路柏沉闻言一笑。

这狂劲很久违了。

队里其他人虽然也想夺冠，但打了几届比赛之后，已经没人会把"我要拿冠军"挂在嘴边了。

"这就是年轻人。"丁哥感慨，把刀子递给他，"来，你切第一刀，吃了蛋糕咱们立马夺冠。"

这话像逗小孩似的。简茸嗤笑一声，接过刀切了蛋糕。

蛋糕很小，一人一块正好。

因为是寿星，简茸得到的蛋糕最大。平时一点儿饭后甜品都不碰的人，今天坐在沙发上乖乖地吃蛋糕。

小白突然凑上来，手指上还沾着一块巨大的奶油。

"你别碰我。"简茸声音冷淡，"蛋糕若是沾到我衣服上，我明天就上你号挂机骂人。"

小白动作一僵："你又不知道我密码。"

简茸："'P宝的小辅助'的拼音。"

小白转了个身，把奶油抹到了Pine脸上。

"丁哥。"袁谦抬头，"咱们下场比赛的入场券，能不能给我一张？"

丁哥头也没抬："干吗？女朋友要来看？"

"是啊。"袁谦大方地笑了笑，"她听说是在我们的主场馆打，就想来。"

"没问题，我明天让人去拿票。"丁哥这才想起什么，看向简茸，"每场比赛那边都会给我们发入场券，但这群人都不要，我就一直忘了跟你说，你如果需要直接找我拿。"

简茸摇头："我也不需要。"

小白一边吃着蛋糕一边感慨："我还记得刚开始打比赛的时候，我特喜欢发入场券，谁要给谁，直到后来有个傻子拿我送的券去倒卖，我就再也没送过了……哎，哥，这事你不是也经历过？"

路柏沉用叉子叉下一块蛋糕，说："是吗？我不记得了。"

"我想起来了，就我们打次级联赛那会儿。"袁谦插话，"那会儿我爸妈也想来现场，我问你票还在不在，然后你说票送给一个小黄牛了。"

简茸咀嚼的动作一顿，倏地抬起脑袋。

路柏沉若有所思，半晌后才点头："我想起来了。"

Pine难得开口："我怎么不记得？"

"你当时还没入队。"路柏沉把蛋糕上的奶油撇开，又道，"一个小孩找工作被网吧老板赶出门，坐在门口一个劲儿抹眼泪。我当时没带钱，顺手把票给他了。"

简茸整个人都僵住了。

袁谦疑惑:"那你为什么说他是小黄牛?"

路柏沅道:"我把身份证落网吧了,又返回去取。那小孩正跟人谈票价,一抬就是两倍。"

"咯咯……"简茸被蛋糕呛着,捂着嘴巴咳个不停。

其他人被简茸的动静吸引,简茸抬起手肘挡住脸,边咳边摆手,示意自己没事。

"小小年纪就倒卖票,真真是人心不古!"小白满脸愤慨,"哥,你当时怎么没去逮那小屁崽子?"

他原本是想逮的,但他当时赶时间,又看到小孩被热红的脸、沁满汗的鼻尖,就算了。

简茸还在咳,路柏沅再看过去时,简茸整张脸都咳红了。

路柏沅放下蛋糕,拿了一瓶未开过的矿泉水递过去。

路柏沅伸出手的那一瞬间,好似想起什么,眉梢很轻地挑了一下。

简茸没发现他的表情,伸手想接,却一下没能拿过来。

路柏沅拿得有点紧。

这种力道似乎只保持了一秒,简茸还没来得及疑惑,对方就松了手。

简茸拧开瓶盖,连灌三口才平息下来。

袁谦笑道:"次级联赛的票都能被那小孩卖出两倍价格……怎么说,还挺有潜力的。"

片刻后,路柏沅才"嗯"了一声,缓缓道:"事情过太久,我记不清了,和现实有偏差也说不定。"

话音刚落,路柏沅看到兔耳朵大幅度地上下起伏了一下,它的主人长松了一口气。

散场后,简茸回到房间,把夹克脱了,来来回回检查了三遍。

他确定上面没沾上任何脏东西，才抱着夹克去敲路柏沅的房门。

他刚敲响第一声，门就开了。

简茸说："我来还衣……"

路柏沅打开房门："我正要找你，进来。"

简茸刚进屋就看见地上被拆开的包裹，里面是一个鞋盒。

"你打开看看。"路柏沅的声音从身后传来。

简茸愣了一下，没动。

"你的生日礼物。"路柏沅说，"你看合不合适。"

简茸是想说"不用"的。

但路柏沅的礼物，他又真的很想要。

他收下这份礼物，等到路柏沅生日的时候送一个等价的，应该也没关系。

最终，简茸遵循本心，把夹克放到椅子上后，蹲下去拆鞋盒。

是一双球鞋，由白色和淡灰色拼接而成，鞋上挂着一个小吊坠，鞋侧的logo还有提花图案。

简茸对球鞋不是很了解，只知道牌子是耐克以及这双鞋很好看。

路柏沅抱臂靠在墙上："你穿上试试。"

简茸的脚是四十码，穿上正好，只是和他身上的水手服不太般配。

简茸坐在路柏沅的椅子上，低头弯腰看这双鞋，怎么看怎么喜欢。

他刚想道谢，头顶忽然飘下来一句——

"原来你没当小黄牛。"

简茸的心脏漏跳一拍。

过了许久，简茸闭了下眼，然后认命地抬起脑袋。

路柏沅仍倚靠在墙上，他脸上带着淡淡的笑，垂眼问："你为什么没卖票？"

简茸知道对方认出自己了，做了一个吞咽动作，过了好久才慢吞吞地应道："我很想看……就不卖了。"

路柏沅笑着"嗯"了一声,伸出手拍了拍简茸的头发。

他说:"你长这么大了。"

……

简茸抱着衣服来,又抱着鞋盒走。

简茸回到房间,还没等他缓过来,桌边的手机突然振动。

丁哥:"那身女装你还要吗?"

艹耳:"不。"

丁哥:"那你换下来给我吧,我拿去收好。"

简茸是得找点事做,分散一下注意力。他揉了一把脸,把身上的衣服脱了下来,然后是裙子、领结、兔耳朵、袜子……

袜子呢?

最后他甚至趴在地上找了床底,都没找到那双长袜。

他坐在木地板上开始回忆,脑中第一时间浮现的是路柏沅攥着他袜子的那只手。

简茸拍了一下自己的额头,然后继续回想。路柏沅把袜子放沙发上,他捡起来穿……不,他没穿,他塞大衣口袋里了。

路柏沅的大衣口袋,简茸又拍了一下自己的脑门。

不是吧,他刚刚检查了这么多遍,连衣领袖口都看了,却独独忘了口袋。

他塞袜子的时候太随意,左右各塞了一只,那袜子本来就薄,口袋上面那块小布一遮,根本看不出来。

简茸拿出手机想给路柏沅发消息。

"队长,我的袜子还在你的大衣口袋里。"

简茸指尖一顿。

他怎么觉得这话怪怪的?

如果消息发出去,那他岂不是还要去路柏沅房间一趟?

刚才说穿以后，路柏沅什么也没问。

路柏沅没问他为什么小小年纪去网吧打工，也没问他为什么认出自己却不说，只是沉默地揉他的头发，过了很久，才说了一句"十八岁生日快乐"。

几年过去，简茸已经不再是当年网吧门口少言寡语的少年，他的话依旧不多，但一言一行中透着一股对路柏沅的崇拜。

简茸从地上爬起来，删掉对话框里的字，决定明天再把袜子要回来。

艸耳：衣服放我这儿吧，我懒得下楼了。

丁哥：……

艸耳：？

丁哥：可以是可以……你应该不会把那套衣服丢了吧？

简茸：……

怪不得他大半夜来要衣服，原来是怕被自己丢掉。

艸耳：我没丢衣服的习惯。

当晚，简茸做了特别奇怪的梦。他梦见自己开了一个水友见面会，见面会一开始先是大型认亲节目，过了一会儿成了群殴现场——他一个打一百个，打得那群天天在弹幕刷他矮人国国王的傻瓜连声求饶。围观人士报了警，他到了警局填表，警察指着表问他明明是女的，为什么性别要填男，他才发现自己穿着水手服，脑袋上还戴着兔耳朵发箍。

然后路柏沅来警局领他了。两人从警局出来后，他把袜子脱了，塞进路柏沅的口袋里，说这是保释自己的谢礼。

这梦元素太多，简茸醒后第一反应是低头去看自己身上穿的什么玩意儿。他看到睡衣后松了一口气，重新躺了回去。

再睡肯定是睡不下去的，简茸闭眼在被窝里赖了五分钟，回忆了一下刚才在梦里揍水友的快乐，就翻身下床洗漱。

训练室内，小白跷着二郎腿坐在电脑前，边打游戏边说："早起的鸟儿有虫吃，他们都在睡觉，我一个人偷偷训练，比赛时我和他们的强弱差距一下就出来了，长此以往，代言费超过我哥指日可待，妙哇——"

"哇"的尾音还没拖完，训练室的门就被推开，小白张嘴转头，看到简茸顶着蓝色鸟窝头进来了。

小白的摄像头习惯放在左边，朝右倾，他觉得这个角度的自己帅极了。

于是水友们就看见简茸耷拉着眼皮，臭着脸坐到了小白旁边的机位上，侧脸上睡觉时压出的痕迹都还没消。他弯腰开机，全程没看小白一眼。

小白看着他眼下的乌青说："你是醒着的还是在梦游？"

"我是醒着的。"简茸没什么感情地回应，"但你确实在梦游。"

水友爆笑。小白想了半天，才反应过来简茸在嘲讽他刚才说的话。

"我怎么就梦游了？三分天注定，七分靠打拼，爱拼才会赢！"

简茸打开游戏，头也不回地问："你和队长的代言费差多少？"

"我哥也就，"小白轻咳一声，"高我个二……二三四倍吧。"

水友笑得更欢了。小白虽然只是一个辅助，但他的商业价值在职业选手里算很高的了，在他的基础上再多二三四倍……

简茸嗤笑道："嗯，你加油。"

一大早就被嘲讽，小白气得连喝了大半杯冰豆浆，最后把冰豆浆重重地放到桌上，再转过头去。

水友都以为自己马上要目击TTC老成员和新成员的首次不合现场——

"双排吗？宝贝。"

"哈哈哈，傻宝贝。"

"这个你都忍啦？"

"为了上分，你真的什么都做得出来呢。"

小白心想：不然呢，有本事你们来和他吵啊。

"我的宝贝AD还没醒呢，刚刚排了一把被坑了，不想打单排了。"小白朝他眨眼，"打吗？"

"你不要叫我宝贝，很恶心。"简茸说，"你拉我入队伍。"

小白赶紧发出游戏邀请,然后替弹幕里的水友问:"你不开直播吗?"

"不开。"简茸进入队伍,"我不给他们大清早破坏我心情的机会。"

可能因为刚恢复训练,大家今天都起得早,除了他们的队长。

Pine来了之后,小白就跟他双排去了,简茸则和袁谦双排,不过打得不太顺,已经连续两局遇到演员了。

当简茸敲完一篇骂人小作文举报队友时,训练室的房门被推开了。

简茸转头一瞥,登时僵住了。

路柏沅神色疲倦,眼睛因为刚睡醒变成了单眼皮。今天,他难得穿了一件外套——简茸昨晚还的那件外套。

简茸盯着他那口袋不明显的凸状,头皮有些发麻。

"小茸?"袁谦叫了他一声,催促道,"选位置。"

"哦。"简茸仓皇地回头,选了位置,在脑中想了千百种要回袜子的方式。

路柏沅没注意到简茸的视线。

昨天阿姨打扫他房间的时候没关紧窗户,窗帘拉着,他也没注意,吹了一晚上的风。今天他一睡醒脑子就有些沉,嗓子也不舒服,这不是什么好兆头。

在走向机位的路上,小白忽然回头叫住他:"哥,丁哥让我把打火机还你。"

路柏沅入了直播间的镜头,直播间里弹幕一时间全是"啊啊啊"。

路柏沅脚步一顿,眉头轻皱:"他闲得?"

"他说查了一下打火机的价格,还是不没收了,让你别抽烟就行。"小白说,"哥,你的嗓子怎么啦?"

"没怎么。"路柏沅接过打火机,顺手放进口袋里,然后他的指尖碰到了什么软绵绵的东西。

路柏沅一时没想起自己往大衣里塞了什么,顺手就把东西扯了出来。

小白直播间里几万活人眼睁睁看着他们的路神从口袋里拽出一条熟悉

的少女长袜。

小白愣住了。

Pine 挑了一下眉。

路柏沅倒没什么多余情绪，他盯着袜子想了两秒，就大致明白了情况。

简茸遇到了上把的演员，对方上来就说自己这把好好打，让队友给个机会。简茸预选了提莫想吓唬他，刚发出一句"傻瓜不配拥有机会"，突然感觉有人走到了自己身后。

他还没来得及回头看，一双长袜被放到了他的桌上。

"你的袜子落我衣服里了。"路柏沅微哑的嗓音从头顶飘过来。

啪嗒，简茸把提莫锁了。

简茸："……"

袁谦的大嗓门响彻基地："我的天！你真锁提莫啊？我们当演员是要罚款的，你知不知道？"

"我退。"简茸关掉游戏，打开电脑桌的抽屉，把袜子塞了进去，然后才硬着头皮抬头解释，"我昨晚忘了拿袜子。"

路柏沅"嗯"了一声，从自己机位上拿起水杯，又转身出了训练室。

强退游戏得等五分钟才能进行下一局排位。在等待期间，简茸低头喝了一口水，然后忍无可忍，转头问身边的小白："你看什么？多看我两眼能涨分？"

小白满肚子问题，想问又不敢问，于是干脆把自己的电脑屏幕转向简茸，让他看直播间里的弹幕——

"路神起来了？"

"路神这件衣服不是小傻瓜昨天女装直播穿的那件？"

"他赚了我们这么多钱还去蹭别的男人的衣服，小傻瓜，我真是看不起你。"

"袜子落衣服里了？怎么落的？是我想的那样吗？"

"你们有病吧，别 YY 好吗？衣服是我老公昨天好心借出去的，明显是 Soft 脱袜子的时候顺手塞口袋了。"

"谁会把袜子塞口袋啊？Soft 肯定是故意的，呕！"

"就是，这傻瓜心机还挺深，我放心了。"

简茸一言不发，收回了视线。

小白还以为他忍了，刚惊讶地挑起眉，就见他熟练地打开了直播软件，上播，开麦。

"你们别在其他人直播间吵个不停，"简茸说，"有本事直接来跟我对线。"

……

路柏沅知道自己感冒了，连着吃了三天的药。

但这玩意儿吃了容易犯困，打训练赛时没法集中精神，感觉好转之后他就停了药。

直到春季赛赛程恢复，到了他们跟战虎打比赛当天，路柏沅发起了低烧。

去赛场的车上，丁哥拿着面包和药走到路柏沅座位旁："你吃点东西垫肚子，然后吃药。"

"不吃。"路柏沅哑声拒绝。

或许因为发烧，路柏沅上了车也没摘帽子，整个人懒散地靠在车窗边，浑身散发着"无事勿扰"的气场。

车子马上要开，丁哥"啧"了一声，把药和面包都塞到了路柏沅身边的简茸手里："你哄他吃点。"

丁哥坐回原位，简茸拿着两件东西，有些茫然：怎么哄？

车子开到半途，路柏沅刚要闭目养神，药和面包又被伸到他眼前。

他的帽檐压得很低，看到这两件东西之后才抬起头看简茸。

简茸："不然你吃一片？"

路柏沅安静地等了几秒，然后带着倦意问道："你就是这么哄人的？"

简茸想了想，打开药盒："我帮你把药挤出来。"

路柏沉看他真要去挤药片，失笑一声，伸手阻止他的动作。

因为发着烧，路柏沉的体温有些高，简茸觉得手背被烫了一下。

"真不吃。"路柏沉看简茸仍倔强地拿着药片，顿了两秒，"这样吧，药你收着，我打完了吃，这样总行了吧？"

"你不难受？"

"不难受。"路柏沉的声音低沉，"打完比赛你再拿药给我？"

丁哥就坐在他们前排的位置，听到简茸那句犹犹豫豫的"好"，他闭眼"啧"了一声。

这到底是谁在哄谁？

今天，他们依旧是第二场比赛。

今天的比赛在 TTC 的主场馆打，简茸曾经路过这里。

许多电竞战队都在上海，所以上海原本没有战队有单独的主场馆。奈何 TTC 老板太有钱，直接开了一家线下电竞馆，临江且面积大，当时在电竞圈还掀起了一阵热潮。

TTC 老板在与赛方商议之后，赛方把这一处也纳入 LPL 比赛场馆中。

简茸下了车，重新抬头打量这儿。TTC 的主场馆是一栋极酷的黑色建筑，楼体上有棱角分明的白色皇冠队标和微微凸出的"TTC"字母，显得低调帅气。

"到了晚上，咱这队标、队名和楼边会亮，很好看。你打完比赛出来，可以看一眼。"袁谦注意到简茸的目光，拍了拍他的肩膀。

简茸回过神，收回视线，往赛场内走："好。"

今天，路柏沉把自己包裹得很严实，帽檐遮住整个眼睛，剩余的都进了口罩，再加上黑底白字的队服，整个人看上去就是一片黑，跟这栋建筑倒是很搭。

简茸走进休息室的第一件事就是去把窗户关严，然后才落座。

墙上的电视正在直播比赛。第一场比赛已经进入 Ban&Pick 环节，PUD

战队 VS UUG 战队。

简茸跟 UUG 队伍打过一场训练赛，对这支队伍不算熟悉，只记得这支队伍去年没有进入全球总决赛。

而 PUD……简茸从来没和 PUD 打过训练赛。

"PUD 拿铁男加日女？"袁谦看着比赛直播，皱眉道，"他们还真敢拿。"

"是 H 国那边高分局的新套路。"丁哥边记下边说，"这段时间，PUD 估计练了不少 H 国那边的新战术。"

"不算 H 国研究的，国服排位局早就出现这种组合了。"路柏沅咳了一声，闷着嗓音道，"H 国那边顶多是完善这个套路。铁男这种英雄……伤害高，血也厚，配上任何一个硬控，不论打中单还是下路都很强。"

"行了，就你这嗓子还是少说点话。"丁哥专心致志地看着电视，"看看再说。"

小白两只手撑着脑袋，好奇地问："你们说，PUD 跟 H 国那边的队伍约一场训练赛要花多少钱啊？"

这几个月 PUD 没和任何一支 LPL 战队约过训练赛，而是一直在花钱找 H 国的队伍打训练赛。

H 国知名战队前些年的训练赛是花钱也约不到的，早些年的 LPL 实力欠缺，特别喜欢模仿 H 国赛区的套路，所以两个赛区之间的关系起初并不友好。

这几年 LPL 崛起之后，倒也有些战队打通了这个渠道。

只是花钱约训练赛，总归还是难听。

"我怎么知道，我本来也想过约一两场……这不是小路不愿意吗。"丁哥嘀咕。

路柏沅靠在沙发上，懒得解释。

"我也不愿意。"简茸双手揣兜，说得直白，"花钱约训练赛，丢人。而且，这几年 H 国那边不也开始学我们赛区的阵容和套路了？"

"就是。"小白大放厥词,"别的赛区想来找我们约训练赛,我都得考虑考虑呢!"

"行了行了,我早就没打算约了。我觉得我们教练团现在挺成熟的,LPL其他战队实力也很强,确实没必要去找H国的战队。先专心看比赛吧。"丁哥说完,看到口罩和帽子都未摘的路柏沅,忍不住坐到他身边低声问,"室内开了暖气,你穿这么厚实不热啊?"

路柏沅说:"不。"

他最好是焐出点汗,体温就不容易往上飙。

路柏沅坐在门口旁的沙发上,简茸则坐在窗户旁。两人相隔甚远,简茸听不见那头的对话。

简茸面无表情,在心里盘算要怎么样起身坐过去才显得自然,身边的小白忽然"哎"了一声。

小白坐直身体,低头几秒之后才问:"简茸,你这双鞋挺潮啊。"

今天简茸穿的新鞋,是路柏沅送他的十八岁生日礼物。

简茸下意识看了一眼路柏沅,对方稍稍抬着下巴在看比赛,丁哥还在他耳边絮叨,估计没听见他们这边的对话。

简茸也觉得这双鞋时尚。他点头,含蓄地应了一句:"嗯。"

"是真货吗?"小白饶有兴致地问。

简茸:"比你的牙都真。"

小白:"……"

"你是发售的时候抽到的还是找别人买的?"小白撑着下巴,"我这不是担心你吗,这个限量款好多假货。"

简茸顿了一下:"限量款?"

"是啊。"小白看到简茸的表情,愣了愣,"你自己买的鞋,自己都不知道?"

简茸犹豫了一下,觉得好像没什么不能说的:"这是队长送我的,是生日礼物。"

"我的天哪！我哥这么大方？"小白惊诧片刻，又点头，"既然是我哥送的，那不用担心，肯定是真的。"

简茸皱眉道："这双鞋多少钱？"

小白摇头："我不清楚，原价一万八，现在大概炒到十万吧？"

简茸："……"

一旁的袁谦把他们的对话都听完了，插话道："十万都不一定能买到，这双鞋有门槛，要消费四十万才能买，买得起的都不太差钱，宁愿自己留着穿。"

袁谦见简茸一脸震惊，笑着说："你别紧张，对队长来说，这是小钱，洒洒水而已，你别有压力。"

小白虽然羡慕简茸，但跟着点点头："那确实，我哥有的是钱，只是他没送过我十万的鞋罢了。"

别说十万的鞋，简茸这十八年来买鞋的钱加在一块再乘以二都没十万。

简茸松了一口气，心想：还好自己现在算一个小富豪，买得了回礼，不然这个礼物自己真的收不起。

"你又不缺，你一柜子鞋呢。"袁谦安慰小白，"而且小茸是队长推荐进来的人，照顾一下很正常。"

这话简茸听得莫名顺耳。他抿了抿唇，刚想说什么——

"类似哥哥对弟弟的感情嘛。"袁谦接着说，"Pine 刚进队的时候，你对他不也很好吗？"

Pine 头也没回："一般。"

小白当即道："P 宝，你这个狼心狗肺的。"

简茸那点刚要浮现的笑又收了回去，靠在沙发上冷漠地看起比赛。

PUD 的新中单和队员磨合得很好，或者说是 PUD 其他两位本土选手跟其他三位 H 国人磨合得很好。打野 XIU 不断抓中，AD 白鹤不跟队友抢资源，辅助基本和中单在一起，总之就是力保中上双 C。

没多久，UUG 就处于劣势状态，目测撑不过二十五分钟就要输。

败局已定，简茸看得不专心，余光瞥见一个身影朝路柏沅走去。

他们队的替补打野 Moon 双手给路柏沅递上热水。

路柏沅扫了一眼，将水接到手上，没喝。

Moon 顺势坐到路柏沅身边，不知道说了什么，路柏沅垂眼听了几秒，然后摇头。

袁谦的声音把简茸的思绪拉了回来："Moon 还真是队长的小迷弟。"

"我哥的迷弟还少吗？"小白打了一个哈欠，拍拍简茸，"说到这儿，Moon 跟你一样，也是队长选进来的。"

简茸面色不改："是吗？"

小白"嗯"了一声："我记得当时离比赛就一个月吧，我们队急需一个打野替补。本来丁哥联系了一个外援，结果那人拿乔半天，我哥就直接从丁哥那儿抢电话喊他滚蛋，然后去我们青训队里挑的 Moon。"

简茸沉默片刻，才干巴巴地应道："哦。"

简茸记得 Moon 今年 17 岁，等 Moon18 岁，路柏沅也会送他鞋吗？

第二场比赛简茸看得很不专心，当他转头想问"Moon 生日是什么时候"时，坐在另一头的人出声叫他。

"简茸，"路柏沅说，"你坐过来。"

简茸起身过去，Moon 看了眼桌上未动过的水，默默给简茸挪了位置。

路柏沅仍旧看着电视，几秒后，他问："Savior 刚刚那一波操作你看到了吗？"

简茸一顿，以为路柏沅是想让他学着，刚要说自己没专心看。

"错误示范。"路柏沅接着道，"他的缺点很明显，下次对上他你可以注意一点儿。"

"好。"简茸应道,"我回去多看几遍录像。"

路柏沅"嗯"了一声,过了一会儿,他回头问:"如果今天我们跟PUD打,你觉得你和Savior对线时的胜率是多少?"

简茸抬眸对上路柏沅的眼睛,道:"80%。"

路柏沅笑了一下。

斩钉截铁地说自己比所有赛区目前最看好的新人中单强,是简茸的风格。

路柏沅戴着口罩,简茸看不清他的表情。简茸见他不说话,问道:"你不信吗?"

路柏沅偏头咳了一下,说:"信。"

观众的欢呼声响起,PUD以2:0漂亮地拿下这场常规赛。

工作人员通知他们上台,路柏沅摘了口罩和帽子,因为脸色太苍白,他难得没拒绝化妆要求。

TTC一行人刚走出休息室,就撞见了刚从厕所回来,正打算回训练室的XIU和他们战队新中单Savior。

"哟。"XIU笑着打趣,"路神今天化妆了?太帅了吧。"

路柏沅扫他一眼:"别贫。"

"你的嗓子怎么哑了?"XIU挑眉,"怎么样,一会儿能打赢战虎吗?"

"当然。"袁谦看出路柏沅不想说话,接过话,"你们的日女铁男挺厉害啊。"

"一般一般,就是拿出来试试。那你们去吧,我先……"XIU的话还没说完,他身后的Savior突然伸手抓了一下他的衣服。

XIU一愣,很快反应过来:"哦,对了,你有话要跟Soft说是吗?"

简茸抬眼看去。

Savior今年二十岁,戴眼镜,圆眼睛圆脸。

他看着简茸,很久没说话。

"Soft,你等等,他不太会中文。"XIU解释。

简茸等了一会儿，没了耐心："连个字都说不出来，你们打比赛时怎么交流的？难不成是你和 AD 去学外语？"

"你……" Savior 终于组织好语言了，他先是抬手在自己脑袋上比了一只兔耳朵，"So Cute."

简茸："？"

"可是，LOL，你……" Savior 先是用食指指着简茸，然后摇了摇食指，再指向自己，"我更厉害。"

众人："……"

别说，他看起来还挺蠢萌的。

可惜简茸不吃这套，他花了十秒钟明白对方的意思，然后礼貌地询问 XIU："请问'给我滚'用 H 国语怎么说？"

XIU 无语了几秒，然后扑哧笑出来："别激动……他只是还记得以前跟你遇见的那几场排位赛。你直播那天，他一直捧着手机看呢，是真觉得你可爱。"

小白心想：您可别说可爱这词了，否则这家伙嘴一张，谁都拦不住。

果然，简茸的脸已经臭了几分。

前面的工作人员见他们停下，忙过来问："路神怎么了？现在可以上台吗？战虎的选手马上就上去了。"

路柏沉点头，没说话。

简茸看了眼路柏沉的后脑勺，咽下刚到嘴边的嘲讽，心想：赶紧走，赶紧打，赶紧回基地。

谁知他刚迈出一步，又被人叫住了。

虽然 Savior 最近在学中文，但他确实刚加入 LPL 没多久，只会一些游戏交流的常用语。

Savior："Soft，微信，可不可以？"

"No，"简茸没什么好气地回答，"I can't speak H 国语。"

这英文让路柏沉扯起嘴唇笑了笑，后脑勺断断续续传来昏沉感，路柏沉再回头的时候，已经恢复原来的表情。

"走了。"

简苴闷头"嗯"了一声，双手揣兜，踩着新鞋跟上了路柏沉的身影。

战虎的人已经坐在位置上了，五个老选手个个身形魁梧，光坐在那儿就有种不一样的气场。

"大牛哥最近好像又壮了一点儿，队服都包不下他的肌肉了，看来战虎又要重新给我牛哥安排一套新队服了。"解说甲打趣道。

解说乙点头："是，身为老选手，战虎全员平时都非常注重锻炼啊。确实，保持健康的身体才能有更好的发挥——TTC 队员上台了。哦哟，今天路神好帅啊！"

导播立刻给路柏沉来了一个大特写镜头。

男人面无表情地确认设备情况。他帅是帅的，就是看着比平时要冷淡得多，落座之后没开过口。

"唉，我突然有点了解部分女粉丝的心情了。"解说甲感慨。

"行了，你闭嘴，再说下去你的内容要违规了。"解说乙挑眉，"Soft 的脸色好像也不太好？今天 TTC 怎么啦？"

"啊？Soft 不一直是这个表情吗？哪天他笑着上台才古怪呢。"解说甲忽然笑了一声，"不过说到这儿……导播，你不懂事儿啊，今天的镜头不该是给谦哥的吗？"

虽说袁谦为人还算低调，但如今人们对职业选手的关注不亚于明星，再加上袁谦没存心隐瞒他和女主播悠悠的恋情，而悠悠今天就在现场，就坐在第一排，于是每次的观众镜头都会特意拍她。

悠悠见被发现了也不躲了，镜头再次给过来时，她麻溜地从身后掏出应援牌，上面的大字一闪一闪发着光——

"Soft 放心喷，悠悠永相随。"

后面带着一行小字：（另祝 Qian 比赛顺利）。

全场爆笑起来，连解说都没绷住。

台上的人也看见了。

小白乐死了："谦哥，这就是嫂子找你拿票的原因？"

"是的。"袁谦也笑了，"小茸直播那天她还刷了礼物的。"

简茸却笑不出来。

悠悠旁边还有几个给简茸应援的，应援条上印着他戴兔耳朵的照片，旁边还写着"兔耳甜心大喷子"。

滤镜最少给他打了三层，他一眼看过去差点认不出自己。

他迅速收回目光："他们这样算侵犯我的肖像权吗？"

"不算吧？我哥应援手幅上经常有他的照片。"小白好奇地问，"对了，刚才 XIU 说你和 Savior 打过排位赛，什么时候的事儿啊？"

简茸："是打过几场，时间不记得了。"

"赢了输了？"小白问。

"赢了。"

"厉害了！"小白一顿乱夸，"怪不得他还记着你，啧，我们中单真物美价廉。Savior 签约费好像是你的好几倍呢……你这波签约亏了呀。"

简茸"嗯"了一声："下赛季我就涨价了。"

丁哥用本子敲了一下两人的脑袋："别在比赛现场说这些！"

第十四章
对战战虎

ROAD

众人检查好设备之后，比赛很快进入 Ban&Pick 环节。

两个战队的禁用名单和训练赛时都差不多，战虎拥有首选权，第一个锁了卡牌。

"小茸，玩什么？"袁谦问。

路柏沅喉咙干涩，刚拧开矿泉水瓶喝了一口水，就听见简茸在耳机里说："小鱼人。"

"这玩意儿蓝耗和推线都够呛，你拿了前期都别想碰他们中路的塔。"丁哥想确认一下，"你真想玩？原因？"

"线上可以压制卡牌。"简茸顿了一秒，"我想速战速决。"

丁哥还是犹豫了，他问："小路，你看呢？"

路柏沅把矿泉水瓶放回原位，被水滋润过的嗓子有些发哑："战虎比赛的状态和他们打训练赛时不一样，你觉得能打你就拿。"

简茸从来没觉得自己不行过。

这话一出，袁谦直接帮他锁了小鱼人。

二楼，路柏沅和丁哥商量之后，决定拿万金油打野巨魔之王。小鱼人伤害已经足够，他们需要血厚一些的前排。

直到对面掏出剩余英雄，战虎的套路就已经非常清晰明了。

卡牌、慎、梦魇、寒冰和蛤蟆。

Pine 修改着符文："他们这局打全球支援流。"

卡牌有半个图的传送大招，梦魇则是大范围内飞向敌人的大招，慎更是可以直接传送到友方身上，这三个英雄加在一块儿就是传说中的一支穿云箭，千军万马来相见。

这种套路，最针对的就是下路。

选完英雄，丁哥下台之前叮嘱："下路多小心，前期最好别打架。"

一分钟后，比赛正式开始。

简茸和大牛在训练赛或者排位中已经对线过无数次，他拿小鱼人不是自傲，是在训练赛中单杀过对方好几回。

但这局游戏进行到五分钟，简茸就察觉到不对劲了——大牛根本不跟他打。

大牛不仅不跟他打，甚至只靠Q技能吃兵，只要简茸位移突脸的技能还在手上，大牛就宁可不吃后排小兵也不上前一步。

"这卡牌是不是有点太稳了？宁愿不吃兵也不给Soft一个碰到自己的机会？"解说甲自问自答，"不过这也是战虎的一种战术吧，前期不出任何错漏，中后期依靠团队配合打出优势。"

"确实，当他们选出支援流的时候这个战术就很明显了。"解说乙笑了一声，"只是……Soft选手这局恐怕要憋屈了啊。"

简茸确实很憋屈。

这叫对线吗？这叫清兵。卡牌不上来跟他打，加上卡牌清兵能力强，简茸好不容易把线压到对方塔下，却根本摸不到敌方的防御塔。直到升到六级，他也只碰到卡牌一次。

这种对局前期就是各自发育，没有任何看点。解说们也觉得索然无味。

"七级了，卡牌清完兵终于回家，这是他本局游戏中第一次回城，大牛现在的等级比Soft落后半级，但我觉得问题不大……咦？"解说甲看到卡牌的动向，嗓音终于有了变化，"大牛往下路去了！这是要开始了啊——TTC下路没有察觉，双方还在和谐补兵，这位置说实话有点危险啊……来了！"

简茸刚说完一句"卡牌不见了"，游戏屏幕忽然一暗——是敌方打野梦魇的关灯大招。

三秒之内，战虎五人齐聚下路。

"我的妈啊！"小白疯狂逃命，"我就多看了他们辅助一眼，就一眼，至于这样吗……我的天，他们还要越塔！"

"我在。"路柏沅早就隐隐感觉到对面要来越下路，一直在下半野区等着。见状，他果断放弃两个小石头人往下路支援。

简茸虽然出了一个小布鞋，但依旧来晚了。他到达下路时，小白和Pine已经阵亡，路柏沅艰难地杀掉敌方辅助，血条状态非常差。

简茸想也不想就闪现丢大。当大招即将扔到战虎AD落落身上时，敌方的辅助蛤蟆吧唧一口把落落吃到肚子里，闪现躲掉了简茸这个大招，头也不回地跑掉了。

简茸这次支援什么也没做成，回中路时卡牌已经吃完了一拨兵，拉回了等级差距。

第一场小团战奠定了这局游戏的节奏。

战虎拿了优势也不浪，队友不来支援他们就尿，卡牌吃完中路兵线就去吃旁边的小野怪。简茸一分钟之内要打好几次Miss，搞得上下二路人心惶惶。

十分钟，战虎三人同时出现在上路。他们的配合打得实在是太好了，越塔分伤害都算得清清楚楚，简茸还没走到上路，系统就传来了队友死亡的消息。

十五分钟，简茸找到机会，眼见就要单杀大牛，却见战虎上单，慎丢了大招支援下来，同时他们的辅助蛤蟆开启大招，落点就在简茸脚边……最后是路柏沅及时赶到，勉强救下简茸。

"这局游戏已经完全进入了战虎节奏。"解说甲摇头，"必须有个人站出来，只要打断他们一波支援，就还有翻盘的机会，路神可以吗？"

解说乙："路神可以，但巨魔这英雄不行啊！虽然我能看出路神是为了前排选择的这个英雄，但TTC队内双C目前伤害还是不够。Pine一直被抓，Soft这个小鱼人……说实话，很难杀人。战虎这个阵容控制很足，保人能力很强。要我说，Soft其实不该选择小鱼人，对于战虎这样的队伍，他选一个后期英雄打团战或许更有用。"

三十分钟，一场大团战结束，TTC战死三人，战虎开始动大龙。

当大家以为比赛即将结束时，路柏沅冲进龙坑抢下大龙，残血闪现逃跑，强行给TTC续了一波。

可惜没用，战虎靠着清兵能力出色的寒冰和卡牌，硬生生拖到大龙Buff结束才打团。

四十六分钟，战虎推掉TTC基地水晶，拿下第一局游戏的胜利。

工作人员让他们下场休息等候第二场时，简茸还坐在座位上没动。

这是他在职业赛场上输掉的第一场比赛。

这和输排位时的感觉不一样，排位赛是随机队友，随机敌人，不会有这种被战术狠狠压制住的感觉。这四十六分钟里，简茸觉得自己拳拳都打在棉花上，有一股浓重的无力感。

简茸点开战绩表，想看自己的输出，脑袋被很轻地拍了两下。

"站起来，先下去。"路柏沅道。

当简茸摘下耳机走向后台时，大荧幕上已经出现了这局游戏的详细数据。

"嗯？"解说甲一脸惊讶，"我发现Soft打出的伤害没有我想象中的低。"

"不然你以为这局游戏为什么能拖到四十多分钟？中间好几场团战他都差点带走对方C位。"解说乙感慨，"可惜战虎这边有个蛤蟆，保人能力太强了，Soft真的切不死，能看出他后面已经有些着急了。"

回到休息室，简茸第一句话就是："我的。"

"跟你没关系，是我点头让你拿的。"丁哥匆忙地安慰一句，然后道，"打战虎还是得用套路对付套路。"

简茸没点头也没说话，要说这局最大的问题出现在哪儿，肯定是他自己。

他本来就不擅长打支援，遇上支援能力强的对手，这个缺点就更加明显，但现在不是自责惭愧的时候，他接下来还要继续上台比赛。

路柏沅靠着沙发看上局比赛的数据，镜头切到观众席后，他喊了一声："小白。"

小白还在激情复述自己刚才被四人追杀那一幕，闻言转头："怎么了，哥？"

"下局你拿硬控。"路柏沅交代，"打野辅双游。"

野辅双游，顾名思义，就是打野和辅助双人游走带动全场节奏，这样 gank 成功率会大大提高，也能呈现更好的视野。

这个战术对 ADC 的要求比较高，毕竟 AD 需要自己一个人在下路发育。

不过好在 Pine 个人能力强，独自发育没问题。于是第二局的战术就这么定下来了。

第二局游戏很快开始。

"眼我都做好了，P 宝你在下路要好好的哦。"跟路柏沅出门 gank 之前，小白像老妈子似的叮嘱，"对面辅助如果上来干扰你，你就忍一时风平浪静，退一步海阔天空，他干扰你几次你记下来，等我风光归来，再帮你报仇。"

Pine 玩的 EZ，这英雄逃命一流，根本不担心这些。他头也没回地补兵："你能不能快点走？"

简茸这局拿的辛德拉，前中期控制和伤害都够。

在路柏沅打出"正在路上"信号的那一刻，简茸直接闪现推球，把敌方中单稳稳晕眩在原地。路柏沅操控着蜘蛛丢网禁锢之后跳脸，配合着小白的日女大招控制，大牛直到死都没能点出闪现技能。

"TTC 的控制接得太漂亮了。"解说甲失笑，"大牛的闪现恐怕都摁烂了。"

"确实。"解说乙道，"不过战虎最会从失败中找寻经验，大牛死了一次，下一波恐怕没这么好抓了。"

简茸拿了人头回城后，刚从家里出来，路柏沅的声音响起："简茸，跟我去一趟上路。"

中路有一大拨兵，不吃很亏，上路两人风平浪静，和平发育，不像会出事的样子。换作平时排位，简茸估计要直接屏蔽队友。

此时，简茸一点儿没犹豫，转身跟在路柏沅和小白的身后，一起去了上路，然后逮到了绕后来gank袁谦的敌方中野。

简茸的发育比大牛好，又有后手优势，这场团战自然是他们这边赢了。对面死了三个，他们只失去了一个袁谦。

"三个人头，我就拿了一个助攻。"袁谦气道，"战虎怎么老这样？gank都是三人起步，一点活路不留啊？"

"Pine拿EZ他们不好抓，当然抓你。"路柏沅抿唇，咳了一声，"下波他们可能还会过来，你别压线，先去拿先锋。"

路柏沅带着队友成功反蹲两波，这局游戏从中期开始，TTC的优势逐渐明显。

但战虎打团配合依旧出色，撑过了三场大团战，硬生生拖到四十九分钟才露出破绽，袁谦闪现开团控住敌方AD，其余四人紧跟而上，打出一波团灭并拆掉了敌方基地。

比分来到焦灼的1∶1。

路柏沅一脸平静地下台。回到休息室后，他懒洋洋地坐在沙发上，手揣在兜里，看似在听丁哥分析下场Ban&Pick，实际上一个字都没听进去。

良久，他趁周围的人不注意，抬手抹掉额间的冷汗。

中场休息时间很短，没多久工作人员就来催他们上台。

几分钟后，两队成员重新回到赛场上。

路柏沅刚落座，他搁在桌上的矿泉水瓶就被旁边的人用手背很轻地推了过来。

赛场上禁止交头接耳。

简茸仍旧看着自己的屏幕，低声说："上局比赛，你一口水没喝过。"

路柏沅感受着手腕隐约传来的疼痛，面不改色地应道："我不渴。"其实他的嗓子干得快冒火了。

可根据以前的经验来看，他的手腕还是能不动就尽量不动。

简茸皱眉："但你在发烧。"

两人不知道，他们的小动作已经被摄像机捕捉到，并放在了大屏幕上。

解说甲："Soft目前的压力还是很大啊，看这眉头皱的。"

"毕竟他第一局完全被战术碾压了，换谁都有压力嘛。"解说乙微笑道，"有压力是好事，有压力才能进步。看来Soft也已经成长为一名很专业的职业选手了呢。"

"呢"字的尾音卡在了解说乙的喉咙里。

只见转播屏幕中，Road不知说了一句什么，Soft先是闭嘴愣了两秒，然后很自然地伸手……拿起了Road键盘旁的矿泉水。

他拧开矿泉水，重新放到电脑桌上。

Road笑了一下，拿起矿泉水喝了一点儿。

"再喝一口，"简茸说，"比赛的时候我拧不了。"

路柏沅没应，只是拿起来又喝了一口水。

Road喝完水后，Soft面无表情地把水瓶拧紧放好。两人没再交流。

两位解说同时蒙了。

LOL直播电视台中——

"这傻瓜刚被战虎暴打，现在还要负责帮队长拧瓶盖？"

"可能这就是被暴打的惩罚吧，挺好的，希望路神好好教育这傻瓜，那场小鱼人比赛我都不忍心看。"

"Soft的粉丝是认真的吗？我怎么觉得Soft输比赛你们还挺自豪呢？"

"果然，Soft只配虐虐YY那种垃圾队伍，遇到战虎都这样……以后碰上PUD岂不是要被打成狗？"

"Soft要是刚上赛场就能吊打所有战队的中单，那LPL中单全体退休算了，还打个屁的职业？"

"我也想帮路神拧瓶盖。"

其他人不知道怎么回事，简茸也不知道怎么回事，路柏沉让他拧开瓶盖，他就拧了。

队内其余三人耳机戴得晚，没听见他们这段奇怪的对话。

容不得简茸多想，裁判确定设备和选手都没问题后，游戏很快进入Ban&Pick界面。

丁哥表情凝重："这局——"

路柏沉打断道："你帮我拿男枪。"

丁哥一愣："打战虎你拿男枪？"

男枪是一个需要高经济支撑的强势打野，必要时还得吃队友经济，这跟上上局简茸掏出来的小鱼人有什么区别？

丁哥苦着脸："打弱队你拿男枪我没意见，打战虎你给我一个理由。"

路柏沉："速战速决。"

丁哥："……"

你这台词都不带换的是吗？

"啊？"解说甲一怔，"TTC锁了男枪？打战虎还要掏男枪吗？拿个挖掘机之类的英雄会更好吧？"

"我发现咱LPL的选手就是喜欢男枪，在本次春季赛中pick率非常高，但这英雄胜率其实特别低，开赛到现在男枪就赢了两场，还都是Road赢的。"解说乙一脸纳闷，"可战虎是一支配合、运营都在及格线以上的队伍，拿男枪……如果不好好表现，很容易成为上上场的小鱼人。"

选英雄结束，Qian把男枪换给了Road。

在进入游戏的最后一秒，路柏沉动动鼠标，把闪现技能换成了引燃。

其他四人："？"

解说："？"

观众："？"

刚下台的丁哥："？"

闪现可以说是《英雄联盟》里最重要的召唤师技能，可以往前移动一小段距离，是逃命、追击、躲技能的绝佳利器。

直到进入游戏，两位解说都还处在震惊中。

解说甲："不要闪现，要引燃？"

"这要不是 Road 临时更换，我都要以为是他带错技能了。"解说乙看呆了，"这比赛我有点看不懂了。"

解说甲犹豫着说："或许是 TTC 教练团的新套路？"

丁哥面无表情地看着转播，心想新套路个鬼。

小白也以为是路柏沅带错了，清清嗓子小声提醒："哥，你这引燃男枪够时髦啊。"

路柏沅："嗯。"

小白："……"

简茸打开战绩表，看了眼路柏沅的技能，抿了下唇，忍着没问。

当大家摸不着头脑时，男枪打野怪升到四级，然后扛着自己的霰弹枪摸进了敌方野区。

路柏沅的行动轨迹被战虎打野插在河道的眼捕捉到，打野连忙在语音里呼叫自己的中单往这边靠。

解说甲看得忧心忡忡："完了呀，Road 被发现了。"

解说乙："没事，Soft 和 Qian 也赶去支援了。"

"他们中单过去了。"简茸迅速报位置，并果断放弃面前的小兵往野区走，"我马上来。"

袁谦看了眼小地图："我也来了。"

路柏沅已经找到了敌方打野的位置，他道："不用，你们待着补兵。"

简茸一怔，鼠标在界面上晃动了几秒，最后听话，回了头。

"Soft 不去了？"解说甲一脸蒙，"这波卖队友我有点没看懂呀。"

解说甲话还没说完，就见路柏沅在上路石头人处，精确地找到还剩百分之六十血条的敌方打野巨魔之王。

战虎打野知道队友在赶来的路上，也没尿，上来就想跟路柏沅打一波，然而——

男枪往他脚下丢出烟幕弹技能，然后一个简单的平 A，挂点燃，再平 A，成功触发相位猛冲，一套伤害直接把战虎打野打蒙了。

战虎打野看到自己剩余不多的血条，果断交出闪现，男枪再一个位移 E 冲上来，Q 技能的爆炸声在耳机中响起，战虎打野眼睁睁看着头顶上挂着的引燃把自己最后一丝血条烧尽。

"First blood（第一滴血）！"

Road 一套操作下来，不超过十秒钟。

当大牛赶到的时候，正好看到自己的队友倒下，他看了眼路柏沅过半的血条和身上的双 Buff，果断地回头跑了。

"漂亮！"解说甲喊出声，"Road 这套技能丢得太果断了！他绝对事先计算好了自己的整套伤害！"

解说乙点头："引燃烫死的，这个引燃带得太关键了。"

"这波引燃是起到了关键作用，但没有闪现，中后期打团抓人其实还蛮困难的。"解说甲稍稍冷静下来，"再往后看看。"

PUD 休息室里，在一血爆发之后，XIU 啧啧摇头，背起包说："回去吧。"

Savior 一脸疑惑："不看了？"

XIU 笑了一下："没必要看。我统计过，从去年夏季赛到现在，他玩男枪拿一血的比赛，一场没输过。"

会玩的男枪，前期就是野区霸主，更别说这玩意儿给到意识超高的 Road 手上，还让他拿了一血，身上带着点燃……希望战虎的打野没事。

十分钟后，战虎的打野第 N 次在自家野区被路柏沅追着跑。

"路神是不是在我们野区插了眼？"战虎打野被气到无力，"我走到哪儿他抓到哪儿也就算了，他还在我野怪旁边等我。"

大牛眉头紧皱："你别跑，我来了，反打一波，别再让他发育了。"

片刻后，路柏沅的追杀名单里又多了一人。

战虎中野被男枪一路从蓝 Buff 追到自家中塔下，好不容易快要逃脱，简茸操控着沙皇忽然闪现上来丢出大招，把他俩推回路柏沅面前。

"Double kill（双杀）！"

"我的天，男枪一个人追着两个人打！"解说甲激动得唾沫横飞，"Road 现在领先大牛一级，领先敌方打野两级！Road 的节奏实在是太可怕了，战虎竟然没有丝毫反抗能力！"

十二级，男枪去下路抓战虎的 AD 落落。

一枪暴击，给人崩掉了半条命。

落落："？"

这伤害是真实存在的？

装备等级相差太悬殊，以至于之后路柏沅每次走向落落时，解说都在嚷着——

解说甲："落落快跑！"

解说乙："跑不掉了，落落可以直接双手离开键盘了。"

"这到底是什么东西？"解说甲看着男枪三枪崩死敌方 AD，陷入了深思，"不说一代版本一代神？这个版本男枪也不强啊。"

"Road 都做几代神了，习惯就好。"解说乙笑道，"这局游戏让所有战队意识到，下次再遇见路神，要么选个强势英雄跟他拼命，要么 ban 掉男枪算了。"

解说甲："说来好久没见过 Road 的盲僧了，那才叫每代版本都是神……话题扯远了。话说到这儿，我发现一个很有意思的现象。"

解说乙挑眉："什么？"

解说甲："Road 这一局偷吃自家上路经济，偷蹭下路经验，唯独中路，他可一个兵没碰。"

二十五分钟，战虎决定背水一战，趁 TTC 上下两路拿完小龙回城的间隙想去偷大龙。

解说们霎时又激动了——TTC 在大龙附近做的眼，几秒钟前刚灭。

"有机会有机会！"解说甲激动道，"战虎这阵容打龙不算慢……诶，完了。"

只见刚收完中路一波小兵的路柏沅忽然停止回城，朝漆黑一片的大龙摸索而去。

战虎偷大龙偷得正嗨，"噔"一声，一个绝望的眼插进了龙坑。

大牛咬牙道："继续打，他们家三个人回城了，我们这儿五个人，Road 不敢下来的。"

路柏沅是没下去，因为简茸从侧面冲进来，戳戳两下把大龙抢掉，然后闪现逃跑了。

"太残忍了。"解说甲表情复杂，忍住说脏话，"这比他俩冲下去团灭战虎五人还过分。"

二十八分钟，TTC 五人抱团冲上战虎高地，推掉敌方水晶获得胜利。

前两局都是鏖战，这局却是压倒性胜利。游戏结束之后，在场好多观众都还没回过味来。

当简茸摘下耳机的时候，正好听见解说甲的咆哮——

"让我们恭喜 TTC 以 2:1 成功拿下这局常规赛！"

这嗓门，不知道的还以为他们打的是总决赛。

简茸揉揉耳朵，刚想起身，转头发现路柏沅还保持着坐在原位的姿势没动，手甚至还放在键盘和鼠标上。

简茸隐隐感觉不对："怎么了？"

路柏沅忍着头疼，很轻地吐了一口气。

他的口红已经掉色了，苍白的唇色显露出来。

"没，我打太久了，有点累。"几秒后，路柏沅才把手从鼠标上挪开。

他站起身，嗓音沙哑，"走了，去握手。"

直到路柏沅走下选手座位的台阶，回头用询问的目光看简茸，简茸才终于回神。

他看到路柏沅的右手微不可察地在张合，他自己手累时也喜欢这么做。

简茸把耳机随手放到桌上，起身跟路柏沅去握手。

握手是比赛中很短暂的环节，胜者说多像炫耀，败方根本没心情开口。

战虎的选手明显异于常人。

前几位都还好，顶多就是一句"路神厉害"，到了战虎大牛这儿……

阿牛微笑："点燃男枪这操作也太牛了吧！"

路柏沅说："还行。"

"教练好不容易让我们打野改掉选男枪的坏毛病，这场打完估计又得捡起来了。"阿牛叹气道，"下次再遇到你，一定把你摁死在前期。"

路柏沅的话语没什么起伏："你摁不死。"

阿牛大笑一声，还想说什么，突然察觉路柏沅身后传来一道不太友善的视线。

其余三人都在前头，路柏沅身后只跟着一个人。

简茸盯着前头两人握了半天的手，越看眉头皱得越深，冷冷开口催促："能快点吗？"

阿牛："……"

握手完毕，选手收拾外设下台。

小白把键盘拆下来："最后这局躺得真开心，我们以后每局都抢男枪怎么样？"

Pine 说："你躺，我没躺，我 303（战绩）。"

"队长，你没事吧？"袁谦别过头问，"你这局打得很急啊，是不是……"

袁谦这话提醒其余两人，小白和 Pine 同时停下动作看向路柏沅。

"嗯。"路柏沅拔掉键盘 USB 接口，"困，我想快点打完回去睡觉。"

小白还想继续问，就见一直闷头收拾自己外设的简茸站起身来，从路柏沅桌上拿过键盘，将数据线仔细地缠好。

简茸说："我帮你拿下去。"

路柏沅看了他一眼："好。"

其他三人疑惑不解，看着他们的中野。

解说和观众们也一头雾水。

"Soft 遭遇队内霸凌实锤。"

"Soft 未免太殷勤了吧？他不知道职业选手的键盘其他人是不能碰的吗？"

"前面在哪里被洗脑了？TTC 的基地阿姨偶尔会帮他们清理键盘，我在小白直播里看到过。"

"Soft 在巴结 Road？连职业战队内部都要搞这一套吗？唉，果然直播出身的选手就是比较势利眼。"

"打职业还看选手出身？那我就得跟你好好掰扯掰扯。我家傻瓜入队之前起码是一位百万富翁，直播还没火的时候就上过 H 服王者第四，星空 TV 英雄联盟主播排名，他没前十也有前二十，全联盟你能挑出几个比他出身好的选手？"

"吵归吵，有些事我得澄清一下。Soft 那不叫巴结，叫关爱。"

当"关爱"这条弹幕刷过去时，比赛镜头正好给到简茸的背影。

他把两份外设抱在怀中，头也不回地下了台。

"辛苦了，打得不错。"丁哥就站在后台入口等他们。丁哥表扬完上下两路的选手后，把路柏沅拦了下来。

他压低声音问："你的手是不是又疼了？"

丁哥从他开口要男枪时就觉得不对劲了，但担心影响其他队员的状态，在台上忍着没问。

读条时导播给了路柏沅一个单独镜头，丁哥看到他微不可察地动了动手指，几乎是瞬间就确认了这个事实。

路柏沅知道瞒他没用，反而会让他越想越多，于是低声应道："一点儿，昨晚我睡觉压着手了，醒的时候就麻。"

丁哥拿出手机道："我让针灸师去基地。我去跟赛方沟通一下，赛后采访让其他人上。"

路柏沅问："我不是 MVP？"

丁哥想也没想道："当然是。"

身后，简茸抱着键盘下台。路柏沅余光瞥见他，声音又低了几分，快速道："那就我去，几分钟，耽误不了事。"

前台，两位解说刚走到"分析谁是这场比赛 MVP"的流程。

解说甲："这应该没必要再猜了吧？"

"确实。"解说乙问完自己也笑了，"如果这场比赛只打两局的话或许还有得猜，毕竟第二局 Pine 的单人路打得很稳，补刀一点儿没落；小白跟着打野游走时眼位做得很精准，意识也到位；谦哥后期团战开得很漂亮，但第三局比赛完全是路神的个人秀啊。除了 Soft 抢大龙那一波，我的目光一直放在路神身上。"

话音刚落，大屏幕上很快显示 MVP 人选，路柏沅的正面照出现在荧幕右侧，形象照上，他眉眼冷淡，旁边是男枪 8/0/6 的惊人数据。

简茸刚把路柏沅的键盘放回他的外设包里，赛后采访就开始了。

小白看着电视唏嘘："我从来没见我哥这么虚弱过。"

"他就是太久没病了。"丁哥叹气，"我该让他补点口红再上去。"

今天负责采访的是一位男主持，老面孔了，很喜欢在末尾问比赛之外的问题。联盟见观众反响不错，也就没有制止。

前面是惯例老问题，路柏沅应得也很官方。

几个问题后，主持人忍不住问："路神的嗓子怎么了？是不舒服吗？"

路柏沅："一点儿小感冒。"

"训练之余也要注意身体啊。"男主持关心两句，继续往下说，"其实今天前两局赛况是非常焦灼的，新选手似乎还不是很适应慢节奏的比赛，好在第三局比赛你站了出来，一把快节奏男枪打得战虎措手不及，观众们一定也看得非常激动。我想问，当你选出男枪的时候，是不是就做好了carry全场的准备？"

路柏沅："每位选手上台之前，都要做好carry队伍的准备。"平时采访时一向话少的人此时正看着镜头，缓声说，"但每个战队打法不同，所有赛区里没有哪位选手敢说自己能carry每一场比赛，这时候就要试着依靠队友。今天是我站出来，明天可能就会是Soft，会是Pine、Qian或小白。"

简茸微微一怔，因为听见"新选手不适应"而捏紧的拳头松了一些。

"没错，路神说得对。"在网上疯狂冲浪的男主持微笑着点头，"那么在采访结束之前，我还有一个私人问题要问。贵队新中单前段时间的女装直播，路神你觉得怎么样？"

简茸的拳头又硬了。

路柏沅安静了两秒，说："比其他人的直播好看。"

采访结束后，TTC众人上了回基地的车。

简茸上了车才发现，之前导播给到镜头的女主播悠悠也在车上。

"我就是想给袁谦送点东西，在你们基地待十分钟就走。"悠悠朝他们眨眼，"你们介意的话，我不进基地也行。"

悠悠说的是"你们"，看的是简茸。悠悠前几次也来过基地，不影响训练，其他人自然没意见。

简茸耸耸肩，表示自己无所谓。

这个女主播刚才还拿着自己的应援牌，简茸不知道怎么跟她交流才合适，于是一路躲着她的眼神，回到了自己的座位上。

悠悠看出这点，忍不住跟他搭话："Soft，你别不自在，把我当作普通观众……普通水友就行。"

袁谦失笑道："你逗他干吗？小茸你别理她，她就话多。"

简茸看到路柏沅和丁哥一块儿上了车，头也没回，含糊地"嗯"一声算应了。

路柏沅穿过前排座位，随意应了丁哥两句，很自然地坐到了简茸身边。

路柏沅的眼皮沉得厉害，一路上都在闭目休息。直到车子在基地门前停稳，他才想起什么，转过头问："药呢？"

简茸："丁哥说先不吃药了，医生来基地检查后再给你开药。"

路柏沅点头，没说什么。

医生已经在客厅等待了，他们刚回基地，路柏沅就跟着医生进了闲置的会议室。

吃饭洗澡结束已经是深夜十一点，简茸站在二楼楼梯口，看了眼房门紧闭的会议室，然后一头钻进了训练室里。

今天比赛太累，其他人打了几把排位就去休息了，只有简茸一人继续。

简茸刚打完几局排位，手机突然响了一声，是银行短信，他复播那天的收入到账了。

简茸看了几眼具体金额，没犹豫一秒，就打开了直播软件。

"深夜一点？你这是什么阴间开播时间？"

"刚打完比赛就敢开直播，你来找骂的？"

"醒啦？我刚看你梦游玩了把小鱼人。"

"来了，领一个号码牌，我先想想今天骂你什么。"

"为什么开播？反正也是打排位，挂着混时间，顺便看看能不能骗点礼物钱。"简茸进入单排队列，抽空看弹幕，"比赛打这么烂还敢直播……今天是打得不好，下次努力。打得烂就让你们骂几句，不封人。你们珍惜这次机会，毕竟不知道有没有下次。"

"主要我开播前没打招呼，房管是临时安排来的，这么晚了就不麻烦别人干活了，爱骂就骂。"

今晚，队里只有简茸一个人开直播，所以来他直播间的还有一些其他粉丝。

"啊啊啊，求问 Road 怎么样了？"

"今天，我看他采访时脸色好白，他是不是身体不舒服？"

"求求 Soft 给个心安。"

简茸抽空看了眼弹幕助手："低烧。"

"那现在怎么样了？他吃药了吗？睡觉了吗？严重的话还是得去医院！"

简茸没回答，因为他自己也不知道。

医生半小时前才离开，路柏沅上楼回房，步子和平时无异。

那会儿简茸在打团战，等他团战打完再想发消息去问，又怕路柏沅已经休息了。

简茸这一练，练到了凌晨四点。

新一局对决，简茸补位到了打野，他想也没想，锁了盲僧。

简茸："我会不会玩盲僧？我没不会玩的英雄。"只是玩得没那么熟练。

其实，他有其他更擅长的打野英雄，之所以会选盲僧，是他想用路柏沅的冠军皮肤。

路柏沅夺冠那年，要的就是盲僧皮肤。

他选出英雄，第一时间就去换皮肤，却发现路柏沅的冠军皮肤是锁着的。

简茸愣怔两秒，才想起这号上确实没有那个皮肤。

"不会吧不会吧，还有人没有路神的冠军皮肤？"

"我代替路神粉丝剔除你这傻瓜的粉籍了。"

没了冠军皮肤，简茸连其他皮肤都懒得选了："我这个号开得晚，没买成。"

"可你现在不是经常玩这个号吗？"

"没买成就去抽啊！"

"抽？"简茸犹豫两秒，"现在有抽奖活动吗？"

"有，主页就有活动链接。"

简茸直接把这局游戏秒了。

简茸看到屏幕上的问号，解释道："没皮肤，我不想玩。"

"搞得好像你有很多皮肤似的。"

简茸的皮肤确实少，他不太在意这些，平时玩的时候有皮肤就用，没有皮肤就用原始造型，但盲僧不一样。

他打开首页的活动，看了一下规则，然后往里面充了一百块钱。

"一百块，你也太奢侈了吧？"

"今晚我刚看空空的小号抽完盲僧皮肤，人家充一次两千。"

"充这么多，万一一次就出了呢？"简茸扫码付款，"腾讯休想多赚我一分钱。"

一次没出。

两次没出。

三次没出。

……

当简茸扫第五十五次码的时候，弹幕已经被"哈哈哈哈"占领了。

"别说盲僧皮肤了，五千五才出了几个最垃圾的冰雪节和年限，你退游吧。"

"看他直播会沾霉运吗？会我就先退了。"

这次十抽，简茸出了八个七天限定。

简茸气得精神了："应该是我姿势不对，等会儿，开首歌。"

歌开了，简茸充好钱，起身："算了，我再去洗脸……顺便洗手。等着。"

……

路柏沉的嗓子干得发涩，他在黑暗中睁眼，下意识扫了眼时钟。

他的喉结来回滚动几次，仍是不舒服。他随便披了一件外套起身，打算下楼拿水喝。

他经过二楼时，看见训练室亮着灯，就停住了下楼的脚步。

训练室里只亮着一台电脑，开着直播，上面的弹幕助手滚动得飞快。

"这傻瓜，走之前不把这歌关了？"

"不是吧，深夜四点，我硬生生被这傻瓜闹清醒了。"

"我进直播间的时候开着音响，现在邻居在敲我的门，问我什么时候死。"

路柏沅半身入镜时，弹幕凝滞了半秒钟。

他打开简茸的战绩看了一眼，晚上十一点打到凌晨四点，一页绿。

路柏沅在无数个问号中拿起简茸的耳机，缓缓抵到自己耳边。

喜庆激昂的合唱声传出——

"好运来，祝你好运来，好运带来了喜和爱，好运来我们好运来，迎着好运兴旺发达通四海……"

路柏沅："……"

路柏沅被这两声震得清醒了。

他拿耳机的动作停顿两秒，然后在满屏弹幕中坐下了。

"他人呢？"路柏沅的声音比采访时还沙哑。

"啊啊啊啊，老公！"

"感谢天，感谢地，感谢老天让我在凌晨四点打开星空TV！"

"我瞅见路神头发乱成这样还这么帅，我忍不住下床照了下镜子，这下好了，丑得睡不着了。"

"不知道，他说去洗手，可能在厕所被鬼抓走了吧。"

"路神好些没？Soft说你发低烧，看脸色好像恢复一点儿了。"

"老公，你咋成了单眼皮？更帅了。"

路柏沅眯着眼看了一会儿弹幕。

可能是怕犯困，简茸的显示屏开得很亮。

路柏沅抬手把屏幕调到适当亮度，随便答了一句："烧退了，别担心。"

简茸的电脑桌面很乱，LOL客户端、直播间弹幕助手、LOL抽奖页面和音乐软件同时开着，一个叠着一个，看得人眼花。

他扫了眼抽奖界面，点开"我的道具"看了一眼。

在LOL网页活动上抽奖，抽完了还必须去"我的道具"里领取皮肤，才能真正送到游戏账号上。因为没抽到自己想要的，简茸一个皮肤没领。

路柏沉看到夸张的皮肤页数，意外地挑了下眉。

简茸不爱挥霍，新出的皮肤基本不买，偶尔点一回外卖也是最简单的套餐，更别说花钱抽皮肤。

小白每次跟简茸双排都要吐槽他精分，一个四十五块钱的皮肤都不舍得买，却舍得给路柏沉砸十万块的礼物。他心情好就骂小白两句，心情不好就把小白丢下，一个人去单排。

路柏沉收回神，大致估算了一下简茸一共抽了几个皮肤。

这些皮肤数量，没个三五千估计下不来。

参加这种抽奖活动的玩家一般都有自己的目标。

路柏沉看了眼奖池，问："他想抽什么？"

"这还要问？当然是你的TTC盲僧。"

"TTC盲僧。"

"TTC盲僧。"

TTC盲僧是路柏沉冠军皮肤的名字。

路柏沉靠在简茸的椅子上，点头："但这皮肤不是每年都会返场吗？"

返场就是往年出过的系列皮肤会在新的一年重新拿出来限时售卖。譬如接近圣诞节时，"冰雪节皮肤"就会返场再售，情人节时，"情人节皮肤"返场再售。同样，每年S赛时，往年所有冠军皮肤都会拿出来限时售卖。

"是哦……完了，我看小傻瓜抽上头，忘记提醒他了。"

"这才二月份，返场还得等多久？我偶像就是有钱，能花钱解决的事绝对不拖到下半年。"

"完了完了，我是那个让他去抽奖的人。我没想到他五千块都没抽出来……怎么办,这傻瓜不会一怒之下把我踢了吧?"

"没事,今年小傻瓜发大财,不缺这五千块。"

"确实,今天小傻瓜比赛穿的那双鞋竟然值十万块。"

"你们懂什么,小傻瓜抽的是皮肤吗?他抽的是给偶像的力量!"

"小傻瓜这号连乐芙兰的皮肤都没几个,却为了TTC盲僧怒砸五千大洋,有点上次给Road砸礼物那味了。"

"不说了,懂的兄弟把东西打在弹幕上。"

"懂。"

"懂。"

……

大致了解情况后,路柏沅打开游戏助手,想再看看简茸这晚的详细战绩。

他刚才粗略扫了一眼,一页战绩有一半以上简茸都是MVP,玩得最多的英雄是今天没发挥好的小鱼人。

他刚看完第一场比赛的数据,手机就响了。

路柏沅低头看了一眼,然后把游戏助手页面缩小,挑一句顺眼的弹幕回答。

"他今天的表现?……一般,不差,谈不上拖后腿。Soft打法强势,遇上战虎这样的慢节奏队伍,他发挥不好很正常。我满不满意?"路柏沅微不可察地笑了一下,说,"我满不满意不重要,但他自己应该挺不满意的,不然也不会玩一晚上小鱼人。"

说完,路柏沅点开了抽奖网页的充值界面,然后在满屏问号中扫码付款。

路柏沅买好抽奖所需的钻石,就起身离开,没和直播间的水友道别。

路柏沅从二楼冰箱里拿出矿泉水,刚走上楼,手机又响了。

PUD·XIU:你大晚上不睡觉,跑你们新人直播间干吗?

PUD·XIU:在吗?我新创的小号也想抽一个TTC盲僧。

R:你想着吧。

PUD·XIU：哈哈。托了你的福，今晚我排位遇到一堆男枪，上了不少分。

PUD·XIU：唉，我的手腕特别疼，大半夜把医生叫来基地针灸……你最近怎么样？

老一辈的职业选手都有职业病。XIU腱鞘炎严重，还有大面积的肌肉劳损和腰伤，正因如此，从去年开始外界就在传他退役的消息。

R：挺好。

PUD·XIU：那就行。我最近刚认识一个医生，听说水平还不错，我先试试，效果好就推荐给你。

R：OK.

PUD·XIU：对了，说正事，你把Soft的微信推我一下。

R：？

PUD·XIU：害，Savior找我要的，说是想和Soft友好地交流交流。

R：想找简茸Solo？

XIU被路柏沅说穿，回了一个微笑的表情。

R：赛场交流就行，或者让Savior下次见面找他本人加微信。

PUD·XIU：……

PUD·XIU：哥们，我觉得你有点怪。

R：？

PUD·XIU：你对你们中单的保护欲是不是太旺盛了点？

路柏沅喝水的动作一顿。

PUD·XIU：今天比赛我就看出来了，我还说你病成这德行了怎么还接受采访，结果上去唧唧喳喳给你家中单一顿开脱。

PUD·XIU：你别否认啊，咱俩都老油条了，什么场合说什么话最管用，兄弟都清楚。你到了半夜还给人冲钱抽皮肤，现在要个微信都不肯……

路柏沅拧上瓶盖，冰凉的液体滑过喉咙，让人一阵舒适。

R：我没否认。

XIU被他这四个字噎回来,把打了半天的字删了。

PUD·XIU:什么情况?

R:没情况。

R:疼爱队伍新人不行?

PUD·XIU:也没见你疼疼小白他们啊。

R:疼了,你没看见。

PUD·XIU:小白看见这话都要委屈死。

PUD·XIU:你俩真没啥事?

路柏沅笑了一下。

R:你一把年纪了,少八卦。我和他没事。

路柏沅发完这句,把手机调成静音丢到了桌上。

简茸双手端着咖啡回到训练室,用脚关门的时候扫了眼屏幕,一脸讶异道:"居然没给我弹挂机警告?"

星空TV制度严格,主播离开电脑超过一定时间就会弹出挂机警告,再过一阵会强制关闭直播间。

"来来来,让我看看你是什么冰清玉手,能洗十多分钟。"

"我担心你出事,帮你报了警,一会儿警察到基地了你自己解释吧。"

"我洗完手觉得渴,想倒杯水喝,顺便研究了一下基地的咖啡机。"

简茸解释完,拿起咖啡杯抿了一小口咖啡,脸登时皱了起来。

"你还抽不抽啊?我等好久了。"

"咖啡怎么样?"

这比路柏沅泡的那杯难喝一百倍。

"不好喝。"简茸忍着苦味,一口气喝了半杯咖啡,将它随便放到一边,"抽,等我充钱。"

简茸熟练地把鼠标挪到"充值"二字上,忽然看到左边的钻石余额后面居然跟着一串数字——100 000。

简茸呆滞了两秒，缓缓凑近屏幕去数后面的零。

他来来回回数了五遍，是十万钻石没错，折合人民币一万块。

在数零过程中，简茸一直张着嘴，数完之后这嘴也没合上。

良久，他小声喃喃："腾讯出 bug 了？"

早就商量好的水友唰唰发出无数弹幕——

"恭喜您，您是本次抽奖活动中第 5 200 000 位幸运玩家，获得了本公司超级大奖。"

"您已获得腾讯公司送出的 100 000 钻石大奖以及苹果笔记本电脑一台，在直播间里撒万元红包，即可得到解锁电脑奖励。"

"打开窗户对窗外大喊'我是傻瓜'，还能解锁更劲爆的神秘奖励。"

简茸看笑了："到底怎么回事？"

"刚才小白来过了。"

"谦哥充的。"

"Pine 用你的电脑。"

简茸翻了个白眼，干脆自己去直播回放里看。

当简茸看到路柏沅出现在镜头里时，一口苦咖啡狠狠把他呛住。听见路柏沅那句"这皮肤不是每年都会返场吗"，简茸更是一口气差点没上来。

简茸很少买皮肤，TTC 出冠军皮肤时另一个号第一时间就买了，真不知道还有返场这回事。

他看着网页里那十万钻石，更加心疼了。

"你们也不提醒我？"简茸咬牙去找客服，"这能退款吗？"

"我讲个笑话：LOL 抽奖能退款。"

"你自己不也抽了五千？五千和一万没区别啦。"

"队长的关爱，你也舍得退？"

简茸没心思看弹幕。

简茸得到客服拒绝的答案,硬着头皮拿起手机,给路柏沉发了一句:"队长。"

简茸等了半天,路柏沉都没回复。

简茸薅着头发纠结了一阵:"你们别催了,现在抽,抽完下直播。"

第一个十抽,TTC盲僧出来了。

简茸先是一愣,然后惊喜地睁大眼睛,耳朵红扑扑的:"出了!第一个!"

简茸没高兴几秒,看到账号里剩下的钻石又蔫回去了。

他思量许久,倔强地再次联系腾讯客服——

看我操作就行了:客服妹妹,真不能退钱吗?

看我操作就行了:小朋友偷家长的钱充值,这你们也不管吗?

看我操作就行了:还有没有天理了?店大欺客是吗?

"我的妈呀,哈哈哈哈,Soft你是真的不要脸!"

"小朋友是你,家长是Road?"

"以后别放《好运来》了,还没你直接去Road门口唱歌管用。"

简茸是第一次干这种事,他涨红着脸,咬牙道:"闭嘴。"

翌日,路柏沉跑步回来时丁哥刚到基地。

"你身体好了吗,就去跑步?这大中午的。"丁哥把人拦着,不让他上楼,"而且我说几次了,你出门丢个垃圾都得戴帽子,你知不知道经常会有粉丝在小区外头蹲点?"

"我没出小区。"路柏沉无奈地停下脚步,拿起毛巾随意抹了抹脸,"我也说过,没那么夸张。"

"你别总把自己当普通人看,清醒一点儿,你的广告费不知道比多少明星高!"丁哥说完,看了眼他的手,"还疼吗?我去拿体温计。"

路柏沉往茶水间走:"我量过了,烧退了,手也没事。"

丁哥跟上去:"医生说你的训练量还是太大。这样吧,下场常规赛打王座,他们这赛季打得一般,不然让Moon上去练一场,你休息。"

路柏沅皱眉："我能打。"

"我知道你能打，全联盟谁不知道你能打？"丁哥打断他，"但没必要，一场常规赛而已，别说我觉得没你，他们也能打赢，就算是输，影响也不大，难不成你还担心我们进不去季后赛？这段时间你的训练就没停过，你的手需要休息。"

路柏沅安静地喝了口水。

"你听哥一回……我听说PUD昨晚也火急火燎把医生叫去了基地，XIU的手好像比你还要严重一点儿。"

路柏沅扫他一眼："你在PUD基地插眼线了？"

"这种事能瞒得住谁？你以为你手伤的事其他战队就不知道？"丁哥叹气，道，"估计XIU今年差不多就要退役了，PUD那边已经在悄悄开始找新打野了。"

路柏沅动作微顿，把瓶子放下："这你都知道？"

丁哥"嗯"了一声："我也不瞒你，PWT战队那个新秀打野合约马上到期了，私底下跟我接触过，还跟我透露了PUD在联系他的事，估计是想抬高一下自己的身价吧。"

路柏沅颔首："谈得怎么样？"

"没谈。"丁哥说，"我们战队不缺打野。"

路柏沅扯唇，又笑不出来了。

XIU确实跟他讨论过退役的事，但XIU说的是打算撑住再打两年，争取帮他效力多年的老东家PUD拿一个冠军奖杯再潇洒退役。

《英雄联盟》职业比赛发展了这么多年，俱乐部舍弃老将这种事早已司空见惯。

有的是比赛的前一天晚上才知道自己去了替补席，有的甚至被战队威胁，要么同意挂牌，要么在后台看一赛季的饮水机。

这些路柏沅看得多了，那个曾经被威胁到退役的选手，前几天还在LPL

老选手群里邀请他们去喝孩子的满月酒。

更新换代是每个电竞战队都无法避免的过程，曾经多风光的职业选手都会淹没在时间长河中。

路柏沅拿着水杯要走，丁哥赶紧拦住他："你干什么去？"

"冲澡。"

"等等，我刚刚跟你说的事……"

"随便。"路柏沅说，"想让谁上场是你们这些管理员说了算，我听从安排。"

丁哥点头："XIU 的事你也别太伤心，他这种级别的选手退役后过得不会差。"

路柏沅点点头没说话，继续往楼上走。

丁哥目送到一半，才忽然想起自己还有件事要处理："哎，等等，那染蓝毛的小崽子醒了没有？"

简茸开门的时候听到的就是这句怒吼。

他睡眼惺忪，跟路柏沅对上目光，因为刚睡醒脑子有些迟钝。

丁哥站着的地方角度刁钻，刚好透过栏杆看见简茸半开的房门："简茸，你马上下来给我解释'小朋友偷家长钱充值要求腾讯退款'这种新闻词条是怎么跟你扯上关系的！"

简茸清醒了，"啪"地关上了房门。

第十五章 恐怖快递

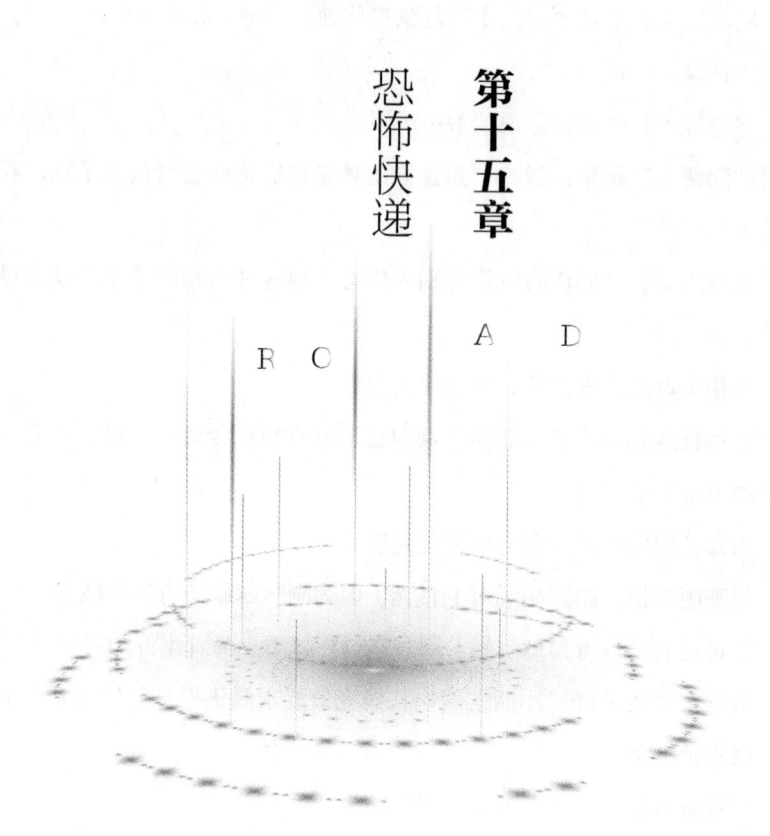

躲是躲不掉的，半小时后，简茸捧着面条坐在客厅里，当着所有人的面复盘昨晚的事，无比后悔刚才逃跑的行为。

小白坐在沙发上看简茸昨晚的直播回放，笑着笑着就酸了，抬头问另一头的人："哥，你看我有机会拥有TTC盲僧吗？"

路柏沅低头玩手机："你没有？"

"我十区新开的小号没有。"小白立刻说。

路柏沅点头："那套皮肤十月份返场，到时我送你一套。"

小白："？"

小白直呼不公平："哥，你区别对待！"

简茸坐在地毯上，背靠沙发，看不见其他人的表情，只听见路柏沅简单应了一句："嗯。"

简茸怔了两秒，低头吸溜一大口面。

他心里那莫名其妙的开心才刚冒了一截幼苗——

"简茸年纪小，又是新人，队长关照他一下很正常。"端水大师袁谦拍拍小白的肩膀，"队长也很关心你的，刚开始打比赛的时候他不是天天请你吃饭吗？"

"对哦。"小白想了想，"那时候我们的工资一个月才一千多，我哥光请我吃饭就要花几百……哥，你真好。"

简茸咔嚓一下咬断面条。

骗客服不是什么大事，反正腾讯也不可能退钱，当梗看的人比较多。

丁哥说了简茸两句，让他以后直播注意，尤其不要再和"骗"这个字眼扯上关系。

简茸专心吃面，丁哥说什么他都点头。

"行了，大家都吃饱了吧？"丁哥看了眼时间，"上楼吧，训练赛马上开始了。"

今天，阿姨请假，简茸吃的面都是丁哥煮的。

简茸把碗洗干净，正准备上楼训练，却看到路柏沅还坐在沙发上玩《消消乐》。

路柏沅感觉到有人靠近，头也没回："怎么了？"

简茸很轻地甩了一下手上的水："我把那一万块转给你吧，队长？"

路柏沅没应。直到他把道具消完，才转过身来，将手肘撑在沙发背垫上。

"小朋友偷家长钱？"他忽然问，"我是家长还是小朋友？"

简茸被问得一愣。

路柏沅挑眉："给你充的钱都是我正经挣来的，没偷，你放心。"

简茸回过神，口不择言："没，你是家长。"

不对，什么家长小朋友，那根本是他胡扯骗客服的。

路柏沅："那就是家长自愿给的，你不用还。"说完，他转回身子，重新开启游戏的下一关。

简茸在原地站了一会儿，然后伸手，用还湿着的掌心擦了一下脸。

手机微信提示音响起，简茸不用看都知道是谁找他。

他舔了一下嘴唇，又往路柏沅那儿走了两步，出声提醒："丁哥催我上楼了。"

路柏沅"嗯"了一声："你去吧。"

简茸愣住了："你不去吗？"

"我今天休息。"路柏沅仍低着头，"Moon已经上去了，都在等你，去吧。"

在去比赛房的路上，简茸透过栏杆往楼下瞥。

路柏沅已经不在客厅了。

简茸和袁谦走在最末，他抿了抿唇，还是没忍住转头问："谦哥，今天训练赛为什么上替补？"

"练替补很正常啊，其他战队训练赛经常上替补的。"袁谦嘀咕，"估计是队长前段时间练得太多，训练量超支，被医生警告了吧。"

"警告？"简茸不自觉地停下脚步，"他不是退烧了吗？"

袁谦笑容一僵，这才想起简茸还不知道队长手受伤的事。

虽说这不是什么非得瞒着的大秘密，但丁哥和队长都没说，他也不敢自作主张告诉简茸。

"他还有别的伤？"常年玩游戏的人对这方面的事都非常敏锐，简茸逼问，"职业伤？是吗？"

袁谦深吸一口气，微笑道："是吧。唉，这年头谁没点职业病，你以前天天直播，应该也有职业病吧？打久了都会累，没准下场训练赛就轮到你休息了。"

"我不休息。"简茸说。

袁谦："……"

简茸其实早就猜到路柏沅有职业病了，得到证实后，他忍着没再往下问。

路柏沅如果愿意说，那揉手那晚就该告诉自己了。

袁谦见简茸满脸心事，担心会影响一会儿的训练赛，正犹豫着要不要安慰他两句。

简茸又忽然转头问："很严重吗？"

袁谦昧着良心说："我也不太清楚，应该还好，反正队长说了，今年之内不会退役。"

简茸点点头，大步走进比赛房。

事实证明袁谦想多了。

这场对话没对简茸的状态产生任何影响，今天的训练赛，简茸血C，五场比赛里拿了三把MVP。

袁谦不知道的是，训练赛结束后，简茸回训练室的第一件事就是用手机偷偷打开某度搜索的页面。

"游戏职业选手会有什么职业病？"

"磨损性手伤能痊愈吗？"

"腰伤严重时会很疼吗？"

……

搜出来的结果都没什么用，简茸查了几个问题就放弃了。

他看了眼路柏沉的机位，空荡荡的，没有人。

简茸关掉网页，打开某宝想下单速溶咖啡。基地的速溶咖啡快喝完了，他还是不习惯用咖啡机。

谁知界面刚打开，首页全是商品推荐——

"好评率百分之百颈椎按摩器""低频理疗仪疏通经络电疗按摩""腰部按摩仪"……

简茸没忍住点进去看了一下。

按摩仪的功能被商家写得天花乱坠，客户评价是用过的都说好，好评率高达百分之百！

简茸被这些花里胡哨的宣传搞蒙了，在这家淘宝店疯狂消费。

这家淘宝店的店家就在上海，简茸沟通完后，店家答应给他寄同城快递。

小白拿着奶茶经过他身后，余光正好瞥见他在扫码付款："八千二？大手笔啊，你买啥啊？"

简茸把手机扣在桌上："你别管。"

晚上七点，众人坐在客厅一块儿吃小龙虾，顺便复盘。

路柏沉终于下楼了，他面色平静，坐到简茸身边。

"哥，你下午干吗呢？"小白问。

"睡觉。"路柏沉嗓音低沉，"训练赛打得怎么样？"

"全赢了。"Moon抢在小白前头开口，"队长，我拿了一场MVP。"

求表扬的意思很明显。

路柏沆只是点头，低着头在回消息。

简茸咬着筷子，忍不住垂眼去看路柏沆的手。

路柏沆打字时一直靠着椅背，腰应该也不舒服。

众人吃到半途，门铃响了。

丁哥摘了手套，走到玄关打开电子猫眼。他看着屋外戴着帽子口罩的男人，皱着眉问："谁啊？"

那人捂得严实，说话都模糊："送快递。"

丁哥的眉头皱得更深了："我们没快递——"

"我的。"简茸倏地站起身，"我出去拿。"

丁哥回头问："你买东西了？"

"嗯，同城快递。"简茸边回应边穿鞋。

丁哥犹豫两秒，对快递员说："我知道了，你把东西放门口就走吧，我们马上出去拿。"

箱子不大，很轻。简茸将它抱在怀里，低头确认了一下上面的名字——"Soft"，是他的包裹没错。

简茸回到基地后，袁谦抬头催他："你先吃完再拆包裹吧，再不来都要被我们吃完了。"

简茸找来剪刀："马上，我确认一下。"

他买了好几件东西，按理说没这么轻，而且他在收件人上写的是Soft吗？

就在简茸动手拆快递的那一刻，门铃又响了。

路柏沆刚洗完手从厨房出来："我来。"

路柏沆点开电子猫眼，外面是穿着某快递公司外套的工作人员："您好，送快递的，这儿有一份寄给简茸的同城快递。"

哐啷，是剪刀落地的声音。

路柏沆心生不安，回头看见简茸一脸惊讶地看着包裹，还伸手捂了一下鼻子——路柏沅想也不想抬步朝他走去。

路柏沅刚要走近，简茸立刻回神，快速地把包裹紧紧合上，拿刚扯下的胶带随便粘回去："你别过来。"

路柏沅垂眼："什么东西？"

"几只死老鼠。"简茸迅速反应过来，抱起箱子往外走。

路柏沅抓住他的手臂："你去哪儿？"

"现在追出去还来得及。"简茸说，"我去把这些扣在那傻瓜头上。"

简茸已经想好一会儿扣头的方式了，不只扣上，还要揍一顿。

路柏沅松开他的手臂，他就跟刚磨好爪子的野豹似的往门外冲。

没想到简茸是真打算去，路柏沅直接伸手钩住他的脖颈，把人留住，他刚迈出的步子立刻收了回来。

路柏沅刚洗完手，手心是凉的，简茸却觉得被碰到的地方隐隐发麻，带起一股热浪，他下意识做了一个吞咽的动作。

简茸脸皮薄，喉结的滚动被路柏沅捕捉到了。两秒后，路柏沅松手，拍拍他的脑袋。

"大晚上什么地方都能藏人，你找不到的。"路柏沅说，"你把箱子放下。"

简茸像军训似的往左转，把箱子放回了桌上。

正在吃小龙虾的几人愣了半天才回过神，丁哥刚坐下没两分钟又忙碌起来。

小白也好奇地跟过来："什么东西？给我看看。"

简茸侧开身子给丁哥让了一个位置，当丁哥要打开箱子的时候，简茸伸手把箱子按住。

"挺恶心的，也不好闻。"简茸看了眼路柏沅，"你要不要站远点？"

路柏沅摇头："开。"

箱子再次被打开，小白张口就是"这都是些什么缺德玩意儿"，捂着鼻子作势要吐。

Pine 冷着脸给他拍背:"你要吐就去厕所。"

丁哥迅速把箱子合上,从抽屉里找出透明胶重新封好,将它放到了基地玄关旁。

剩下的小龙虾没人吃得下了。

小白虽然没吐,但脸色惨白。他瘫在沙发上环视一圈,其他人除了脸臭一点儿,没别的毛病。

"不是,"小白转过头问第一受害人,"你不怕吗?不觉得恶心吗?"

打开箱子的那一瞬间,简茸确实愣了一下,毕竟里面黑红一团,不仔细辨别都看不出是什么。

看清之后——

"有什么好怕的,"简茸嗤笑道,"老鼠而已,又不是人肉。给一个机会,我能做出更恶心的还给他。"

小白:"……"

丁哥拿着手机回来,身后还跟着一名工作人员:"我报警了,那边说马上过来。我正在跟物业商量调监控的事。"

那名工作人员就是物业的人,他连忙道:"我已经跟上级汇报了,批准之后马上给你们调监控。"

"那人是怎么混进来的?"路柏沅从手机中抬头,眼神冷淡。

"在查在查。"物业人员说,"可能那人是趁保安换班的空当……"

"不止一次了。"路柏沅打断他,"你们每天要换二十次班?"

路柏沅在生气。

简茸意识到这一点,从看微信消息中抬头。

路柏沅生气时脸色与平日无异,冷冷淡淡的,没表情。

物业人员沉默了一会儿,干笑道:"是你们名气太大啦,很多人都想闯进来。"

"哦。"路柏沅说,"你的意思还是我们的责任?"

"行了,这事确实是你们物业的问题,今晚的事处理完,我明天就找你们管理员谈一谈。"丁哥见路柏沅神情越来越冷淡,连忙打断他。

"好的好的。"物业人员捏一把冷汗,"应该的,我们会交一份检讨上去,以后也会多加防范,一定不让这类事情再次发生。"

警察很快赶到,丁哥跟对方交涉两句,回头说:"我跟他们去调监控,你们先上去训练。简茸,你今晚被吓到了吧?早点休息。"

回到训练室,简茸开直播混时长。他打完一局游戏,悄悄回头看了路柏沅一眼。

路柏沅戴着耳机在看电影,没开游戏。

当他再回过头时,弹幕有人在问他。

"开播四十分钟,你回头看了七次,排队匹配时看,选英雄时看,死了看,复活也看,你到底在看什么?"

"这还要问?那是 Road 的机位。"

"好看吗?可以让我也看看吗?"

"小傻瓜,听说你们收到恐怖快递了?"

"真的假的?谁这么缺德?抓到人没?"

简茸拿鼠标的手一顿:"你们怎么知道的?"

"有人在贴吧发帖了。"

"所以这事是真的? TTC 基地的安全防范是不是太低了啊?"

"别说这事了行不行?万一有人效仿作案呢?"

简茸去贴吧看了一眼,果然看到了相关帖子。

帖子只有一句话:TTC 战队收到恐怖快递,据说箱子带血,具体不知。

简茸把这个帖子分享到微信群里。

丁哥:我看到了,不知道谁传出去的。算了,没事,你们安心训练。

"别侮辱恐怖快递,几只死老鼠而已。"简茸放下手机,重新进入游戏匹配,嚼着口香糖道,"效仿作案?来,这次我没经验,下次一定好好发挥,看是谁玩谁。"

"为什么是老鼠？我也没想通。他把自己的脑袋寄来可能比较管用。"

"我得罪过谁？"念到这句弹幕，简茸短暂沉默了一会儿，"那得看看名单。"

"哈哈哈哈哈哈，这就过分了。"

"确实，这范围确实有点广。"

"这还得划个区域，职业选手和解说应该可以排除，我觉得应该是选手的粉丝。"

"绝对是豆腐的粉丝。"

"别瞎猜。"简茸选择英雄，"房管看一下，提其他选手的封了，这事拿来开玩笑没意思。"

"我还是觉得好恐怖。如果人还没抓到，那他现在会不会就在直播间里盯着你？"

"住口，别说了！傻瓜宝贝要不下播去睡觉吧？呜呜呜。"

"你以后还是小心点吧，变态都找上门了，不排除还会有下次。"

"我再打两小时下直播，今天不熬夜。"简茸嗤笑道，"下次？这人要是敢再出现，我一定把他……"

他的耳机被摘下，路柏沅的指背擦过他耳郭："你在直播？"

"我把他送到警察那儿，让他接受正义的制裁。"简茸把话说完，才抬头说，"嗯，我开来混时长。"

路柏沅轻微地点头，把耳机线放到他肩上："你专心播游戏，别说其他的事。"

得到简茸的回答后，路柏沅推门走出训练室。

"Road 不训练？还没到九点就走了？"

"继续说啊，不是很豪横吗？不是要挑衅那人吗？"

"请问您是世界著名的川剧变脸大师 Soft 吗？"

……

"别刷了。"简茸把右手撑在椅子扶手上,手掌挡着自己的耳朵,"我只有一个身份,就是你们的偶像。"

恐怖快递在电竞圈不是第一次出现,PUD收过,战虎收过,TTC也收过。

不过这都是几年前的事了,那时候电竞圈的发展没现在这么好,快递什么的随随便便就能寄到基地。近几年俱乐部人员的安全意识提高了不少,这种事已经鲜少发生。

所以这次的快递事件还是引起了不小的关注。

三天后又是比赛日。

在去场馆的路上,丁哥叮嘱:"这几天你们先别在微博或者直播间回应这件事了,尤其是简茸……你们的一言一行都会影响到粉丝的情绪,已经有粉丝去找小区物业的麻烦了。"

今天用的商务车,简茸戴着单边耳机:"知道了。"

路柏沉仰起下巴,露出帽檐下的一双眼,看着丁哥问:"还没消息?"

丁哥摇头:"我们在监控中看到人了,对方是跟在一对老人身后混进来的,但他穿得太严实,什么也看不清,警察在调周边的监控,估计还得过几天。"

袁谦觉得纳闷:"小茸到底惹到谁了?难不成真是哪个选手的粉丝?真这么真情实感吗?"

小白凑上前问:"简茸,你老实说,你是不是和什么人有仇啊?借钱不还?还是抢别人女朋友了?"

简茸:"抢你个头。"

小白坐回原位,嘀咕:"没有就没有,你怎么骂人呢?"

今天他们的比赛在第一场。

车子驶到场馆后门,惯例有一群粉丝拿着应援牌在场馆划出的安全线外等待。

简茸未摘耳机，单肩背着外设包，跟着队员一块儿下车。

车子停的地方离后门很近，众人走几步就能进去。周围粉丝都在喊着队员的名字，简茸一眼都不想看那些写着"矮人国国王"的字牌，步子走得很快。

"Soft 加——喂！"一道尖锐的女声忽然响起，"小心！"

简茸倏地转过头，就看见一个身材矮小的男人越过单薄的安全线，满脸狰狞地朝他举起了小刀。

小白回头看见这一幕，吓得魂都飞出一半："简茸快跑！"

简茸第一反应就是拿外设包反击，他刚把包脱下拎在手中，后背忽然被人狠狠一撞。简茸还没回过神，就被人紧紧搂住了。

路柏沅用身躯隔开了他和那个男人。

保安的反应极快，伸手就去抓那人的衣服，把人拉了下来。可那人依旧不罢休地往前冲，嘴里还胡言乱语喊着什么，一时间场面很混乱。

当周围的人回过神想上去帮忙时，就见"砰"的一声响，那歹徒连人带刀被踹飞了。

真飞，虽然只有半步距离，但确确实实双脚离地，落地的那一声闷响非常扎实。

现场安静了几秒，大家先是看了看地上捂着肚子蜷缩的男人，再去看刚刚踹人的路柏沅。

简茸没看到这一下。

他满脑子都是，刀子如果扎到路柏沅身上，他就让这混蛋去死。

所以路柏沅松开他的那一刹那，他拿起外设包就要去揍地上的人："神经病啊，你拿一把刀子吓唬人，看我怎么教训你。"

虽然简茸的外设包丢出去了，但人没冲出去。

他双脚离地，被路柏沅扛起来了。

简茸被扛起来的时候先是一愣，余光看见地上的人捂着肚子还想去拿刀，又立刻被保安压在地上。

当粉丝们回神的时候，看到的是 Soft 被 Road 扛进场馆，Soft 嘴里还在不停地骂骂咧咧——

"你放我下来，我打得过他，我真打得过。"简茸挣扎不成，瞪着地上的人，"你还想拿刀，我给你十把刀你都碰不到我一下。寄快递的也是你吧？神经病，今天算你走运，以后别让我看见你，见一次揍一次！"

简茸如果用点力还是可以挣脱的，可他刚扑腾了一下就想起路柏沅的手不舒服，登时就不敢动了，只能靠嘴巴发泄怒火。

直到看不见人了，简茸才停了嘴。

他一口气说了太多话，呼吸有点喘，低头才发现自己现在的处境不太妙。

简茸整个人被路柏沅扛着，虽然路柏沅扛得很稳，但他还是下意识抓住一点儿东西想保持平衡。

路柏沅的帽子也被他碰得有些歪，左边露出一撮乱发。

虽然简茸闻过很多次，但他依旧觉得路柏沅身上的洗衣液味道特别香。

简茸怔了两秒，立刻松开手。

路柏沅问："骂完了？"

简茸："嗯。"

简茸刚想让路柏沅把自己放下来，对方就已经松了手——他们到休息室了。

路柏沅垂眼问："你伤着没？"

简茸站稳，摇头："那人没碰到我，你……"

"队长。"Moon 上前打断他们的对话，他低头看着路柏沅的手，"你的手怎么样？不是不能提重物吗？"

这话 Moon 忍了一路了，刚才场面混乱，周围都是工作人员，他也不好开口说这事。

简茸一愣，也跟着低头看去。

不能提重物？他怎么从没听说过这事？

"没事。"路柏沅淡淡应一句，他在简茸身上扫视一遍，确定他没受伤，衣服也没脏之后，问，"刚才那个人你认识吗？"

"不认识。"简茸咬牙，"你的手……"

路柏沅："你不重。"

话音刚落，路柏沅余光瞥见丁哥就站在门外，不知在和工作人员交代什么。

路柏沅摘下帽子，Moon连忙伸手："我帮你拿，哥。"

"不用。"路柏沅把帽子轻轻扣在简茸头上，扫了所有人一眼，"比赛十五分钟后开始，调整心情，别被其他事影响比赛状态。"

路柏沅丢下这句话，推门而出，加入了丁哥他们的对谈。

事情发生得太突然，除了当事人，其余人都被吓着了。

直到路柏沅离开，小白才伸手拍拍胸脯："好可怕。"

坐在一旁噤声许久的盒子一脸赞同，点点头道："这人居然还拿刀子，太恐怖了！"

"我是说我哥。"小白喝口水压惊，"刚才那一脚，我都怕他把人踹凉了。"

"踹谁？"简茸原本跷着二郎腿，低头在发呆，闻言倏地坐直了身子，"那人踹到Road了？"

看简茸这架势，小白怀疑自己说个"嗯"，简茸就要冲出去把那人叫回来再打一架。

"没没没，怎么可能！"小白忙说，"是我哥踹他！"

路柏沅打人了？

简茸怔住了。他什么也没看到，路柏沅把他掩得太紧，他甚至连那个人的脸都看得很模糊。

门被推开，路柏沅回到休息室，丁哥走在末尾，进来之后直接把门反锁了。

"怎么样了？"Pine将斗地主挂了托管，抬头问。

"我报了警，把人送医院去了。我让人跟着他们，有什么事会第一时间打电话。"大冬天的，丁哥愣是被惊出一额头汗。自己在电竞圈干了这么多年，还是头一回遇到这种事。

他欲言又止，看了路柏沅一眼："我瞧着你那一脚是结结实实踹他肚子上了，这万一出什么事……"

"放心，"路柏沅坐到简茸身边，拿起遥控器打开现场转播，"踹那儿不会出人命。"

丁哥："？"

"老鼠也是那人寄的吗？"袁谦皱着眉问。

丁哥摇头："不知道，他什么都不说，就一个劲儿哭，跟傻子似的，不过我觉得像，那天按门铃的也是矮矮瘦瘦的。等警察审问出结果吧……简茸，你受伤没？"

简茸："没。"

"那就行，你先安心打比赛，剩下的之后再说。"丁哥把刚从路边捡回来的外设包递给简茸，"我瞧你扔那一下挺狠的，检查一下有没有坏。"

小白说："怎么可能坏，就砸了一下，还有个背包隔着。"

简茸打开包，露出键盘一角，上面有道清晰可见的裂痕。

小白看了那个键盘几秒："你可真是小小的身材，大大的力量。"

"还能更大。"简茸心疼地摸了摸那道裂痕，冷着脸把背包拉链拉上，"你要不要试试？"

小白闭嘴了。

丁哥忙说："没事，我带了备用键盘。"

"用我的。"路柏沅打断他，把自己的背包从地上捡起来放到桌上，"他的键盘和我的一个款式，顺手一点儿。"

昨天丁哥就和众人商量好了，今天他们上替补打野 Moon。

丁哥皱着眉还想说什么，工作人员就敲开了他们的门，催促他们上场准备。

丁哥带着五位队员上台，休息室霎时变得空荡和冷清。

路柏沅安静地坐着，在他这五年多的职业生涯中，很少有像这样坐在休息室里看着队友上台的情况。

简茸抱着路柏沅的外设上台，连接，检查。导播镜头频频给到他，他板着一张脸，连一个眼角余光都不肯给。

解说一直在分析路柏沅不上场的原因，直到进入 Ban&Pick 页面。

十分钟后，游戏开始，丁哥匆匆回到休息室，抱着他的记录小本本坐到了路柏沅身边。

"今天你到底怎么想的？"丁哥压低声音问，"我平时连塑料袋都不舍得让你提，你倒好，直接把人扛起来了？"

"我用的左手，他也不重。"

"嗯，不重，也就一百多斤的人。"丁哥表情复杂，"还有，刚刚我不敢说，怕影响他们比赛的情绪，但我不说你也应该清楚，打架斗殴是高压线，你那一脚会有什么后果你知道吗？说实话，我现在头皮、后背、屁股全在发麻，就怕联盟来纸通知书，让你禁赛半年或者一年。"

路柏沅没吭声。

丁哥叹气："再说刚才那人也没伤到谁，都被保安逮住了，你怎么就不能忍忍？"

右下角的选手镜头给到简茸，简茸用着他的键盘和耳机，嘴角紧紧绷着，显然还在生气。

简茸的情绪向来藏不住，今天的打法比平时都要凶狠，把对面中单打得都不敢出塔。

直到镜头挪到袁谦，路柏沅才移开视线，打断身边人的喋喋不休："我忍不了。你能让我安静地看场比赛吗？"

今天他们打的战队叫王座，这个赛季刚大换血，双 C 位实力不强。正因如此，丁哥才敢让替补上场。

战队实力悬殊，两场比赛都是 TTC 三路优势，一小时后，TTC 以 2:0 的战绩结束了比赛。

因为三路都打得很好，赛后 MVP 给到拿了四杀的 Pine。

简茸匆匆下台，打开休息室却只看见副教练和盒子。

"警察那边打电话来，丁哥和队长看完比赛就先过去了。"盒子解释。

简茸点头，把路柏沆的外设好好放回包里，问："哪个派出所？我打车去就行。"

副教练忙说："你不用去。"

简茸动作一顿："什么意思？"

副教练："丁哥说这事你别掺和进去，他们会处理。"

简茸拧紧眉："那 Road 凭什么也要去派出所？"

副教练轻咳一声："毕竟他动了手，还是得去做个笔录什么的。"

简茸不明白。

收到快递的是他，要被砍的也是他，怎么到了最后，这事就和他没关系了？

"你别多想，他们不让你去是为了你好。"副教练拍拍他的肩，"先回基地再说。"

简茸不肯，拿着手机铁了心要叫车去派出所。

小白眼明手快，给路柏沆发了条微信语音，说："哥，你再不拦着他，他就要去派出所和警察干架啦。"

于是在简茸叫到车的那一瞬间，路柏沆的消息发来了。

就一句"回去"，像他在忙的时候随便打出的字，连标点符号都没有。

简茸心不甘情不愿地回了基地。

深夜一点半，路柏沆从大楼出来，很长地吐出一口气。

他们在派出所做完笔录后又来了联盟这儿，跟联赛的工作人员商量这事的处理方案，一直谈到现在才算初步解决。

"想不到吧。"丁哥拿着两杯热饮回来，递一杯给路柏沅，"你也有挨联盟处分的一天。"

路柏沅接过热饮："嗯，也算圆满了。"

丁哥气笑了，他发动车子："走吧，我送你回基地。"

红灯，丁哥随意一瞥，见路柏沅刚打开某个直播间。

直播间漆黑一片，上面显示"主播不在家"。

丁哥视力好，问："大晚上的，你跑简茸直播间干什么？"

路柏沅说了句"没什么"，又打开掌上《英雄联盟》，查了一下简茸的战绩。

简茸回基地后打了六把排位，输了四把，后面他明显越打越暴躁，战绩不太好看。

最后一局是一小时前，他应该是去休息了。

路柏沅把手机丢进口袋。几秒后，他转头对上丁哥探究的目光："你看什么？"

绿灯，丁哥收回视线，踩油门："没，我就是觉得你不太对劲。"

路柏沅的手肘支在车窗上，手背撑在脸上，懒洋洋笑了一声，没应。

这段时间丁哥都没怎么回家睡，他担心再这样下去迟早婚变，便把路柏沅送回基地，自己就回家找老婆去了。

打完比赛的当晚，大家通常不会练太晚，可此时此刻，基地一楼客厅的灯还亮着。

路柏沅看见简茸躺在沙发上睡觉，很难得地愣了一下。

电视里放着他们打战虎的第一局比赛，不知循环了多少遍，现在比赛才进行到十分钟。

简茸睡得嘴巴微张，手机已经掉落在地毯上。

路柏沅弯腰捡起手机，由于主人设置不自动锁屏，手机还停留在简茸睡着之前的界面。

是某个著名的 LOL 贴吧，哪个选手想给自己找不痛快，逛这儿就对了。

简茸在看的帖子叫"Road 打人全过程录像"，他正在楼中楼和人吵架。

也不知简茸前面骂了些什么，这喷子已经彻底没了脾气——

"那人早就被保安拉住了，Road 难道不是无故上去踹了人一脚？算了，我不跟你吵，你会说行了吧，我宣布你就是本吧 Road 第一粉，一个人对骂八十层楼，我服，你厉害。"

简茸打的字还在对话框里没发出去：举着刀子都能叫作"无故"，那你等等，我马上举着火把去给你拜年。

字没打完，断在这里。

前面几楼虽然也有点名道姓骂 Soft 的，但简茸根本不搭理他们。

虽说基地有暖气，但在这沙发上睡一晚明天肯定不舒服。

路柏沅把手机关了，伸手揉了揉简茸的头发。

简茸睡得浅，一下就醒了。

他抬头看见路柏沅，先是一怔，因为刚睡醒的反应迟钝，他仍躺着没动，眼睛因困倦而发红："我听副教练说，你们去了联盟。"

他不是问那个歹徒的事，路柏沅有些意外，但还是应道："嗯。"

"怎么样？"简茸的嗓音有些沙哑，"要处罚吗？"

"罚。"

简茸不死心地问："你也挨罚了？"

"挨了。"

简茸噤了声。

他刚才查了一下联盟以往对打架斗殴的处罚，两个禁赛一个赛季，一个永久禁赛。

简茸怔怔地和他对视了几秒，然后顶着一头乱发起身，拿起外套就要往身上穿。

路柏沆叫住他："你去哪儿？"

简茸睡眼惺忪，说："我去和他们讲道理。"

路柏沆看他这阵势不像去讲道理，像要拿着火把去拜年。

他钩住简茸外套上的帽子："别去了。"

"为什么？他们下班了吗？"唰的一声，简茸把衣服拉链一口气拉到脖子，"处罚公告什么时候发？他们明早几点上班？"

"刚商量好，没么快发。"路柏沆说，"而且这处罚我已经接受了。"

"你接受了？"简茸炸毛了，"我不接受！是那傻瓜自己拿刀冲上来的，他们凭什么罚你？这事跟你有什么关系？他们根本不讲道理。"

"是有点不讲道理。"路柏沆微顿，"但一万块我还是愿意出的，毕竟真动手了，得给出个态度……更何况丁哥说，这一万块俱乐部报销。"

"就算动手我们也是正当防卫，他凭什么禁赛——"简茸的嘴巴比脑子动得快，说到一半生生止住，"一万？"

路柏沆"嗯"了一声："我打人，你骂人，我们一人罚一万，有意见吗？有的话，明天我再让丁哥去谈。"

这比简茸预想的要好太多，以至于他傻站了片刻才回答："没有。"

路柏沆点头，伸手把简茸都快拉到下巴上的大衣拉链往下拽了一点儿："那就上去睡觉。"

简茸整晚都心不在焉，在召唤师峡谷当了一晚的慈善家，干脆关电脑下楼等人回来。

他开着比赛录像当伴奏，在贴吧跟人激情对喷了三个小时，但电视里解说的声音太催眠，贴吧里跟他对骂的也都是一些废物，三两句翻不出个新词儿来，导致他骂着骂着就睡着了。

简茸心中的石头落地，洗完澡出来时很长地吐了一口气。

虽然罚钱他很不爽，但至少不是禁赛。

他随意擦了两下头发，余光瞥见刚换下的外套，想起路柏沉刚拽了一下他的拉链。

简茸用浴巾揉了揉脸，把这件外套好好地挂回衣柜里。

地上是前几天收到的快递，里面好几样按摩仪器简茸都拆来用过。

这些东西简茸肯定不会随便给路柏沉用，他自己试了几件，觉得效果都不怎么样，如果最后几件还不行，他就要找店家谈谈心了。

翌日下午，丁哥带着消息回到基地。

他关上训练室的门："查出来了，那傻瓜这几天破产了。"

"活该。"袁谦接过话头，"但他破产跟简茸有什么关系？又不是简茸让他破的产。"

丁哥挑眉："还真是。"

其他人沉默片刻，纷纷看向简茸。

袁谦唏嘘："这就是传说中的天凉王破？见识了。"

"简茸，以前有什么得罪你的地方都是我的问题。"小白凑近道，"昨晚打排位时我也不是真嫌你菜，都怪我和其他队友没跟上你的节奏。"

简茸正在看下个版本的更新公告，闻言头也没回，说："我要是有这本事，就不会来这里打工。"

"行了，正经点。"事情解决了大半，丁哥也轻松许多，把话说完，"那人是一个小庄家，开赌局的。"

丁哥这话一出，大家就都懂了。

因为 Kan 的事，TTC 队员对"赌"这个字眼敏感，小白的白眼都快翻到天上了。

折腾了一晚上，今天路柏沉起得最晚。他坐在机位前，低头用手机玩《消消乐》，另一只手拿着半片吐司，吃得不是很专心。

"小庄家？"Pine 察觉出丁哥的用词，问，"都是庄家，有什么区别。"

"当然有区别。"丁哥自嘲一笑，"之前找 Kan 的那位就是大庄，什么盘都开，压什么都接。小庄家就是只接一个盘，拿昨天的比赛来说，就是他只开'TTC赢'或者'比赛时间超过三十分钟'的盘，其余不接，其实就等于自己也在赌桌上。这种小庄家来钱快，输也输得快。"

袁谦听懂了："你的意思是，他开了我们战队的庄，输了钱，然后怪在简茸头上？"

丁哥点头："对。据说是简茸入队之后，他每次开的盘都输了。可能他觉得简茸是新人吧，起初只接我们赢比赛的盘，直到战虎那一场他屈服了，谁知第一局来了一个大客户……那场比赛简茸第一局发挥一般，他就觉得简茸打假赛在操盘。"

简茸把鼠标摁得啪啪响，"赌狗必死。"

小白点头应和："必死！"

路柏沅眼明手快，消掉方块，头也没抬地问："那些参与赌博的查到了没？"

"查到几个了，警察办事效率很高。"丁哥唏嘘，"我听说，那个大客户一局比赛压了两百多万。现在的人都怎么想的，有这钱干什么不好……反正那人现在惹麻烦了，光是开设赌局这条都够他受的。"

路柏沅"嗯"了一声："这事你辛苦点，多盯着。"

"明白。"丁哥清了清嗓子，看向简茸，"还有，联盟那边……昨晚我跟他们商量了一下，你俩昨天在后台入口的举动都被粉丝拍下来传到网上了，虽然这事咱占理，但影响不好，所以讨论之后的处理结果是你和小路各缴一万罚款。"

丁哥担心简茸不接受，忙说："当然，这事你们肯定没做错，所以我和老板商量了一下，这笔罚款俱乐部给你们报销。"

"这都要处罚？"小白忍不住道，"昨天简茸可是差点被砍，他骂几句不过分吧？"

"不过分。"丁哥叹气，"但联盟也有联盟的规定，昨天小路那叫以暴制暴，联盟肯定得意思意思罚点钱。小茸那个确实……这样吧，我再去交涉一下，看能不能把简茸的罚款免了。"

"不用。"简茸拒绝，"要罚一起罚。"

其他人沉默了几秒。

小白皱着脸问："怎么，你当这是在学校，挨了处分下学期会自动清零？身上的处罚背多了，下次你再犯事估计得直接禁赛。"

"我不犯事不就行了？"简茸坚持，"不用去交涉了，我跟队长一起吃处罚，那一万我自己出也行。"

丁哥无言，一个个都什么毛病。

"行吧，这段时间我也不想再见到联盟的人了。"丁哥揉揉眉心，"算我求你们，让我清静地过完这一年行吗？"

丁哥交代完，刚想离开训练室，就见简茸缩小游戏界面，打开了直播软件。

"你还开直播？"丁哥犹豫道，"这几天你要不就不播了吧，微博贴吧那些也都别看，现在网上很多脑残黑子在带你的节奏。"

"随便混混礼物。"简茸熟练地调试设备，"而且我的节奏为什么要别人带？我自己来。"

丁哥还想阻止，简茸已经点下了"开始直播"的按钮。

眼不见为净，丁哥捂着眼睛走了。

没人想到简茸会在这时候开播，刚开始时弹幕上全是问号，其他带字的弹幕也就显眼起来。

"为什么开播？"简茸缩小直播界面，只留下一个弹幕助手，"还能为什么？混时长，骗礼物。"

丁哥离开后，马上联系了星空TV的工作人员，所以这次房管来得特别及时，那些带节奏的刚发一句话就全被封了。

"你骗就骗吧，能不能不要老说得这么直白？搞得我每次给你刷礼物都很厌恶自己！"

"宝贝老公肯定受惊了，送颗小星星给你，用这礼物钱去买本《说话的艺术》，以后争取别再挨刀了。"

"到底什么仇什么怨啊？你抢人家对象了？"

"别叫老公。"简茸顺嘴道，"我没抢，没兴趣。"

"你没受伤吧？"

简茸冷嗤："没伤。就他那小身板，我给他十把刀都伤不着我。要不是有人拦着我，我非把那家伙……"

"Stop！请注意措辞！不是有人拦着你，是有人把你扛走了。"

"谢邀，在现场，我见证 Road 像拎小鸡似的把小傻瓜抱起来。"

"要不是看过视频，我差点信了你这话。"

"堂堂大男人轻轻松松就被人扛走了，我要是你，都不好意思再提这茬儿。"

"请问我去找把刀砍自己，路神会扛我吗？"

"是谁说路神今年要退役的？路神那一脚，没点功底都踢不出来，身体不知道比多少选手好。"

"你不看看自己什么身材，好意思叫别人小身板？"

"我听到内部消息，你和路神要吃处罚？"

"不是吧不是吧，这都处罚？那当时的情况要我儿子怎么做啊？立正站好挨完刀，再跟那人道声谢？"

"……"

他直播间里这群水友都是一些什么奇怪的人？连这种内部消息都有？

"我什么身材？"今天简茸穿的宽松中袖，他说罢就把自己的袖子撩起来，屈起手肘，对着镜头秀肌肉，"我这一拳头下去，你们今天就在上海警方通报里见我吧。"

"……"

"别挤了别挤了，你好丢人啊！"

"你的手臂比我的手腕细，老娘今天不吃晚饭了。"

简茸直播经验足，轻轻松松就把话题扯开了。

LOL 的任务栏一直亮着，游戏里有人给他发消息。

战虎大牛：双排吗？

看我操作就行了：不了，打训练营。

空空：兄弟，安否？双排？

看我操作就行了：安，不排，你一中单能不能别总找我双排？干点正事。

球球你了 QAQ：Soft，一起玩吗？

网友们看到这条消息，弹幕炸了。

"我的天，你怎么会有球球好友？"

"我女神？我的天，次元壁破了。"

"球球很高贵，Soft 你不配。"

"球球是谁啊？"

"女明星季秋时啊，去年周年庆当作明星代表带过队，跟一群退役了的职业选手打，还用女枪拿到了超神。"

"这是真女神，只拍过一部电影，拿了影后就回去上学了，还是货真价实的 LOL 玩家，连续几个赛季在钻石段位了。"

"很多 LOL 选手都关注了她的微博，还有几个选手直言她是他们的女神。上次战虎大牛在排位遇到过球球，求好友位没求到，她现在却找 Soft 双排。"

"Soft，这个儿媳妇我认了。"

"啊……可在我心目中，Soft 已经名草有主了啊！"

简茸看了弹幕才想起这个人是谁。

他打字——

艹耳：不了，打训练营。

球球你了 QAQ：好的。

"不认识，以前没说过话，好友是石榴让我加的。"简茸看着满屏的问题，皱眉，"而且我的标题不是写了？今天练补兵，嫌无聊的可以先去看看其他主播。"

简茸说完，打开训练营，刚要进入游戏。

"嗡"的一声——

TTC·Road：双排一会儿？

简茸关闭训练营，创建组排房间，邀请好友 TTC·Road。

这套流程，简茸做下来都用不到五秒。

路柏沅刚进游戏房间，简茸就先提醒："我在直播。"

"我知道，没事。"路柏沅选好位置。

简茸一愣："你玩辅助？"

路柏沅："嗯。我有点困，先混一局。"

简茸"哦"了一声，在进入匹配的前一瞬，他偷偷把自己第二个选择的位置从"上单"改成了"AD"。

网友们：？

"今天练补兵？"

"球球喊你，你不去，Road 勾勾指头，你连房间都开好了，你还是一个男人吗？"

"你不是说过，在这版本玩 AD 就是给人当儿子？"

"谢谢谢谢，磕到了。"

"你们这群人懂个屁！"

"我不管，被禁言我也认了！今天我就要大声说出来，Soft 绝对是 Road 的私生脑残真爱粉！"

他们还在匹配队列里，路柏沅的手机就响了。

他关掉手机开着的直播软件去看消息。自从前段时间他开大号去豆腐直播间溜了一圈之后，丁哥就时时刻刻提醒他用小号。

丁哥：你别练太久，晚点还有训练赛，记住医生建议的训练时间。

路柏沅回了句"知道"，游戏正好匹配到对手。

TTC·Road 加入了队伍聊天。

看我操作就行了加入了队伍聊天。

球球你了 QAQ 加入了队伍聊天。

是刚刚在弹幕看到的名字。

路柏沅刚要重新打开直播软件，犹豫半秒后，他把手机摁灭扣在桌上，直接用电脑登录星空 TV。

简茸进入游戏房间，第一时间就去看自己的位置。

路柏沅拿的辅助，他拿到了 AD。

简茸满意了，见自己在五楼，他抽空抬眼看弹幕："玩把什么 AD？"

"Soft 绝对是 Road 的私生脑残真爱粉！"

"Soft 绝对是 Road 的私生脑残真爱粉！"

"我来晚了，什么情况？Soft 又对 Road 做什么了？"

"哈哈哈哈哈，你和球球撞车了。"

"你们 TTC 怎么回事？Pine 和小白这样，你俩也这样？谦哥或成你队唯一正常人。"

"而且还是追到基地的私生粉，Road 危！兄弟们，把保护打在公屏上！"

简茸惊住："你们在胡说八道什么？"

简茸感到一股无来由的心虚，心脏跳得有点快，正想回头偷看路柏沅一眼，屏幕顶上突然飘出一道浮夸的进房特效——

守护者 TTC·Road 进入了直播间。

TTC·Soft 开启了全体禁言。

TTC·Soft 使用了清屏。

简茸行走江湖多年，从来没用过这两个功能，操作稍显迟缓。

他惊魂未定，切回游戏，眼神乱瞟。

路柏沅怎么会突然进自己的直播间？他看见那些奇奇怪怪的弹幕没？

路柏沅像听见他的心声，解释道："小白说账号满级的图标好看，我来你这儿挂一会儿。"

星空 TV 有观众等级，观看直播的时间越长等级越高，满级图标是一颗紫色的小星星，确实好看。

可是——路柏沅的账号后面的图标实在是太多太多了，就算刷满级，这颗小星星也会被其他图标挤到最后那串省略号中。

这话被小白听到了，他立刻转过身，热情地发出邀请："哥，不然你来我直播间挂吧？我给你好茶好水伺候着。"

开玩笑，他哥的直播间账号待在哪个直播间，关注他的粉丝都会收到提示。这哪是挂机啊，分明是挂了一块最大的广告牌。

路柏沅随手禁了一个英雄："Pine 不是每天都挂在你的直播间？"

"他的粉丝早就被我吸干了。"小白说完，看到自己身边的 Pine 开了直播软件，"P宝，你干吗？要开直播吗……哎，你取关我的直播间干什么？"

Pine 说："闭嘴，现在我不想和你说话。"

小白口不择言道："我开玩笑的！我这不是想骗哥来我直播间挂机，我再去你直播间挂机，那我俩不就分摊我哥的粉丝了吗？你先把关注点回来，快点。"

路柏沅扯了下嘴角，看着迟迟没反应的五楼，提醒："禁英雄。"

"哦。"简茸回过神，习惯性地空 Ban，"我玩什么 AD？"

"都行。"路柏沅修改符文，"随便玩。"

"你和我双排的时候怎么从来不问这种话？"小白在 Pine 那儿碰了壁，灰溜溜地转头找简茸唠嗑。

简茸一脸疑惑："我问你一个辅助干什么？"

小白点头："好。直播间的粉丝们都听见了，他看不起玩辅助的，他搞职业歧视。"

直播间中全屏禁言的时间是可以调整的，简茸没去后台设置，所以系统默认禁言两分钟。

于是两分钟后，水友们又活了。

"他不只看不起辅助，还看不起AD，他说这两个位置在他眼里就是行走的提款机。"

"以前是谁说开全体禁言就是认怂了的？改名吧，别叫简茸了，叫简尿。"

"Road一进直播间他就开全体禁言？心虚了？"

"Road自己的直播间不去，天天在Soft的直播间挂机或者出镜，难不成……"

"Soft的粉丝别扯Road好吗？瞎蹭热度。"

"……"

"你们烦不烦，能不能别瞎脑补？"简茸使劲薅了下头发，见弹幕越说越热闹，他心虚地看了直播间贵宾席上的路柏沆一眼，声音低了几度，"本来是要练补兵的，队友来了就双排训练，有问题？"

"嗯嗯，TTC中野双排包下路，一个玩辅助一个玩AD，确实是为了训练哈，你们都别乱说。"

"Road会看弹幕吗？能不能看看Soft那颗苦苦崇拜的心。"

简茸没忍住，飞快地转头偷看一眼路柏沆的屏幕。

很好，路柏沆只开了LOL的游戏界面。

简茸松一口气，想想也是，路柏沆连自己直播间的弹幕都不常看。

他下最后通牒："你们再叽叽歪歪这些有的没的，我就下直播了。"

"你威胁我？"

"我第一次看到用下直播威胁观众的主播，长见识了。"

"他急了他急了他急了！"

"兄弟们别刷了，他是会下直播的。"

确定路柏沆不看弹幕之后，简茸才有心思去看这局游戏的阵容。

路柏沅说混就混，拿了软辅风女。

简茸正在思考自己玩什么英雄，队友突然说话了。

球球你了QAQ：Soft要不要中单？我可以让。

简茸愣了一下："撞车了？"

"你才发现？"

"就问你尴不尴尬吧。"

经常拒绝好友双排邀请的简茸没觉得尴尬。

看我操作就行了：不换，你玩吧。

球球没再说话，选了球女，倒是和她的ID般配。

简茸犹豫半天，拿了烬。

第十六章 中野双排

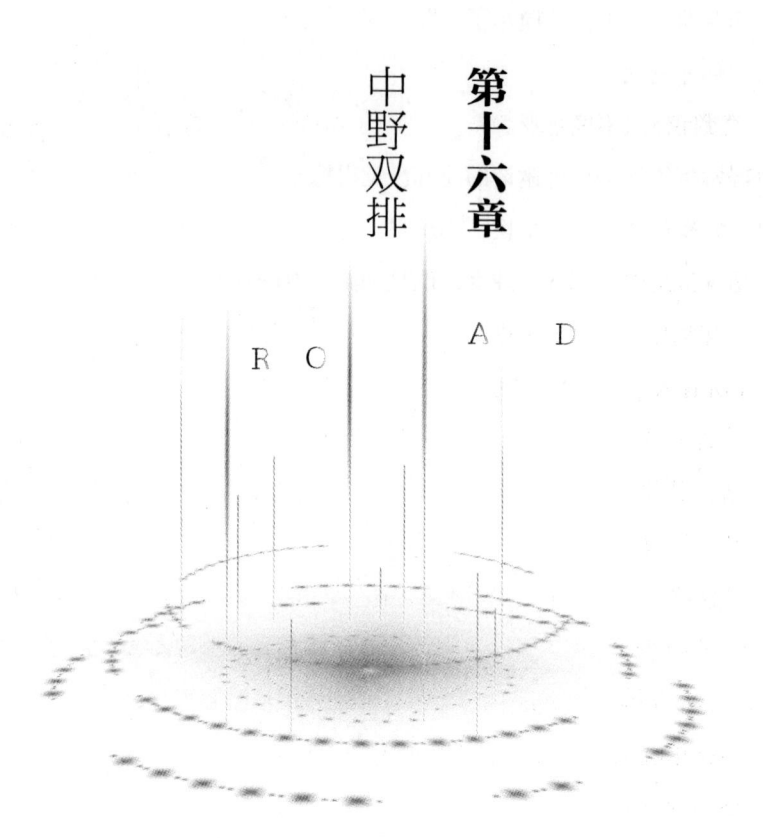

ROAD

直到读条结束进入游戏，简茸才发现对面的打野是 XIU，下路还是 MFG 战队的下路双人组。

[所有人]PUD·XIU：你什么时候还打起辅助了？带小朋友玩下路？

路柏沅懒懒打字。

[所有人]TTC·Road：他带我。

[所有人]PUD·XIU：……

或许是因为 Road 五年多的职业生涯里从来没让谁带着躺赢过，这三个字落在其他人眼里异常亲昵。

简茸反复把这句话看了几遍，坦诚道："我的 AD 一般，最多钻石水平。"

"没事。"路柏沅的风女一直跟在简茸身后，"我的辅助也一般。"

简茸很少示弱，他说自己玩得一般就是一般。AD 这个位置这两年被削得太惨，还得和辅助配合，不好 carry，他以前直播的时候都不爱打 AD 位。

而路柏沅的"一般"显然和他不太一样。

路柏沅拿着一个软辅，打出了中单的气势。

对面玩的是硬控英雄日女，被路柏沅用 W 技能消耗了几次之后，五级时终于忍不住闪现上来想晕路柏沅，谁想路柏沅脚下积蓄几秒的风缓缓刮出——日女刚闪到一半，就被路柏沅吹了起来。

这意识，别说是弹幕了，就连 MFG 的辅助都回到塔下，在全屏消息里发了个"牛"。

回了城之后，路柏沅说："后面你小心打，XIU 要来抓人了。"

简茸说"好"。

她的照片行吗？"

"这是个男的都不会拒绝吧？"

简茸没理他们，反正路柏沅只是挂着，看不到这些，随便他们怎么说。

简茸关掉和球球的聊天界面后，再次进入匹配队列。

排队比较久，路柏沅靠在椅上，拿起手机回 XIU 的消息。

PUD·XIU：世界第一风女，什么时候有空来给我打把辅助？

R：你晚上做梦的时候。

PUD·XIU：得。

PUD·XIU：我们中单又开小号在看你们中单的直播了，他学了点直播的东西，甚至知道刷礼物就能拿到某些主播的微信。要不是我拦着，这会儿你们中单应该在感谢礼物了。

"队长？"耳机里，简茸试探地叫了一声，"还打吗？"

游戏虽然排进去了，但因为路柏沅没点准备，他们又回到了房间。

"打。"路柏沅放下手机，"刚才我在想事情。"

重新进入排位队列后，简茸习惯性地抬眼看弹幕。

一条极其无聊的弹幕滑过——你在想什么？

简茸忽略掉它，想找一条弹幕来对骂。

"我在想。"路柏沅是真困，他一早起来去了趟医院，根本没睡几个小时，所以嗓音一直带着股懒懒的调子，"怎么这么多人想加我们中单的微信。"

简茸脑袋蒙了，只知道机械地禁英雄，选英雄，换符文。

还好这流程都快成肌肉记忆了，不然他可能会做出禁乐芙兰拿提莫带清晰术这类的神级操作。

路柏沅还在和简茸直播间的网友聊天。

"为什么不开直播？麻烦。而且 Soft 在播了，我播不播都一样。"

"是是是，你们中野一体！"

"Soft 怎么回事，只有手在动，连眼珠子都不转了……僵住了？灵魂出窍？"

"不，我更想看你单独开播！是不是战队经理要求你给 Soft 带人气？消费老队员？"

"什么时候能看到 Road 和唐沁双排？"

"没人要求，我自己找他排的，他很忙，想找他带上分很难……唐沁？不会一起排。不是嫌弃，是……"路柏沅选出英雄，"没什么必要。"

和队友排是一起训练，和其他战队的选手排是试探实力，和女主持……确实没必要。

"行了，这是 Soft 的直播间，我就不互动了。"路柏沅缩小直播间，看了眼其他三位队友的胜率，没撞车选手，不过胜率和使用场数都不低。他操控着英雄往前走，说："你跟着我过去打入侵。"

简茸点头跟上，过了半晌才想起他们背对背坐着，路柏沅看不到他点头："来了。"

弹幕一直在刷一些有的没的，看得简茸心烦意乱，他趁回城的时候切出去，一边说"你们太烦了"一边把视频关了。

一场二十三分钟的游戏，简茸喝了一整杯凉水。

游戏刚结束，手机几乎是掐着点响起，简茸低头看了一眼，然后取消了游戏排队。

路柏沅道："怎么了？"

简茸闭了直播间的麦才说："丁哥说你手累，让你休息一会儿。"

丁哥的消息从刚才响到现在，路柏沅已读不回。

路柏沅一直觉得，"为了避免手伤而减少训练"是一个悖论。

身为一个职业选手，他唯一的目标就是赢。想赢就要靠练，练得越熟练就越强，不训练还想拿好成绩，那简直是异想天开。

更何况，老一辈的职业选手哪个没有伤病，XIU和大牛的伤病程度不在他之下，别人休息了吗？不照样是一天练十几个小时？

路柏沅没觉得自己的手比谁金贵，练久了是会痛，睡一觉就好了，他心里有数，他可以忍耐。

路柏沅"嗯"了一声："再打两把。"

简茸没开游戏。

简茸的LOL头像是最原始的那一批，船长一脸惊讶的萌表情，有些跟不上年代，又有些奇怪的呆萌。

路柏沅盯着那个头像看了几秒，心情又好了，问："你听他的还是听我的？"

"你。"简茸想也没想。

片刻后，他想到路泊沅的手，又说："可我累了，想休息一会儿。"

路柏沅听后笑了。

每天练得最多的人，才上机不到三小时就说自己累了……

"我逗你的。"路柏沅点下关闭键，退出组队房间，"你打吧。"

路柏沅关掉游戏，摘了耳机，披着队服大衣出去了。

"你别看了，人走了。"

小白的声音把简茸叫回神，他别过头，表情不快。

"我就是念念你的弹幕。"小白立刻收回视线。

简茸没说什么，他切回直播间，强调："我不是脸红，基地暖气开高了有点热——不信算了，我求你们信了？"

身边的小白忍不住低头看了一眼自己的外套。

这几天气温都保持在十七度左右，他们基地不早就关暖气了？

"行了，你别说了，当你拒绝球球加微信的请求时，你的想法就很明显了。"

简茸："我只是不想加陌生人，别乱扯……你们别管我跟谁玩游戏，反正又不带你们。"

"你对我就这个态度？"

"OK，取关一天。"

"大家知道你崇拜 Road，你别再强调了。"

"下直播了——我心虚个屁，训练赛马上开始了，没空直播，关了。"

待简茸关了直播，小白才问："咱们不是六点才打训练赛吗？"

简茸道："嗯。"

小白说："现在才三点半。"

简茸转头看他，说："所以？"

小白很想说你这凶巴巴的表情真的很像恼羞成怒，又怕自己挨揍，于是微笑道："所以咱们中辅打会儿排位，搭建一下友谊的桥梁？"

"不打，你和 Pine 去搭桥吧。"简茸打开训练营，"今天练补兵。"

几天后，又到了比赛的日子。

今天路柏沅恢复首发，他坐在丁哥旁边，在跟对方商量一会儿的 Ban&Pick。

或许是上次的事给其他人带来了阴影，刚到比赛场馆，袁谦和小白两人就扒在窗户上看后门的情况。

小白道："报——有个矮矮瘦瘦、戴绿帽子的人鬼鬼祟祟站在人群的最后头！"

丁哥道："那是保安，衣服被人群挡住了而已。"

袁谦四处环视，说："那个高高壮壮的看起来也不像什么好人。"

丁哥无奈道："那是粉丝，你没看见他举着 Pine 的应援牌吗？"

车子停稳，简茸单肩背着包下车，低头往场馆里走。

他才走了一步，就觉得身边站了一个人。

127

赛方这次给他们拉了隔离带，车子停在入口旁边，左边是场馆墙体，右边才是粉丝。

路柏沅低头走在他身侧，无言地把他和人群隔开了。

今天的比赛一共打了三场。第一局赢得轻松，第二局袁谦被无脑针对，敌方中野辅天天去上路打麻将，小白玩的软辅不好游走帮忙，导致上路崩盘，袁谦拿的肉坦到了后期非常脆弱，一开团就送命，输掉了比赛。

第三局简茸一手乐芙兰血C，TTC再一次拿下常规赛胜利。

"六连胜了！"回到基地后，丁哥笑眯眯地说，"继续保持，争取全胜晋级季后赛！"

"今天，我第二局没打好，不然早就结束了。"袁谦叹气道，"我的锅。"

路柏沅坐在沙发上说："别急，以后输了再分锅。"

"呸呸呸，你别说这种不吉利的话。"丁哥把切好的水果放桌上。

刚吃完饭，简茸低头用iPad刷微博，这两天他的微博@和私信被撑满了，都是一些奇奇怪怪的微博，有图有文字，甚至有视频。这些东西唯一的共同点就是，内容里都包含着他和路柏沅。

这人还发了一张动图。

简茸随手点开那张动图。

前几秒就是一张风景图，简茸皱眉等了两秒，耐心殆尽，刚要伸手关掉，就见动图忽地一变，变成了一张画。

简茸定睛一看，瞬间愣住。

画中，他双手高举路柏沅的应援板子，真就一副Road真心脑残死忠粉的模样。

当路柏沅手伸过来时，简茸下意识把iPad往自己身上捂。

路柏沅："……"

路柏沅扫一眼他的iPad，说："你吃不吃草莓？"

简茸僵硬地点头。

路柏沅捏着草莓顶上的小绿叶举了举。

简茸的脑子空白了几秒钟，当他回过神时，已经凑上前咬了一口路柏沅手中的草莓。

路柏沅停顿了半秒，然后说："吃完。"

让我死了吧。当简茸上前吃完剩下半颗草莓的时候，心里只剩下这个念头。

"投食呢？"丁哥最先收回视线，"对了，简茸，战队给你接了一个代言，就是之前跟你说过的那个机械键盘，我今晚发合同给你，条款法务那边核对很多天了，你放心，过段时间你可能得去拍点广告和宣传照。"

"牛。"小白咬了一口草莓，"你刚进队几个月，常规赛都没打完呢，就接单人代言了。"

袁谦道："我打了三年才接到单人代言的……不说了，你拿到代言费，得请我们吃一顿吧？"

"请。"简茸像抱键盘似的抱着iPad，犹豫几秒后道，"产品卖不好，我不用负责吧？"

丁哥听后笑了："不用，而且你别担心，这个厂家一直和我们合作的，这次只是让你去代言一个新系列，这系列的耳机是小路代言的。而且这次代言不止你一个人，还有个女明星……"

小白立刻想到什么："球球？"

丁哥点头道："对，产品是情侣款，简茸代言蓝白那款，她是粉白的。"

简茸还没来得及说什么，小白就抓住了他的肩膀："简茸，帮我拿球球的微信！"

简茸咽下草莓："你喜欢她？"

"啊。"小白顿了一下，"还好，我就是想加美女微信。"

简茸懒得理他了。

"说起来球球好像还挺喜欢小茸的。"丁哥忽然道，"听说她本来还在犹豫接不接这广告，知道那边邀请的是Soft，第二天就答应了。"

路柏沅把简茸吃剩的叶子丢到垃圾桶里，闻言有一间瞬的停顿，捻捻指尖恢复原先的坐姿。

袁谦乐了："真的假的？"

"听说，听说。"丁哥说，"你们怎么都一副吃惊的样子？小茸好歹是电竞圈新晋小男神好吧，有粉丝很正常。"

简茸对当男神没兴趣，接这些能赚钱他就去。

吃饱喝足后，五人准备上楼打训练赛。今晚他们要和二队打一场，算是帮二队训练了。

简茸刚从沙发上起来，衣服被人拽了一下。

路柏沅垂眼看着他怀里的东西："你要抱着这个去训练？"

"我拿去房间放着。"简茸说，"你们先开游戏房间，我马上来。"

路柏沅看着他，像有什么话想说，片刻后，他还是松开手："嗯，你快点。"

TTC二队在这次LDL春季赛中发挥得不太理想，二队的教练找丁哥商量了许多次，丁哥在征求一队队员的同意后，才给他们安排了这场训练赛。

二队队员进来之后，集体在对话框里跟他们打招呼，叫谁都喊哥。

TTC-K 小鸭：茸哥晚上好。

这称呼把其他人全看笑了。

TTC·Qian：别这么叫，小茸可能还没你们大呢。

TTC-K 小鸭：那该叫什么？

TTC·Bye：叫电竞男神。

简茸无视掉耳机里小白震耳的笑声，面无表情地打字。

看我操作就行了：叫Soft就行。

TTC-K 小鸭：好的！

进入游戏后，小白习惯性查看战绩，说出了他一直想说的问题："简茸，你看看你的游戏 ID。"

简茸的心思在房间的那个 iPad 里："我的 ID 怎么了？"

小白说："和我们一点儿都不配。"

简茸的比赛账号叫 TTC·Soft，但他自己的 LOL 账号一直没改名，包括他那几个小号和 H 服号。

简茸本想说"为什么要配"，但他看到自己和路柏沅的 ID 挨在一块，又觉得的确突兀。

一个 ID 而已，改名卡就几十块钱，简茸倒也不至于这么省，于是他问："那我要改吗？"

路柏沅说："不用。"

简茸闻言，余光下意识往身边瞥了一眼，他不好明目张胆，只看到路柏沅握着鼠标的手。

五指屈着，一副很放松的状态。

路柏沅又说："不强制改名，按你自己喜欢的来。"

"队里是没这个规定。"丁哥站在他们身后说，"之前是小路新号取了这个名字，他们几个看到了也就跟着改了。"

简茸一愣："新号？"

"嗯，当时……"丁哥欲言又止，最后道，"总之就是开了一个新号。"

"我用旧号跟人打封号战，输了就不用那号了。"路柏沅轻描淡写，"后来我一直玩朋友的号，英雄多。我进了战队后才创的这个号，懒得想名字，就用了战队 ID。"

简茸一怔，差点漏炮车。

他居然不知道该惊讶哪一件事——

路柏沅会和别人打封号战？还输了？

不止是简茸，连其他人都惊住了。

"还有这事……"袁谦愣了一下，关注点和简茸差不多，"你居然输了？"

"输游戏不是很正常吗？"路柏沅轻松地抓死二队打野，像想起什么，挑了下嘴角，"我还好，那号没皮肤。XIU的号全皮肤全英雄，是那几家网吧里最牛的号，说没就没了。"

小白"哟"了一声："XIU也在？还是5V5封号战？这么刺激？"

连Pine都开口问："为什么打封号战？"

路柏沅沉默两秒后说："我忘了。"

多少年前的事了，路柏沅早不记得原因了，他只记得那时头脑冲动，张口就应了下来，最后封号的时候跟葬妻似的，五个男生出了网吧就去街角蹲着抽烟，烟还是XIU请的。

那时候路柏沅和他爸较劲，逃学逃课扎网吧，身上分文没有。

袁谦想到什么，笑了一下："我想了想，以前的你确实做得出这种事。"

简茸听得出神，好奇心都快飞上天了。

这种好奇一旦冒了个头就收不住，简茸满脑子在想——以前的路柏沅是什么样的？

没打职业，没站上赛场，未满十八岁时的路柏沅又是什么样的？

打封号战还输了，这种事太幼稚也不光彩，丁哥忍不住出声打断："行了，好好打游戏，尊重一下二队队员好吗？"

"哪里不尊重了？"小白立刻说，"我在好好打呢，P宝来吃我一口治疗。"

Pine说："不吃，回城了。"

训练赛打了三场，全胜。

路柏沅刚关掉游戏客户端，手机就响了，他看了眼来电显示，起身接了电话："喂。"

"兄弟。"电话那头杂声阵阵，XIU的声音融在风里，"有空没？出来聊一聊？哦，你刚打完比赛吧？那算了。"

路柏沅听出他语气不对，犹豫两秒，看了眼时间。

"你把定位发来。"

还是之前那家烧烤摊。

XIU没点什么烧烤，倒是点了几瓶啤酒，路柏沅到的时候已经空了一瓶。

"你来了，也太慢了。"身边的椅子被拉开，XIU头也没抬，只是拿起一瓶开了没喝过的酒说，"喝点？"

"我跟丁哥磨了一会儿。"路柏沅拒绝了，"不喝。明天你不是有比赛吗？"

XIU闷了一口酒，说："没事，不喝醉就行。"

路柏沅安静地坐着，心中了然，直截了当地问："新打野的事，他们跟你说了？"

"嗯。"XIU吸了一口烟，"你跟我说后没几天，经理就找我谈了。"

路柏沅抬眼："怎么谈的？"

XIU咬牙："还能怎么谈，说签了一个新打野，接下来就看我春季赛的表现。我打得好，夏季赛他给我替补，打得不好……我给他替补。"

XIU说到这儿就气不打一处来，偏偏他还得压着声音："讲道理，我上个夏季赛表现得不差吧？春季赛到现在一场没输，虽然MVP拿得不多，但我野区没炸过。我的手是伤了，可从来没休息，也没落过一场训练赛……然后呢？就因为'年轻'这个狗屁理由，我就得给别人让位？这是什么道理？"

是很没道理，但职业赛场就是这样。

XIU是表现得不差，可他手伤严重，说不准哪一场就上不了了。一个成熟的俱乐部就是要做到面面俱到，杜绝任何意外发生。

这事路柏沅明白，XIU肯定也明白。

但明白不代表可以坦然接受，XIU想了两天，还是觉得憋屈不甘。

"他们已经签了合同，那人今天搬进基地了。"XIU 怅怅道，"我就想知道你是怎么克服过来的，你比我强多了，但你还是让青训那小子给你替补，还让他上了几场半决赛，换作是我，心态都炸得没了。"

路柏沅垂着眼捻了捻手指，没应答。

良久，当 XIU 以为等不到下文时，路柏沅才道："没克服。"

"所以我还在打。"路柏沅嗓音低沉，"替补的事，管理层是越过丁哥找我商量的，我也点了头，但我事先说明白了……我不会让位子。找来的人要么强过我，要么就一直待在替补席上，他们答应了。"

"不然你以为他们为什么让我在青训生里挑替补？他们招不到其他人。"

"没哪个正式选手敢来。"

路柏沅嗤笑道："没人觉得能打过我，又不想熬到我退役。"

XIU 怔怔地望着他，过了许久，XIU 低下头笑出了声，他笑了一会儿，突然问："你还记得阿阳吗？以前跟我们一起打封号战的那个中单。"

路柏沅扬扬眉，表示自己没忘。

"他前阵子还找我聊天，感慨岁月不饶人，说当初那个叼着烟，在网吧一天要跟人 solo 十次八次的人，现在都成顶级战队的队长了，还夸你低调沉稳……狗屁，还是那德行。"XIU 笑着说，"最逗的是，他跟我聊完的第二天，你踹人的新闻就占满了我的微博。"

路柏沅笑着别过头，懒得理他。

提起这茬，XIU 才想起来问："对了，你是不是得吃处分？毕竟联盟那群人最讲规矩。"

路柏沅"嗯"了一声："罚款。"

"还行，至少没禁赛。"XIU 又问，"你那小中单也得罚吧？"

"跟我一样。"路柏沅说这话的时候挑了一下嘴角。

XIU 盯着他看了一会儿，紧绷的肩膀微微放松下来："其实有些杠精说得也没错，那人都被保安抓住了，扑不上来，你非要去补那一脚做什么……不怕被禁赛？"

哪个选手都不想被禁赛，路柏沉同样是。

每天在训练室熬十几个小时，谁不是为了一个上场机会？

"怕。"路柏沉淡淡道，"我没想那么多。"

XIU点头，调侃地问："赛后采访暗暗帮Soft说话，给他充钱抽皮肤，帮他揍人挨了五年职业生涯里第一个处分……现在的队长都要这么对待自己队伍的新人才算合格吗？"

路柏沉沉默几秒，自己听着也笑了："谁知道呢。"

"别人知不知道不要紧，关键是Soft知不知道你器重他。"XIU边说边给路柏沉递烟，"来一支，被发现了我替你交罚款。"

罚不罚款倒无所谓，但聊到这里，路柏沉确实想来一支烟。

XIU给他点上火，LPL目前最有声望的两位老牌打野坐在烧烤摊前一起抽起了烟。

他吐出一口烟雾："Soft什么态度？哦，我问的屁话，他最听你的话，这事连我们战队的做菜阿姨都知道。"

路柏沉咬着烟蒂，平时沉着冷静的人此刻沾染上几分痞气，许久才说："我觉得他对我的滤镜太厚了。"

XIU嗤笑道："废话。LPL里哪个小朋友看你没滤镜？现在我去发份问卷，问他们最喜欢哪个职业选手，有几个会不选你？"

再聊下去一支烟就打不住了，路柏沉拧灭烟："行了，继续说你被后浪拍死在沙滩上的事。"

XIU愣怔一秒，来这之前的烦闷情绪一扫而光："谁会被拍死？"

路柏沉回到基地时已经接近两点。

二楼训练室的灯还亮着，打完比赛的当晚大家都不会练太晚，训练室里只可能是他们战队的新中单在。

但新中单此刻并没在训练。

简茸正戴着耳机，趁着游戏排队的空当在看一个剪辑视频。

视频是水友剪的，其中有各种 TTC 战队早期比赛的小片段，配着激昂热血的 BGM，画面上还时不时冒出几张可爱小图片。

简茸轻轻咬着左手拇指，像看比赛录像那么认真，耳机音量开得很大，直到一股淡淡的烟草味钻进鼻腔，他才觉得哪里不太对。

他缓缓转过头。

路柏沅的视线还停留在他的电脑屏幕上，大约过了两秒才垂下眼看他。

简茸："……"

简茸迅速关掉视频软件，他刚刚用完未关的网页显示出来。

是百度搜索，搜索框上写着大大的一行字——LPL 选手 Road 早年经历。

旁边还开着无数个小窗口，网页简介分别是"Road 初期照片""Road 早期采访视频（高糊）"以及"细数 Road 这些年的绯闻对象"。

简茸："……"

简茸烧红了脸，面无表情地关掉网页，心想只要他不尴尬，尴尬的人就是路柏沅。

直到路柏沅的嗓音飘下来："我的绯闻对象有谁？"

……

简茸抿唇，松开，再抿唇，然后自暴自弃地说："我只记得唐沁，其他几个名字忘了。"

路柏沅"嗯"了一声："假的，我没和谁在一起过。"

"哦。"简茸把脑袋转回去，皱着眉，缓慢又使劲地揉自己的脸，不知道该怎么解释自己大半夜不训练，在这儿查队长隐私的事。

他头一回干这种事，还被抓个正着。

路柏沅垂眸看着他，道："以后你想知道什么，可以直接来问我，不用浪费时间查。"

简茸一时间分不清路柏沅是在生气,还是认真地在说。

但他很快就知道了。路柏沅的手心落下来,轻轻拍了拍他的头发。

"不过我事先告诉你,"路柏沅停顿一瞬,才道,"我没你想象中那么好。"

其实今晚简茸没搜到什么。

路柏沅成名太快,加入战队第一年就是LSPL冠军,第二年拿下S赛冠军,当属全赛区传奇第一人。那时候青训体系不发达,路柏沅是以H服路人王的身份被TTC老板挖到战队来的。

小白、袁谦都有青训时期打线下比赛时的照片甚至录像,路柏沅没有这些。

但简茸也不是全无收获,他翻到了好几年前某个贴吧的帖子,楼主的话简茸反复看了好几遍才懂——

"在网吧遇见Road了,就是H服那个很厉害的Road,好帅,偷拍一个背影!"

前年这帖子被楼主挖出来——后知后觉这人就是现在的Road啊!

照片像素太差,一眼看去仿佛打了马赛克,也确实只有一个背影,看背景像是一家黑网吧。

路柏沅戴着耳机,可能是嫌脏,还在中间夹了纸,手指夹着一支烟,电脑里放着早年的LPL比赛。

简茸还找到一张LSPL总决赛时TTC众人举奖杯的照片。

照片中小白起码比现在瘦十斤,清秀傻气;袁谦的身材十年如一日,高高壮壮,脸上还有青春痘;Pine那会儿还没入队,所以没在照片里。

路柏沅站在他们中间,刘海长得有些扎眼,神色冷淡,跟旁边笑开花的四人格格不入。

这张照片和简茸记忆中有一些出入,毕竟过了那么多年,简茸当时也才十三岁不到，能记得清才怪了。

放到现在看，路柏沅的发型是有些年代感的，但简茸还是觉得很帅。

虽然这两张照片都是高糊，但简茸还是存图了。

路柏沅离开训练室之前看了一眼简茸身上的短袖，又看了眼开着的窗缝。

简茸已经排进了游戏，正在 Ban&Pick 界面。路柏沅脱下外套，放到他腿上，说："你打完这局游戏去睡觉。"

简茸下意识抱住衣服，低声说了句"好"。

路柏沅走后几分钟，简茸还保持着抱着衣服的姿势。直到进入游戏，他才拿起外套披在自己肩上。

其实他也不冷，反而有点燥，但他就是想披着外套。

片刻后，简茸披着大衣起身，又把窗户开大了一点儿。

简茸打完这局游戏就回房了，但也没那么快睡。他洗完澡躺上床，忍不住拿出手机，看了几眼放大的照片。

他又想起路柏沅那句"我没你想象中那么好"。

可是简茸盯着天花板想了半天，直到睡着，他都想不出路柏沅哪里不好。

翌日，简茸醒得特别早——九点，这个时间点，TTC 基地就像一座空屋，除了偶尔两声门板都挡不住的呼噜声外，不可能有其他任何声响。

简茸睡不下去，决定起来打排位。

他洗漱干净，看了一眼挂在椅子上的外套。

反正基地早上没什么人，他穿着打一上午，到中午再脱下来，应该也没事。

毕竟大清早，机位那儿还是有点儿冷的。

简茸说服了自己，拿着两包小面包和罐装咖啡充作早餐，披着外套走到训练室门口，看清里面的情况后怔在原地——

只见训练室里坐满了人，除了路柏沅，其他人都在，而且全部在打游戏。

有那么一瞬间，简茸觉得自己手机里的时钟可能坏了。

"小茸，"袁谦最先瞧见他，睡眼惺忪地跟他打招呼，"你醒啦？"

训练室的门半掩着，简茸回过神，推门进去："嗯，你们怎么这么早？"

"还能怎么……"袁谦叹气，"月底了，赶直播时长啊。"

除了路柏沅，其他队员每人每月都有规定直播时长，达不到就要扣钱。简茸的时长早八百年就播完了，根本没有这种顾虑。

袁谦这个月一直在偷偷用小号练英雄，所以开直播的时间比较少，到月末了还差七个小时。

简茸把早餐放到电脑桌上，问旁边的人："你也差直播时长？"

"怎么可能！我一个月能播八百个小时！"小白用手背捂着嘴，打了个大大的哈欠，"这不是陪P宝补时长吗，他太懒了，这都三十号了，居然还差十六个小时……明天还得继续播。"

Pine皱眉："我没让你早起陪我。"

"我起都起了，这时候你只能说'谢谢我的小辅助'，不然就闭嘴。"小白趁回城的空当扭头望了简茸一眼，"你怎么也起这么早，你又不用补时常……"

小白说到一半顿住了，仍旧看着他。

简茸没察觉他的视线，坐下开机吃面包，含糊不清地说："训练。"

小白嫌耳机戴久了难受，暂时扯下来挂在脖子上，问道："你怎么又穿我哥的外套？"

简茸嘴里还含着面包，脸颊鼓起一块，扫了一眼他的电脑屏幕："你死了。"

小白一脸震惊："我就问一句，你又骂我？"

简茸无语："我是说，你游戏的角色死了。"

小白一怔，回头看见自己的屏幕出现受伤特效，嘴上狂嚷："啊啊啊，空空这浑蛋阴我！"

简茸这才发现在野区逮到小白的是空空，不仅如此，小白点开战绩表——这局十位玩家，七位是职业选手。

弹幕在问——

"我是纯路人，问一下这是春季赛常规赛现场直播吗？"

小白悠悠道："你以为只有我们战队的人要补时长？月末了，谁都别想好过。"

简茸："……"

吃完早餐，简茸登录游戏准备进入单排队列，训练室的门开了。

丁哥知道这两天他们队员都会起得早，拎着两个塑料袋走进来："你们都吃早餐了吗？我带了点油条豆浆，你们……"

说着说着，他脚步一顿，鼻子夸张地嗅了几下，然后难以置信地缓缓转过头，用一种恨铁不成钢的眼神看向他们的新中单。

路柏沅醒来时，手机上有许多条信息，都是XIU发来的，这厮昨晚也不知道是不是喝酒喝上了头，回基地后发了无数豪言壮语过来——

PUD·XIU：我想通了，我一定要把这个后浪堵死在海里。

PUD·XIU：今晚我就练个通宵。

PUD·XIU：算了，送了两把分，睡了。

PUD·XIU：抱歉，兄弟，这次春季赛冠军已被我内定。

路柏沅不禁怀疑，昨晚自己没到烧烤摊之前，这人到底喝了多少。

R：你的想法不错，但冠军跟你没关系。

路柏沅发完这句，把手机丢进兜里。

路柏沅下楼的时候，看见两人站在训练室门外，丁哥正拎着简茸的手在闻衣袖。

简茸没反抗，他背对着楼梯，另一只手揣兜，背影看着不怎么精神。

"你自己坦白，"丁哥松开他的手，"是不是抽烟了？"

路柏沅下楼的脚步微顿，很轻地"啧"了一声。

一个晚上过去了，狗鼻子都没丁哥的灵。

训练室的门开着一条缝，小白被敌人击杀后的哀号声太大，简茸没听见身后的动静。

"嗯。"他说。

丁哥余光瞥见进来的人，没顾上打招呼。他一只手叉腰，有些想不通："好端端的，你怎么抽起这玩意儿了？你不是不会抽烟吗？"

简茸睁眼说瞎话："我压力大。"

"你有什么压力？"丁哥皱眉，"不缺钱，没输比赛，直播间那群水友也骂不过你。"

"我，"简茸停顿两秒，"我差点被人砍，就想抽两支烟压压惊。"

丁哥："……"

"抽烟要罚款是吗？"简茸从兜里拿出手机，"你支付宝多少？"

丁哥有时候真的怀疑，简茸真是为了钱才来打职业赛的吗？

为什么每次罚款这家伙眼睛都不眨，打钱比谁都干脆，看起来甚至巴不得他这儿搞个冲十万抵十三万的充值活动。

规定是规定，第一次抽烟也得罚，而且他是真不希望简茸学这玩意儿，伤肺，就当是给个教训也好。

"转我微信，"丁哥说，"充公了，用来请大家吃夜宵，他们以前的罚款也都这么处理的，你不介意吧？"

简茸摇头。

他刚打开微信，手机就被人抽走了。

"你罚他罚上瘾了？"路柏沅按下简茸手机的锁屏键。

简茸一怔，还保持着拿手机的姿势。

丁哥也愣了一下："你以为我想罚？我还想贴钱给他让他安分一点儿呢。"

路柏沅道："那也不是罚他。"

丁哥眨眼："什么意思？"

路柏沅抬手捻住简茸的外套衣领，动作时指背擦过简茸的脖颈，带起一阵轻痒。

简茸外套领子底下有个"R"。

"外套是我的，"路柏沅的嗓音有几分沙哑，解释道，"烟味是我沾上去的。"

丁哥一怔，仔仔细细看了一眼简茸身上的外套，还真是。

"你又抽烟——昨晚跟 XIU 一块儿抽的是吗？好哇，我一会儿就给 PUD 的教练发消息。"丁哥说完，纳闷地看向简茸，"既然不是你抽烟，你非领这个锅干什么？说一声不就完了？"

路柏沅发现了，简茸每次紧张或不知所措就喜欢薅前面的头发。

简茸感觉到路柏沅的视线，咬牙沉默了很久，才说出一句："我钱多。"

丁哥："？"

简茸说："我就喜欢交罚款。"

丁哥哑口无言。

片刻后，路柏沅拍拍简茸的背，声音带着几分笑："我们知道你有钱了……你先进去，我跟丁哥谈一会儿。"

简茸僵硬地推开训练室的门，又忽然想起什么，转身道："我把外套还你。"

"不用。"路柏沅转头看他一眼，道，"你喜欢就穿着。"

推出举报吸烟者有奖机制后，没人来举报不说，还有包庇甚至顶罪的，这是丁哥万万没想到的。

金钱落袋的声音响起。

路柏沅入行这五年虽然没被联盟处罚过，但在丁哥这儿折的钱可不少。近一年来 TTC 的夜宵，可以说是被他、袁谦和 Pine 三人承包的。

"钱转你了。"路柏沅收起手机。

丁哥这才想起，要说谁交罚款最熟练，那还是路柏沅。

其实以前丁哥是不禁烟的，毕竟职业选手中十有八九都抽烟。这行压力太大了，新人不断涌入，观众要求严苛，输一局比赛都会被骂上热搜，尼古丁的味道可以让他们短暂得到放松。

但在去年初，有一位职业选手查出肺癌晚期，原地退役了。

二十三岁就得了肺癌，这消息吓住了无数俱乐部，纷纷在内部要求选手们戒烟。

丁哥一咬牙就出了这个狠心的规定，不过收到的罚款他都是用在选手身上，点外卖、下馆子，甚至偶尔买衣服都是他付钱，其实就等于大家把钱存他这儿了。

"你不都戒得差不多了吗，"丁哥皱眉，"最近怎么又碰上了？"

路柏沅收起手机："我就碰了一支，烧烤摊味道重。"

丁哥略略沉思，XIU会在大晚上把路柏沅叫过去，八成是心情不好，再联系一下最近PUD内部的事……

他微不可闻地叹一口气："总之，你少抽点。我买了早餐，你进去吃。"

今天，TTC训练室格外吵。

袁谦喝下一大口水，说："最近练了什么英雄……当然不能说啊。等着吧，你们后面就知道了，没点关注的水友给我点一下关注，差两百个凑整了。"

Pine："谢谢礼物。"

"来来来，月末了，兄弟们帮我冲一下榜单，免费礼物到下个月可就清零了！空空刚夺走我十六分，今天我在直播榜单上势必要超过他！"小白凑近看弹幕，"什么？要留给我哥？放心，我哥这个月不会再播，下月也不一定播，给Soft？他榜单排名这么高，不需要——"

简茸戴着一边耳机，冷淡地说："我要。"

小白难以置信道："你怎么还抢生意呢？"

简茸道:"是你抢我生意,人家都说了是送我的。"

小白委屈地低下头,猛吸一口酸奶。

简茸其实也就开开玩笑,今天他不想开直播,月末开直播的人多,直播流量也没平时好,犯不着凑这个热闹。

他这边刚结束一局单排,盯着战绩看了一会儿,总觉得这两局玩得没什么意思。

他往后瞥了一眼,正好看见路柏沅把豆浆空杯丢进垃圾桶。

简茸对着匹配界面发了半分钟呆后,拿起手机给路柏沅发了一条消息。

艹耳:队长。

紧跟着,简茸继续打出三个字:双排吗?

"队长,吃完了?我上小号了,我们现在开排?"袁谦扭头问。

"嗯,我现在上。"路柏沅说完,拿起振动的手机看了一眼。

"啊,对,今天我和队长打双排。"袁谦对着弹幕说,"教练说我俩越塔反蹲的配合差点,让我们多练练……没事,只是练配合,不是练套路和战术,直播开着没关系。"

简茸盯着发出去的那两个字,第一次痛恨自己这种一句话拆成两句发的网聊习惯。

R:嗯。

简茸:"……"

他支下巴的手缓缓往上,撑住额头。

他叫都叫了,只能硬着头皮回消息。

艹耳:我去茶水间,你喝速溶咖啡吗?

简茸问完都觉得不好意思,他冲速溶咖啡要么什么都不放,苦得要命;要么奶和糖放得多,甜死人。

R:不了。

简茸还没来得及回消息,两秒后,手机再次振动——

R：等我和谦哥练完，我们排几把？

简茸眼睛亮了一下，抿唇板着一张脸，快速回了个"好"。

众人从中午练到傍晚，趁着晚饭时间，一块儿看起了 PUD 的比赛直播。

今晚 PUD 打战虎，算是春季赛常规赛几大看点之一。

"你们说谁会赢啊？"小白抱着一包薯片，整出了看电影的架势。

Pine 说："PUD。"

"不一定，战虎挺稳定的，PUD 还在磨合期呢。"袁谦一边吃雪糕一边说，"毕竟队里现在有三个 H 国人。"

"其他两个 H 国人中文很好的，应该就 Savior 差一点儿吧。"小白看向旁边的人，"你俩呢？觉得谁会赢？"

路柏沅想起睡醒收到的短信轰炸，淡声道："PUD。"

简茸嚼着口香糖，问题都没过脑，跟着道："PUD。"

小白："为什么？"

"没为什么。"简茸简单粗暴道，"我随便说的。"

路柏沅挑了下嘴角，跟随镜头看了一眼 XIU 的状态。

XIU 明显比平时要紧张，背脊挺直，跟第一次打比赛似的，不知道的还以为他是哪个角落来的新手。

这场比赛两个战队打满了 BO3，而且场均四十分钟以上。

四十分钟算是很长的比赛了，战虎擅长打后期，PUD 也不遑多让，两个战队把运营二字体现得淋漓尽致——前期一起发育，你杀我上单我杀你 AD，你吃我三狼我吃你 F6……每局打的大型团战不超过三次。

而在同样的战术下，PUD 战队选手的个人实力显然更胜一筹。

最后，战虎喜提二连败，PUD 以 2:1 的战绩拿下了这场比赛。

比赛结束后，小白幽幽地问："我们下星期打 PUD 是吗？"

"是的。"袁谦顿了一下，"我怎么觉得 PUD 又变强了？"

Pine"嗯"了一声，说："虽然到三十分钟双方经济差不多，但我总觉得PUD是压着战虎打的。"

"废话。"丁哥站在他们身后，"人家刚花一千六百万买的新中单，还能比之前弱？语言不通算什么大事，懂打信号就能上场。"

小白一脸震惊："一千六百万？"

"具体价格我不清楚，反正给我开的报价是一千六百万，两个赛季，我没答应，给PUD的价格估计也差不多，或者更多。"

"真贵。"袁谦忍不住问自家中单，"简茸，你的签约费多少？你就只签了一个赛季是吧？打完春季赛就到期？"

"嗯。"简茸双手插兜，靠在椅背上，几秒后才冷冷地说，"一百四十万。"

大家沉默一瞬，然后不约而同地看向丁哥。

丁哥轻咳一声。

他本来是想出高一点儿的，没想到刚丢出这个数字，简茸想也不想就答应了。

"你们看我做什么？"丁哥道，"虽然价格不高，但这数字很合理了。哪个新人能一入队就上首发，还拿百万薪水的？"

丁哥说的也不是没道理，如果放在几个月前，这价格倒还算正常，毕竟队里其他三人入队的时候月薪都没到两千，Pine当时的签约费也才八十万一个赛季。

只是简茸入队后表现得太好，让人下意识觉得这个价格配不上他。

镜头切到赛后采访，这场比赛的MVP给到了XIU，XIU回答几个惯例问题之后，说自己最期待的是和Road的野区对抗。

路柏沉没什么兴致再听下去，他站起身，很轻地拍了拍因为自己身价是别人六分之一而不满臭脸的自家中单的头。

"下个赛季你就贵了。"他说，"别看了，来双排。"

……

丁哥办事一向利落，键盘的代言合同早早就拿给简茸签了，周日是休息日，简茸接到了去拍宣传照的通知。

丁哥交代道："今天我的手头有事，联系了两个助理，他们马上过来陪你一块儿去。"

"不用，我自己去就行。"简茸正在打游戏，头也不回地拒绝。

"拍代言宣传照跟拍战队宣传照不一样，摄影师要求比较多，"丁哥坚持，"而且你是首发队员，我怎么可能让你自己去，都是要配助理的！你等会儿，他们打车过来二十分钟就到了，你打完这局游戏就出发吧。"

简茸想到要和两个陌生人相处一下午，眉头都拧起来："我说了不用……"

"我陪他去。"

训练室的其他人都是一怔，简茸连兵都顾不上补了，怔怔地转过头。

路柏沅拿着外套起身："那边要求几点到？"

丁哥原本还想着两个助理会不会少了，毕竟简茸现在也算是电竞小男神，身为新人，除了薪水之外，其他都比大多数电竞选手强了。

但让路柏沅陪着去……那简茸的咖位未免太大了点。这位主自己去拍代言的时候，他可是安排了八个人在身后跟着的。

但路柏沅坚持送简茸去，丁哥也没法说什么，毕竟今天周日，选手在完成训练时长之后是可以申请外出的。

简茸听见路柏沅要陪自己去，下意识是想拒绝的，但话到嘴边又不太舍得说出口，怕路柏沅真的不去了。

他在拒绝和沉默里反反复复时，路柏沅已经穿戴整齐，跟丁哥聊起了拍摄的具体地点。

丁哥妥协道："你跟就跟吧，但别自己开车，过去要半个钟头呢，我让司机送你们去。"

路柏沅"嗯"了一声，说："他单独拍摄？"

"哪能啊，我都说了是情侣款的键盘了，球球也去。"

路柏沅点头，余光对上简茸的视线："你打完游戏了？"

简茸："嗯。"

路柏沅拿起简茸桌上的帽子戴到他头上："那走吧。"

摄影棚里人来人往，十几个工作人员正在布景，阵势比简茸拍战队定妆照时要夸张得多。

虽然丁哥提前打了预防针，但化妆师拿着眼线笔凑上来时，简茸的眉毛还是拧得能挤死蚊子。

化妆师说："亲爱的，你别紧张，我不会把眼线笔戳进你眼睛里的。relax，你好敏感喔。"

简茸睫毛乱颤，嘴唇很不耐烦地抿着，半天才应一句："哦。"

路柏沅站在简茸身后，从镜子里看他，帽子没摘，嘴角带着点笑。

"路神？"一个男人走过来，是厂家那边安排来监工的负责人，他惊讶地伸手，"你怎么来了？"

路柏沅跟他握手："我带我们中单来拍宣传照。"

男人愣了两秒："你带他来拍……"

"嗯。"路柏沅微笑道，"抽空兼职一下助理。"

男人："……"

"哎呀，你别眨眼！"化妆师尖叫，"完了，歪了，得再化一次。"

只是想偷看一眼路柏沅在和谁聊天的简茸说："抱歉。"

简茸化完妆时，路柏沅正好坐在他旁边的位置上玩手机。

化妆师松了一口气，把东西放好，满意地看着简茸："好了，是不是很帅？"

路柏沅抬起眼。

简茸的皮肤本来就白，所以没涂太厚的粉，眼线化得也不夸张，只是描了个型。

路柏沅看不出什么变化:"嗯,帅。"

简茸忍着揉眼睛的冲动,眯着眼去看镜子里的自己,说:"我比墙壁还白?"

化妆师说:"没事,这样刚刚好,你一会儿上镜就没这么白了。"

简茸说:"我的眼睛像被打过。"

化妆师说:"你的错觉。"

简茸说:"我的鼻子上沾灰了。"

"那是阴影。"化妆师强颜欢笑,用一股台湾腔抱怨,"你真的好直男喔。"

化妆师去休息了,简茸使劲抿自己的嘴唇,想把口红弄淡点。

路柏沅还以为他的眼睛还是不舒服:"很难受?"

简茸转过头:"有点。这个化妆师是不是不会化……"

他的话没说完,路柏沅忽然提醒道:"你别抿嘴了,口红花了,妆淡了还得补,忍忍。"

简茸过了好几秒才回答:"我知道了。"

几人簇拥着一个女生走了进来。

球球年纪不大,化着干净淡妆时就像在上高中的漂亮校花。她身上带着一股少女的清香,刚进屋整个化妆间都是她的气味。

"路神,Soft,你们好,初次见面。"球球微微笑着,解释道,"我这儿缺了一双鞋子,工作人员已经回去拿了,大概还要十分钟才能开始拍摄,需要等一下……你们不介意吧?"

简茸收回视线,摇头说:"没事。"

"那就好。"球球笑起来有个梨窝,"我很喜欢看你的直播。"

球球打完招呼很快离开了,化妆间的门重新关上。

"她漂亮吗?"路柏沅忽然问。

简茸诚实道:"漂亮。"

简茸一向是什么说什么。

球球确实漂亮,青春洋溢,纯粹自然。

路柏沆从手机中抬眼:"你喜欢这样的?"

简茸一愣,应得很快:"没有,怎么可能。"

路柏沆望着他:"那你喜欢什么样的女生?"

良久,简茸道:"不知道,我没有喜欢的女生。"

第十七章
代言拍摄

ROAD

虽说是情侣款键盘，其实拍起照来也没有多亲密。

毕竟一个是女明星，一个是电竞圈新晋小男神，怎么都不可能往暧昧的方向拍。

拍摄主题是二人开黑，最最贴近的动作也就是两人并肩坐在电脑前，把手放进同一个薯片盒子里。

简茸坐在工作人员准备好的电竞椅上，不远处，路柏沅被几个忙完了的工作人员围着要签名，有男有女。路柏沅垂着脑袋在跟他们说什么，帽檐遮住脸，看不清表情。

球球补完妆回来，转头问："今天你没比赛吗？"

简茸淡淡道："没。"

拍摄尚未开始，摄影师还在指挥布景人员挪动道具。

"我很早就开始看你直播了。"球球道，"快两年了吧。"

简茸还在神游，挺敷衍地应了一句："谢谢。"

球球看着他笑了一下："你之前认识我吗？"

简茸道："不认识。"

在给球球整理发型的工作人员动作一顿，惊奇地看了简茸一眼。

球球虽然影视作品不多，但唯一一部电影就拿了国内最大的影后奖，热度极高。

工作人员道："球球去年去你们比赛现场打过比赛的。"

"我今年才进 LPL，"简茸想了一下，补充道，"也不怎么看剧。"

工作人员："……"

你就是没加入 LPL，也该看过比赛直播吧？

你就算没看剧，也该刷过微博热搜吧？

你是电竞宅男还是山顶洞人？

球球一点儿也不尴尬，反而笑得更深了："这样……你怎么一直在看 Road？有事找他？"

简茸飞速收回目光，垂眼按了几下桌上的键盘："没有。"

路柏沅帮几个工作人员签完名，抬头时正好看见简茸在和那个女明星聊天。

简茸说话时垂着眼皮，一副不是很提得起劲的模样，聊着聊着，还伸手捏了一下自己的耳朵。

此时他身前经过一名女生，女生捂着话筒小声地在打语音电话，视线一直投向拍摄区域："Soft 在我隔壁棚拍照片！我混进来了！我那边？已经快拍完啦……我就一个化妆师助理，在不在都无所谓，反正也轮不到我去化妆。Savior？人挺可爱的。"

"Soft 的搭档居然是球球。"

"真是球球……什么叫玷污你的女神，Soft 也很帅的好不好！没听过……他刚进 LPL，你这段时间忙着追星，当然没听过了。啧，你不信我开视频给你看。"

女生打开微信视频："你自己看吧，我说了你还不信，真的很帅。说来 Soft 和球球看上去还挺配的，他们年纪也差不多，你说会不会……"

她的话说到一半，肩膀被人拍了拍。

女生纳闷地回过头，跟自己桌面壁纸上的人撞上了视线。

女生怔住，捧着手机不说话了，任凭自己好友在电话那头"喂喂喂"。

路柏沅站在门边，抬起手指了一下自己脑袋旁边的牌子——闲杂人禁入！禁止拍摄！

女生心脏乱跳，好半天才放下手机："抱歉！"

女生很快被工作人员发现，然后被"请"了出去。

拍摄临近尾声，丁哥发消息来问他们几点能回去，说是晚上临时约了一场训练赛。

路柏沅低头回复消息，肩膀忽然搭上一只手。

来人熟悉的声音响起："不是说拍的 Soft 吗？你怎么也在这儿？"

路柏沅头也没抬，又指了一下那个牌子。

来人道："嘿，我跟工作人员打了招呼的，我们刚刚就在隔壁棚拍照。"

路柏沅回完消息才抬头，看了一眼满头发胶的 XIU，嫌弃得拧眉："你们摄影棚发胶免费？"

XIU 妆也没卸，他觉得这样帅，身边还跟着 Savior。Savior 脸蛋圆，身材却不胖，此时戴着一副黑框眼镜，不像电竞选手，像对街刚放学的学霸。

"太帅了，我决定回去再洗。"XIU 看向不远处的简茸，"不是吧，人家拍个广告你都要跟着？"

路柏沅懒得理他，说："你拍完照不回去，留在这儿干什么？"

"原本我打算去吃顿晚饭，Savior 听说简茸在这儿，就想过来看看。"XIU 摇头啧啧，"别说，简茸还真有电竞小男神的范儿，怪不得女粉多。"

路柏沅扫了 PUD 的新中单一眼，然后才看向 XIU："他直播间都是男粉。"

"屁。"XIU 道，"你看过水友资料没？里面很多女粉。"

路柏沅别开眼，他没兴趣看水友的资料。

另一头，摄影师扛着机器说："笑一笑，对，球球很棒，Soft 你也笑一笑——"

简茸看到人群后面路柏沅和 PUD 的队员站在一起，XIU 还搭着路柏沅的肩膀，姿势亲昵，其实也就是普通兄弟之间很正常的勾肩搭背。

"笑一笑，Soft。"摄影师放下机器，"Soft？"

简茸回过神，扬了扬嘴角。

摄影师说："笑得再真诚一点儿。"

简茸的嘴角又往上提了一点儿。

摄影师说："呃，你笑得有点凶，可以收一收。"

拍个片，简茸嘴角都笑僵了。

简茸结束拍摄时 XIU 他们还在，只是没再搭着路柏沅的肩了。

"拍完了？辛苦辛苦。"XIU 笑眯眯地说完，看见简茸的表情说，"怎么，你跟女明星拍广告还不高兴？"

XIU 跟袁谦有一点儿很像，都自来熟。

简茸："嗯。"

也听不出是高兴还是不高兴。

"拍完了？"路柏沅站直身体，"累吗？"

简茸舔了下唇："笑累了。"

"那回去。"路柏沅叫住化妆师，淡声道，"你好，麻烦帮他卸个妆。"

化妆师停住："啊，可以是可以，要卸妆吗？这么帅，要不带妆回去吧？我画得也不浓，完全可以上街的。"

"卸。"简茸想也不想道，"现在就卸。"

简茸跟着化妆师走了，XIU 喝了一口矿泉水："你别看了，他都进房间了。"

路柏沅收起视线："你怎么还不走，不训练？"

"我打完训练赛才出来的，晚上是自由时间，不着急。"XIU 道，"一块儿吃个饭？"

"不吃了。"路柏沅拒绝，"晚上有训练赛。"

"得，你的微信又泡汤了。"XIU 对自家中单说话，一转头才发现人没了，"人呢？"

化妆间里，简茸闭着眼，任由化妆师折腾他的脸。

身后传来一道脚步声，简茸还没来得及睁眼看是谁，就听见那人问："腻怎么卜玩 H 副（你怎么不玩 H 服）？"

155

简茸皱了下眉，花了好一会儿才明白他的意思。

简茸眼都不睁，道："我为什么要玩 H 服？"

H 服高分段，职业选手们同样容易撞车。

但简茸一直在玩国服，所以 Savior 排不到简茸。

"他们豆玩 H 副（都玩 H 服）。" Savior 说，"国副（服），不行，喷子很多。"

简茸懒懒地"嗯"了一声，学着他的口音："我就是其中一个。"

Savior："……"

Savior 说了一句母语，又想起自己身边没翻译，只能艰难地表达自己的意思："我想打腻（你）。"

化妆师："……"

简茸睁眼时，路柏沅和 XIU 正好走进化妆室。

简茸看着 XIU 说："你会翻译吗？我跟他说了半天，他屁都听不懂。"

Savior 同样看向他，眉头皱着，神情疑惑。

XIU 道："不会。但你想跟他说什么，可以直接告诉我，我回去让翻译跟他说。"

"不就两年前单杀你两回，拿了你四十八分吗，你有必要这么记仇？最近我忙着整顿国服风气，没空去你们 H 服虐菜，你真想挨打也别着急，下周六想跑都跑不掉。"简茸说完，确认地问，"跟你们的比赛是下周六吧？行了，我说完了，记得翻译，前面的翻译准确一点儿，后面的不要紧。"

XIU："……"

XIU 想说，这种话不如找你们队长帮你翻译吧，你们队长说得挺溜的。

但路柏沅显然没有要帮忙翻译的意思。

TTC 中野二人来这趟没带其他人，简茸背起包，路柏沅丢下一句"走了，周六见"，两人就头也不回地离开了摄影棚。

回到车上，简茸的手肘撑在窗上，看着外头暗下来的天，还在纠结拍摄之前的事，思绪都快飘上天了。

路柏沅问他喜不喜欢球球是什么意思，还问他，球球漂不漂亮。

简茸记得那些水友说过，球球是电竞女神，很多电竞选手都喜欢她。

球球确实漂亮，声音好听，事业有成，年纪不大，人似乎也不错。

路柏沅如果也喜欢她，那很正常。

简茸耷拉着眼皮，咬碎化妆师刚刚送给他的硬糖，嚼得糖果嘎吱嘎吱响。

他们刚回到基地，正好碰见从茶水间出来的小白。

"你们回来了，怎么没人回我微信啊，球球的微信帮我拿到没？"小白看清简茸的表情，停在原地。

"我忘记了。"简茸脱掉外套说，"训练赛几点开始？"

小白说："还有半小时。"

简茸头也不回地往楼上走："那我上去洗澡。"

小白端着咖啡，待人走后，忍不住问路柏沅："哥，他怎么了？"

路柏沅："？"

"他不是去跟电竞圈第一大美女拍宣传照了吗？"小白问，"我看他的表情像在外面跟人打了一架，还没打赢。"

"遇到 PUD 的人了。"路柏沅言简意赅，往茶水间走。

泡完一杯咖啡，他别过头说："你还有话要说？"

小白双手捧着杯子，回头确定简茸没返回来后，悄声说："哥，我发现一个人。"

路柏沅静静地等他继续说。

"一个主播，也是星空 TV 的。"小白说，"那个主播一直在 copy 简茸，今天下午还跟简茸的水友吵起来了，这事我不敢跟简茸说……"

简茸用水浇了半天脑袋，还是莫名觉得心烦。

简茸没有吹头发的习惯，从浴室出来后，用毛巾随便擦了两下头发就算干了。

直到他穿好衣服出房间，脑子里都还在想——谈恋爱很正常啊，谦哥也谈恋爱，一点儿不耽误训练，那个女主播也挺好的，天天给他们送夜宵吃。

再说，谈了恋爱，路柏沅也暂时不会退役，他们还能一起打比赛，还是队友。

就算哪天路柏沅退役了，他们也可以偶尔打双排。

简茸推开训练室的门，一眼看见路柏沅的电脑亮着，人没在，而屏幕里正放着一场直播。

简茸虽然常年坐在电脑前，但他视力极好。

他看见路柏沅开着的直播中，陌生的男主播染着一头蓝发，穿着水手服，正在打《英雄联盟》。

简茸当时离摔手机就差那么一点儿。

简茸刚打开自己的电脑，袁谦就推开训练室的门："小茸，集合了，过去吧。"

袁谦余光一瞥，队里唯一近视的男人眯着眼道："哟，队长怎么在看你的直播回放？"

椅子滚轮摩擦地面，发出不太温和的声响。

简茸的头发被窗户灌进来的风吹了个奇怪的造型，露出干净的额头和不怎么爽快的眼神。

简茸从袁谦身边走过，硬邦邦道："那不是我。"

今晚的训练赛，简茸一直没怎么说话。

虽然平时他的话也不算多，但当小白推掉下路来中路，准备推进却不小心吃掉简茸一个炮车，并且没挨骂时，小白就觉得事情不简单。

打训练赛的时候，大家都还是比较放松的。

袁谦回家出装备，慢悠悠往中路赶："对了，今天拍摄顺利吗？"

简茸正准备在敌方野区偷人，多余的心思都在想别的，没反应过来袁谦是在跟自己说话，没吭声。

袁谦丝毫没发现哪里不对，说：“球球真人怎么样？上次她打明星赛的时候我还想看一眼来着，结果丁哥说要复盘，不让我留在现场……”

小白问：“嫂子知道你这个想法吗？”

"嗨，谁不喜欢看美女呢，就是饱饱眼福，别的我可一点儿没想。她平时不也看帅哥吗？"袁谦道，"所以球球真人跟电视里一样吗？我老婆说现在连视频都能P。"

路柏沉切换游戏视角，看了一眼一直在敌方野区里一言不发的自家中单。

"我没看过电视里的，本人还行。"路柏沉终结了这个话题，"来打团，我开。"

话音刚落，游戏跳出击杀播报。简茸在野区蹲到了敌方AD，三秒内把人杀了。

训练赛按照惯例打了三局才结束，丁哥走进训练室，看了眼表："辛苦了。本来我想着休息日就不给你们约训练赛了，但这个队伍临时来约我，加上之前没打过，觉得让你们对一对也好。我让人买了点夜宵，应该马上到了，你们吃完就去休息吧。"

Pine看了眼对话框中对面发的英文："这是哪个队伍？"

丁哥道："欧美赛区这次春季赛积分排名第三的队伍，也是新战队，势头挺猛，今晚估计没拿出全力跟我们打。"

"所以我不喜欢和其他赛区的队伍打训练赛。"袁谦靠在椅子上说，"LPL队伍训练赛顶多算是演戏，其他赛区的训练赛完全就是耍人玩，录像拿出去说是白金局都有人信。"

路柏沉关掉游戏："正常。"

同赛区的战队或许还有互相进步的想法，别的赛区……谁会想帮其他国家的战队练兵？

据他所知，LPL某些队伍和其他赛区打训练赛同样敷衍。

"这个时候我就不得不夸一波鱿鱼战队了，虽然选手多少有点脑瘫，但人家好歹真诚。"小白看了眼对话框，说，"简茸，他们都在公屏夸你呢，以后如果在赛场上遇到，你得被针对到死。"

"无所谓，我也是随便打打。"简茸拆掉键盘，"他们能进世界赛再说吧。"

回到训练室，大家都看见路柏沅电脑上开着的直播界面。

路柏沅看直播或者看比赛都不太爱戴耳机，也不外放，他只是把耳机的声音开到最大，这样坐在机位上也能清晰听见声音。

这男主播开着声卡，声音厚重到了油腻的地步，说的话却是："房管看到喷子就直接封踢，什么脑残玩意儿今天出来恶心人。"

路柏沅和丁哥惯例走在最后，这会儿还没回到训练室，这几句话倒是被其他先回来的人听见了。

简茸皱眉坐到自己机位前，没着急戴耳机。

"这人还在播呢……我之前还以为这是简茸的直播回放。"袁谦顺嘴道，"队长这是在看哪个主播啊？打扮和简茸好像。"

Pine拉开椅子道："嘴巴真脏。"

小白见简茸没反应，立刻点头："就是！他的打扮何止是像，连发型领结都跟简茸同款。"说完，他拍拍简茸的肩膀，"当然，他穿裙子没你好看。"

简茸："……"

谁想跟人比穿裙子好不好看？

当丁哥推门而入时，正好听见那个主播在进行第二轮辱骂。

"这剑圣是不是出生的时候没带脑子？玩什么游戏，今晚你必死。"

"什么玩意儿？"丁哥皱眉，"谁在看直播？"

"我。"身后的路柏沅收起手机，走到机位前把直播关了。

他进直播间时这主播没在电脑前，丁哥又临时找他，于是他挂着就过去了。

"这主播骂人这么脏都不会被封号？"丁哥想起什么，忙问，"你没开大号吧？"

路柏沉道："没有。"

"那就行。"丁哥松了一口气，道，"今晚你们好好休息，后面几天别给我提请假外出的事，不批，都给我好好训练。周六打PUD咱们憋鼓劲，努力赢下来。"

"虽然只是一场常规赛，但你们也知道，观众就喜欢看你们和PUD打比赛，这才刚周一，贴吧论坛就已经把咱们和PUD架起来了……总之你们好好发挥吧，争取以全胜的战绩进季后赛。"

丁哥走之后，就在微信群里发了未来两天的训练赛安排。

"除了吃饭睡觉，其余全是训练赛。"小白深吸一口气。

"这段时间别惦记你们嫂子的夜宵了，我让她别送，没空吃。"袁谦从座位上起来，说，"我上楼了。接下来要在她的世界消失一周，我先去给她打个电话哄哄。"

袁谦离开后不久，路柏沉看了下H服马上要更新的新版本公告，然后把电脑关了。

丁哥说那话就是为了提醒他，接下来的训练很紧张，让他心里有数好好休息。

他也不执着于几个小时的晚间排位时间。

简茸刚进入排位队列，就听见身后的人问："你拍了一天宣传照，不累？"

"不累。"简茸顿了一下，掩饰般找了一个借口，"我刚跟PUD放完狠话，周末不想输……我再练会儿。"

路柏沉看了眼时间："两点前休息。"不是商量的语气。

简茸抿唇，应了声"好"。

路柏沉离开后，小白纳闷地自言自语："我也在努力呢，我哥怎么不催我去休息？"

P宝说："你玩个赛娜都能空大，你凭什么休息？"

"今天我就空了一次大，你也太记仇了吧？"

简茸没心思听他们聊天。

路柏沅前脚刚走，他后脚就打开了直播间。

那个蓝头发的主播已经下直播了。

扑一场空，简茸心里那股没来由的闷气更堵了。

简茸在队列里等了六分钟都没排进游戏，撑着下巴，干脆开了直播。

"你又在这种阴间时间开直播？"

"刚在论坛跟 PUD 的脑残粉撕了一场，这周六你要是输给 PUD 就别回来见我了。"

"我听说你和球球谈恋爱了？"

"确实谈了，今天我看到照片了，两人还喝同一杯水。"

"你胡说八道什么？"简茸皱眉，"什么照片？发我看看。"

"这张……我只是帮她拿一会儿杯子，没喝过。你们是小学生吗，这种照片都信？"

"今天你心情不好吗？怎么一副苦瓜脸。"

"他不一直是这德行。"

"你被一个叫 TT 的主播模仿了！"

"我也看到了，今天一直挂在推荐上，染蓝发穿水手服，技术也还行吧，好像是国服前一百？还学骂人那一套……但那人没学到精髓，我看了两分钟，他一直在骂人爹妈，还有各种器官，真是智商低。"

"平常心平常心，他又不是第一次被模仿了，有什么好大惊小怪的。"

"那些学人精立的人设都很刻意，他这种浑然天成的傻劲儿哪是那么好学的。"

简茸确实不是第一次被模仿了。

以前甚至有人直接 copy 他游戏 ID 和直播间名字，他对此没作什么表态，还让水友们别过去骂人。

小主播想成名很难，在不影响自己的情况下，简茸无所谓别人怎么做。

简茸后知后觉，他会烦躁并不是因为有人模仿自己，他烦的是路柏沅打开了那个人的直播。

路柏沅几乎不看别人的直播，偶尔进队员的直播间也只是丢个礼物就走，甚至待不过五分钟。在这方面，简茸是特殊的。

他喜欢这份特殊，而且一丁点都不想分给别人。

就像他小时候看到老师把给过他的小红花再贴给其他小朋友，也同样会不高兴。

简茸回过神，扫了眼弹幕："无所谓，蓝头发又不是我的专利……闭嘴，水手服也不是。打游戏了，再提别的主播房管直接踢人。"

简茸连续打了几把游戏，跟弹幕的互动很随意。

"这才几点，TTC 的训练室就没人了，也太松懈了吧？周六还拿什么去赢 PUD？"

"每晚训练到两三点谁顶得住？身体重要。"

"话说 PUD 只跟 H 国队伍约训练赛的消息，是真的还是假的啊？"

"PUD 不本来就是 H 国的战队吗？队里三个 H 国人。"

"我是纯路人，请问 PUD 什么时候移籍 H 国赛区？"

"和什么队伍打训练赛都是别人的选择，又不花你们的钱，你们操什么心？"简茸心不在焉地说，"我看不看得起 PUD……我的看法不重要。我只负责赢，无所谓对手用什么训练方式。"

说话间，简茸进入了新一局游戏。

他还没出泉水，队友忽然发了句——

YY-豆腐：？

简茸在心里骂了句脏话，他选英雄的时候没注意看队友 ID，不然早退游戏了。

他动动手指，直接屏蔽。

屏蔽就是认输——By Soft。

"为什么屏蔽？骂他啊！"

"相逢即是缘，这边建议双排挂机。"

"不骂。"简茸言简意赅，"没钱交罚款，这局算我输。"

豆腐不负众望，果然开演，十分钟不到就在下路送了三次人头。

今天简茸心情本来就不好，在他被豆腐养肥的敌方 AD 三下直接点死之后，终于忍不住在自家泉水里停留。

他关掉对豆腐的屏蔽，开始敲字。

"哈哈哈哈，你不是说不骂吗？"

"可能他想了想，又觉得一万块不是什么大事。"

简茸刚敲出"傻帽"两个字，训练室的门开了。

路柏沅随便披了一件外套，里面是凌乱的短袖，下边套着宽松睡裤，裤子前面的绳子都没系。

他双手揣在兜里，走到简茸身后。

"骂人呢？"路柏沅睡了一会儿，声音带着倦意。

简茸："……"

他蒙了一下，删掉那两个字，说："没，我打错字了。"

简茸看了眼时间，两点半了。

没想到路柏沅真的会来抓自己，简茸想摘掉耳机，解释道："我忘了看时间。"

路柏沅抓住他的手，拦住他的动作，说："打完这局再说。"

路柏沅刚从被窝里出来，手心是烫的。

弹幕助手被撑爆——

"Road，他骗你呢，他没打错字，他就是想跟豆腐同归于尽！"

"什么情况？Road 怎么出现了？"

"Road 看起来怎么像刚睡醒？"

"他就站在儿子身后不动了？什么情况？"

"Road 这是在做什么？求解。"

"我没做什么，查个房。"路柏沅嗓音淡淡地对弹幕说，"你们看他直播，不用管我。"

在这之后，路柏沅真的没再开口说话。

他就站在简茸身后，一言不发，姿势不变。风从窗缝吹进来，路柏沅身上的沐浴露香味飘了一室。

简茸努力让自己投入游戏。

许久，简茸听见路柏沅喃喃："他的耳朵？"

简茸分了一点点精力去看弹幕。

"对对对，他的耳朵估计是出了什么问题。"

"红烧猪耳都没这么红。"

"你们是认真的吗？哈哈哈。"

简茸心里骂了句放屁，刚想关掉弹幕助手，耳朵就被屈起的食指轻轻拂了一下。

"是很红。"路柏沅问，"耳机戴着不舒服？"

简茸抿了一下嘴唇，很用力地挤出一句："嗯。"

简茸梗着脖子道："我的耳朵是被这菜鸟 AD 气红的，就没见过这么菜的人……一下没控制住。"

路柏沅刚才就看到队里 AD 的游戏 ID 了，他问："你们不是在比赛上见过？"

简茸顿了一下，道："这次他在我队里，我有点没办法接受。"

"哈哈哈哈哈。"

"我以为 Road 要让他别骂人，没想到 Road 张嘴也是嘲讽。"

"最近小白和谦哥的直播也特别喜欢损队友。"

"别说小白他们，Pine 骂人你们见过吗？平时直播一晚上都说不了几句话的人啊，都学会打字阴阳队友了。"

"一颗老鼠屎坏了一锅汤！"

"那啥……我刚去豆腐的直播间看了一眼，他一直想跟儿子搭话来着，可惜他不知道自己早就被屏蔽了。"

"都开演了还搭什么话？怎么，他想气死 Soft 顺带祸害 Soft 的钱包？"

"其实豆腐打得挺认真的，这局几乎没怎么和观众互动。"

"豆腐粉丝这就过来洗上了？鱿鱼战队都八连败了，有这时间去微博洗吧。"

简茸这局游戏没怎么失误，丁哥常说这算是他的优势之一。他打游戏很少受其他因素影响，平时练得再困他的操作依旧流畅。

虽然这局游戏敌方下路肥得要死，但简茸还是靠技术单杀了对面中单两次，装备迅速飞跃，一拖四打赢了一场团战，给了队友可以喘息的机会。

这时，队友又说话了——

YY- 豆腐：如果说我不是故意送死的，你信吗？

那更可怕了。这如果是一个 LPL 现役选手的真实操作，任其他哪个赛区的队伍看到，恐怕都忍不住拍手叫好。

简茸没应，抽空又把豆腐放回了屏蔽名单。

游戏打了四十分钟才结束，简茸以十三点八的评分拿了 MVP，带着队伍拿下了胜利。

豆腐的好友申请弹出来，简茸不知道这人大半夜抽什么风，连拒绝都没点就下了游戏，然后无视掉观众的挽留关直播，关机，一气呵成。

"我好了。"简茸薅了一下头发，拿起手机站起来转身，然后发现路柏沅依旧在他身后没动。

他才看清路柏沅眼角有一道睡觉留下的印子，后脑勺的头发也睡得乱糟糟的。

路柏沅垂眼看他，提醒道："耳机还没摘。"

简茸闭了闭眼，在心里骂自己一句傻瓜，然后把耳机拔了放在桌上，装出自己觉得很自然的语气问："你怎么醒了？"

"我本来就没睡熟。"路柏沅看着简茸的睫毛，几秒后又问，"你今晚在气什么？"

简茸一愣，应得很快："我没气。"

路柏沅一个字不信，他从简茸开播一直看到睡着，简茸从头到尾嘴角就没往上抬过。

路柏沅继续往下问："因为被人模仿了？"

简茸想说"不是"，张口时说的却是："有一点儿。"

简茸顿了顿，睁眼胡说："那人哪儿都挺像我的，最近我又没什么时间直播，他再播一段日子，我直播间那群没什么深情的水友可能都跑去看他了。"

"不像。"路柏沅懒懒地打断他，"他和你差远了，你的粉丝跑不了。"

"说不好。"简茸不太能藏住话，几句话过后就忍不住嘀咕，"你不是也去他直播间了？"

半天没得到回复，简茸回顾了一下自己几秒前说了什么，在心里骂了句脏话，然后道："我就随口一说。"

路柏沅笑了。

"我的问题。"他嗓子还是有些哑，沉声道，"本来我是想去 XIU 的直播间刷几个礼物，他过两天生日……然后在首页刷到小白提过模仿你的人，顺手就点进去了。"

路柏沅顿了一下，道："我以后少进其他直播间。"

简茸意识到路柏沅在解释，微怔，喉结来回滚了两遍。

其他战队的队长也会这样照顾队员的心情吗？

简茸忍住嘴边那句"我是不高兴，你以后别去了"，很虚伪地说："我没那个意思……"

路柏沅"嗯"了一声，告诉他："你可以试着有这个意思。我们是队友，我会偏袒你。"

简茸还没回过神来，路柏沉往后退了一步，给简茸让出位置："行了，你去休息，明天午饭前得醒。"

翌日中午，基地里弥漫着饭菜的香味，队员们都坐在客厅里等开饭。

袁谦脑袋后仰，打出他今日的第八个哈欠："不行不行，我不能坐着了，再坐我得睡着。"

Pine 问："昨天你不是很早就上楼了？"

"是啊，然后我跟我老婆打电话到三点。"

说话间，他们的中单从楼上下来了。

简茸穿着白色卫衣，灰色长裤，步伐轻快，神色放松，精神得要命。

他刚走到沙发旁，一直低头在打手机麻将的路柏沉忽然往旁边移了移，给他让出一个位置。

简茸放弃自己平日爱坐的小沙发，揉了把脸，坐到路柏沉身边。

袁谦站起身来，左右扭了扭腰："年纪大是真的不行，我得去做个拔罐。"

"那得分人。"小白兴致盎然地看着他们的中野，"你看我哥昨晚两点半跑去训练室查房，现在不还挺精神的？"

简茸："……"

路柏沉神色不变，手机软件里漂亮地打了个杠上开花。

袁谦愣愣地问："什么查房？查谁的房？"

"我们中单的啊。"小白跟 Pine 肩靠着肩，把自己全压在 Pine 身上，"今早我睡醒，微博首页全是他俩。深夜两点，TTC 队长查战队新人的房，催新人去睡觉，粉丝还 @ 我，问我有没有这个待遇。"

"别说查房了。"小白装模作样地吸吸鼻子，"我仔细想了想，我哥连一句'早点睡'都没跟我说过。"

路柏沉陈述事实："你哪次睡得不比我早？"

小白道："这跟睡不睡没关系！主要是心意！"

路柏沆点头："那你今晚早点睡。"

"好呢，哥。"小白撑着脑袋，忽然想起什么，"对了，哥，你有没有逛过你和简茸的微博超话？"

简茸刚拧开矿泉水喝了一口，闻言差点呛住。

"没。"路柏沆问道，"我和简茸的超话？"

小白道："是啊，很久以前就有了，关注度涨得好快，所以简茸的微博最近涨粉也特别快。"

"我不需要涨粉。"简茸硬邦邦地打断小白。

小白说："你不要给我，我还差三万就有两百万粉丝了。"

简茸冷淡道："你拿去。"

阿姨端着菜出来时，听到的就是这段幼稚的对话。

她笑了笑，说："可以过来吃饭了。"

简茸刚起身就听见一道清脆的门铃声，不是电子门铃，是家门的门铃。

基地有两扇门，一扇外面的大铁门，一扇家门。能进铁门的人，照理来说应该都知道家门密码。

"我去开。"简茸道。

"等等……"袁谦想叫住他，奈何他动作太快，只好叮嘱，"你看了猫眼再开啊。"

简茸透过猫眼看了一眼。

外面站着一个微胖的男人，看起来三四十岁，穿着打扮有点一言难尽——光头大金链，佛串黑墨镜，玉戒皮大衣，嘴里还叼着一支烟。

大金链粗得惊人，前面是一个佛牌，跟简茸很多年前看的古惑仔片中那些炮灰黑老大戴的是同款，这一看就不像什么好人。

简茸眼神一凛，看到对方手里捏着一个巴掌大的包，他握紧手中的矿泉水瓶开了门。

"你是谁？"简茸堵在门缝间，冷冷地问。

男人本想开口，被简茸问得一怔，几秒后，他吐了一口烟，点点头道："你挺精神，Road 他们呢？"

"有事？"简茸皱眉，"你怎么进的铁门？"

中年男人："……"

他摸了一把自己的小光头，叉腰好笑道："你说我怎么进的？"

"爬进来的？"简茸顿了一下，看了一眼男人的肚腩，"也不像啊。"

中年男人："？"

"到底什么事？你不说我叫保安了。"

"还能有什么事，我来看看你们，你开门让我进去说……"

"粉丝是吗？"简茸点头，"谢谢支持，但你这种追到基地来的行为已经越线了，赶紧走。"

"我不是粉丝，我是你老板。"

简茸了然，点头道："直播间来的？那也不能追到基地，出去。"

男人夹着烟，低头打开自己的包。

一个矿泉水瓶倏地指向男人。

简茸警惕道："你干什么？想掏什么？你……"

简茸话没说完，手被人按了回去。

路柏沉揽着他的肩把他往后带，见到门外的人先是一挑眉，然后问："您怎么过来了？"冷淡的语气里带着一点儿明显的尊敬，听得简茸微愣。

"我这几天刚回上海，想着来看看你们，但这门的密码我给忘了。"男人又摸了一把自己的小光头，被气笑了，"结果被堵在门外，我说什么他也不听，非要赶我走。"

"他刚来，没见过你。"路柏沉抬手拍拍简茸的脑袋，道，"这是我们俱乐部的老板。"

简茸："……"

路柏沉道："叫老板。"

简茸默默地把矿泉水瓶塞到裤子口袋里："老板好，您的项链真好看。"

在电竞圈中，有几个战队被称作"豪门"。所谓"豪门"，不仅是指战队选手实力强劲，还指俱乐部背靠的资本富豪们。

大多战队背后都是各行各业的大公司——地产业、航空业、体育用品业，甚至是食品业。

譬如 PUD 背靠国内知名电商公司，财力雄厚，外援选手随便买。

还有一些战队背后是富豪支撑，甚至有退役选手建战队当老板的。当然，更多的还是富二代下场玩票，不过这几年电竞快速发展，他们也渐渐从玩票变成了投资。

TTC 就属于这一类型，不过 TTC 在这其中又算是特殊的。

其他战队的富豪老板名气一个比一个大，不是创一代就是富二代，报出名字大家都认识。

但外界对 TTC 的老板一无所知，就连传闻中的名字也都是模糊不确定的，唯一清楚的只有一点——壕。

毕竟临江建主场馆，还能说通官方将其特例充作 LPL 赛场的只有 TTC。还有传闻说，TTC 两栋豪宅基地，不过是大老板随手拨出来的一处房产。

简茸入队之前曾经查过这方面的事，什么也没查到。他进队后又一直没见过老板，也就把这号人物抛到脑后了。

他记得那个匿名科普的楼主在文章最后猜测，TTC 老板一定是某位低调有实力的大资本家，每天都要谈十几个亿的生意，对商机有着敏锐的嗅觉，看出电竞这行往后绝对不一般，才会选择早早下场。

简茸看着老板的背影，忍不住想：大老板会在电竞行业最困难那几年选择投资，没准是因为他金盆洗手后联系了某位算命大师，而大师建议他多做善事，于是黑老大拨拨手指头，扶贫电竞来了。

电影里，这种长相的人脾气比天大。

所以在大老板进屋之后，简茸站在玄关冷着声音问："我会被开除吗？"

"不会。"路柏沅觉得好笑，把门关上，道，"老板人很好。"

简茸信了没超过十秒。

"我听说有人往基地里寄死老鼠？"老板随便找了餐桌旁的空位坐下，跷着大二郎腿，拍着桌子道，"是哪个家伙？叫什么名？人现在在哪儿？敢往我们俱乐部寄这些晦气玩意儿，我非把那家伙弄死。"

简茸："……"

其他队员对他这副模样早已见怪不怪，只有简茸和刚入队没两年的 Pine 略显不自然。

小白解释："那人是一个赌鬼，开了我们的庄输到破产，一时想不开就来报复人……"

"狗崽子，活该。"老板冷嗤，"他还捅人了？"

"没捅着！"小白笑嘻嘻道，"被我哥一脚端飞了。"

"就踹了一脚？"老板皱着眉看向路柏沅，不满道，"你这几年脾气是越变越好了啊！"

路柏沅接过阿姨递来的辣椒，放到简茸面前："就这一脚，我差点被禁赛。"

老板很不满地"啧"了一声："这些狗屁规矩真是越来越多。"

"就是。"小白狗腿地问，"老大，午饭吃了没？"

简茸一顿：老大？真是退役黑老大？TTC 的背景这么复杂的吗？

怪不得外界都不知道 TTC 的老板是谁，这种背景当然能藏就藏。

这个老大还说他刚回到上海，该不会之前他是因为摊上大事逃去国外了吧？

简茸看了眼老板。老板已经抽完一支烟了，现在耳朵上夹了另一支没点燃的烟，他正有一下没一下地玩自己右手攥着的佛串，墨镜被推到了光头上。

他这架势看起来，像身上背了三条人命。

"吃了,我女儿刚给我做了一碗面,难吃得要死。"老板的视线瞟到简茸这儿,"他是叫什么来着……搜搜?"

简茸很上道地说:"搜福特,您叫我简茸就行。"

"我都忘了,简茸和老大应该是第一次见吧?"袁谦看向简茸,体贴地介绍,"咱们老大姓富,你可以喊富哥,或者跟我们一块儿喊老大。"

简茸点头:"老大。"

富哥摆摆手:"你们都这么喊,搞得跟拉帮结派似的。"

说虽这么说,但他脸上笑眯眯的,显然被喊得很开心。他转着佛串,看向路柏沅:"别说,新来这小子跟你当初挺像的。"

简茸:"?"

这种说法简茸还是第一次听见。

"没吧。"小白仔仔细细打量他们,"眼睛、鼻子、嘴巴,哪哪都不像啊。"

"你们年轻人只知道看长相。"富哥靠在椅子上,"刚才他那张臭脸和眼神,跟你小时候一模一样,但他没你悍……"

"有吗?"路柏沅随意地问,"你吃完要不要打会儿游戏?"

富哥轻松被带偏话题:"我是想啊,但老丁不答应,他说你们今天要训练,啧,我这老板当得……对了,你的手怎么样了?"

路柏沅察觉简茸的眼神往自己这边瞟,叹气道:"很好。就算把比赛项目改成拔河,我都能拔几个赛季。"

富哥把耳间的烟拿下来放嘴里,顺手拿起烟盒丢给路柏沅:"试试,这烟味道还行,你若喜欢我让人送点来基地……"

"他戒烟了。"丁哥正好下楼,冲上来就把烟收了,"你也少抽点,去年联盟有个小孩儿得了肺癌,年纪才二十出头!"

"那是他自己身体不好,你看看他们几个,身强体壮的……"富哥扫视全场,顿了一下,"除了小蓝毛,其他几个抽六十年都没问题。"

简茸:"?"

"我刚刚就想说了。"富哥皱眉,"小蓝毛怎么这么瘦,矮矮小小,跟姑娘似的,带出去打比赛,人家还以为我虐待队员呢。"

这话跟在简茸雷区开万人演唱会没什么区别。

其他人倒吸一口气,就怕简茸一个想不开跟老板干起来。

"养着呢。"路柏沅嗓音轻柔,"他已经比来时胖多了。"

富哥浑然不觉周围的气氛,道:"喂,使劲儿喂,喂成小白这样白白胖胖的才健康,伙食费不够找我拨。小蓝毛,每天都记得好好吃饭,知道吗?"

小蓝毛紧紧握着筷子,过了好久好久,才从牙缝里挤出一句:"知道了,老大。"

富哥满意地点头:"对了,我半年多没给你们涨工资了吧?我一会儿通知下去,月薪给你们再涨两成。"

富哥抽完这支烟,还真把丁哥叫去会议室,商量涨工资的事儿去了。

老板走后,小白拍拍胸口:"我刚刚真怕你把碗扣在老大头上。"

简茸低头吃饭:"你看我像傻瓜吗?"

小白沉默一会儿,很没诚意地说:"当然不像。"

简茸懒得跟他解释。

"富哥是广东人。"身边的路柏沅忽然轻声道,"太早的事我不清楚,不过六年前,我刚认识他的时候,他在广东就有十几栋出租楼。"

简茸动作一顿,忽然觉得今天的米饭有点酸。

"他买下战队没多久,就赶上了拆迁……然后投身到房地产。"路柏沅简单总结,"是干正经生意的,不是黑社会。放心,你没入贼窝。"

心事又被说穿,简茸清了清嗓子,低头扒饭:"我没这么想。"

深夜十一点,五人还扎在训练室里。最近训练加重,连续几天下来,每人脸上都带了几分倦意,除了简茸。

他神态专注,眉头很轻地拧着:"小白,给我个加速和护盾,我越塔杀他们中单……"

他的话没说完，小白操作的露露举起魔棒，把简茸面前的炮车宰了。

小白："……"

简茸："……"

小白："我说我太困，所以揉了一下眼睛，再握鼠标时力道有点重，才不小心点到了你的炮车，你信吗？"

简茸的游戏人物在原地站了好几秒，才继续往前推进，冷冷吐出一句："三个。"

小白一脸蒙，道："什么三个？"

简茸说："入队以来，你一共抢了我三个炮车。"

小白精神了："你是记仇精吗？"

简茸冷冷道："谁让你跑来我中路梦游，你祸害 Pine 不行吗？"

Pine："不行，今晚我单路，你们随意。"

"好好打，最后一场，打完休息。"路柏沉看了眼自己身上的金币，"我差两百块出黑切，做出可以打团了。"

简茸闻言后撤："你来中路吃这拨兵，我回城。"

"好。"

小白听了觉得离谱，说："我吃了个炮车你把我的名字写你记仇本上，我哥来了你直接让一拨兵？"

简茸顿了一下，说："你没听见吗？他差两百出黑切。"

"我也差两百出香炉，怎么了？"小白正经道，"训练赛中无偶像，请你敬业一点儿，不要把对我哥盲目的崇拜带到游戏中来。"

路柏沉操作微顿，干脆利落地把这拨小兵吃了。

"带个屁……"简茸磨牙，"我就是看不起辅助，不乐意给辅助让经济，怎么了？"

小白道："我一会儿就把这话原原本本复述给你那些玩辅助的粉丝听，你完了。"

说是这么说，接下来的团战简茸还是闪现救了小白，自己则被敌方中单两个技能秒死了。

小白感动道："我代表辅助原谅你了。"

"不必。"简茸打开商店买装备，"这样显得我菜一点儿，省得对面打比赛的时候针对我。"

小白："……"

他们刚赢下游戏，丁哥走进来宣告今天的训练赛结束，让他们下楼吃夜宵。

"我都赴了两场麻将局了，你们才训练结束？"富哥坐在沙发上看电视，听见动静头也不回地说，"来，吃夜宵，我让人买了一点儿海鲜。"

说是"一点儿"，实际上红色塑料袋都快堆满茶几了，里面都是加工后的各类海鲜。

简茸本来没觉得饿，闻到椒盐的味道肚子忍不住直叫。

几人直接坐在地毯上开吃。

"我听老丁说，你们季后赛稳了？"富哥点了一支烟，"这次春季赛好好打，进前三给你们发大红包。"

丁哥立刻道："什么前三？咱们冲着夺冠去的。"

"夺冠就……"富哥思考两秒，"除了红包外，每人再送一辆车？"

简茸："……"

路柏沅垂眼看着他们中单被天上掉下来的车砸中然后分神，被皮皮虾周身的刺狠狠扎了一下，疼得低低"嘶"了一声。

简茸确实分神了，他在想：车子该选什么颜色？得抽个时间去考驾照才行。

可能要花笔钱去买车位了……

他想着想着，手腕被人抓住，牵过去。

路柏沅用纸巾捂住简茸的食指，大拇指隔着纸巾摁着他流血的地方。

"老大牛啊！"小白瞬间就觉得手里的海鲜不香了，"那我不吃了，我去训练，老大你先想好给我们买什么车，我打完春季赛马上提！"

小白被 Pine 拽回来，他冷声问："就你今晚这状态，想去排位里坑谁？先吃东西。"

袁谦搓手："那我的婚车是不是有了？"

"你们自己的车自己挑，两百万以内随便选，我不干预。"富哥的手肘撑在沙发靠垫上，全身上下都写着"土豪"二字，"小谦是婚车，那可以挑贵点儿的……小路喜欢什么车？"

路柏沅松开简茸的手指，确定没再流血后把纸扔了，抬眼道："我都行。"

富哥颔首："也是，你不缺我这一辆。小蓝毛呢？小蓝毛有车没？"

小蓝毛被叫了两声，默默收回自己的手，回道："还没。"

"那你好好想想，毕竟是人生中第一辆车。"一支烟抽完，富哥拍拍大腿站起来，"对了，打麻将过了时间，这会儿回家要挨我老婆骂。今晚我得在这儿住一晚，明天就跟她说我在这里打游戏……你们谁腾个房间给我吧。"

几人愣了一下。

丁哥立马说："我带你去外面的酒店住吧。"

富哥摇头："不行，我老婆特精，她会查我开房的记录，用别人的身份证开也不行……总之她都能查到，再说我也懒得折腾了。"

小白提醒："老大，咱们基地有客房。"

"我知道。"富哥扔掉烟，"我刚看了，那些客房几百年没人住，味道太重，床铺都脏了，我住不了。"富哥说着就真上楼挑房间去了。

小白立刻嚷道："老大，我的房间都是臭袜子，比那些空房还臭！"

袁谦也道："老大，我也不太方便，我房间的厕所坏了，物业明天才来修。"

Pine 气定神闲："我的房间没床，这几天我都在睡地板。"

路柏沅略一思忖："我……"

"其实我早想好了。"富哥道，"我住小路房间，他的床大。小路，今晚你去跟其他人挤挤？"

半小时后，简茸看着自己床上多出的枕头有些茫然。

房门外，丁哥压着声音说："老大晚上喝了点酒，跟家里那位吵了两句，你就由着他睡吧，明天再让阿姨给你换一张床单。"

路柏沅沉默两秒，道："知道了。"

丁哥点点头，说完就想走，却看见房里的简茸抱起自己的被褥，正在打量地面。

丁哥皱眉："简茸，你做什么？"

简茸头都不抬，说："我看看哪里方便打地铺。"

"不用。"路柏沅道，"这是你的房间，要打地铺也是我来，你睡床。"

简茸想也没想就说："我怎么可能让你打地铺。"

路柏沅挑眉，刚想说什么，就被丁哥打断了。

"哎，不是……"丁哥纳闷道，"你们两个大男人睡一块儿是能咋的？为什么非得有个人打地铺？"

简茸道："挤。"

丁哥道："床是小点,但睡你俩绰绰有余……每天坐电脑前已经够折腾了，再睡地板，腰还要不要了？你们听我的，今晚就挤挤睡，谁也不准打地铺！"

丁哥走后，路柏沅关上门，回头一看简茸还抱着被子站在原地，看着莫名有点憨。

路柏沅忍住笑，跟他商量："我打地铺？"

简茸一口回绝："不行。"

路柏沅道："那就一起睡。"

总之，没有让简茸打地铺的选项。

简茸站着没动，也没说话。半晌，路柏沅一脸了然，拿起自己的枕头就要往地上放。

"那一起睡。"简茸左手攥着被子,右手使劲儿薅自己的头发,低头不看路柏沅,"但我睡觉习惯不好,要是半夜打鼾磨牙什么的,你直接把我踹下床就行。"

其实简茸也不知道自己睡着之后是什么德行,但他每天早上醒来,被褥通常都掉了大半在地上,姿势也跟睡着时不一样。

简茸简单冲了个澡,穿好衣服出浴室,上床,关灯,然后跟一具远古木乃伊似的平躺着,两只手交叠在一起,放在肚皮上。

简茸的床确实够睡,只要不乱扑腾,两个人谁都碍不着谁。

路柏沅已经睡了,呼吸沉稳,被褥起伏均匀。

简茸很长地松一口气,抿着唇打算睡觉。

简茸的训练量是最多的,也是最累的。大约过了半小时,简茸的呼吸彻底平稳下来。

简茸说自己睡相差真不是谦虚,他睡觉爱踢被子,这天气手脚露在外面很容易被冻醒,于是睡梦中的他反射性地去找床上温暖的物件。

路柏沅是差点被挤下床的时候醒的,他感觉自己一直被简茸的脚丫蹬着,有些哭笑不得,但也没有要叫醒简茸的意思。

沉默间,简茸突然动了一下。

路柏沅还以为他醒了,没想到他只是抬了一下下巴,眼睛仍然闭着,嘴里呢喃:"庄亦白……"

"五个炮车……"

"你死了……"

路柏沅皱了一下眉,很快又松开。

他做的什么梦?

大约过了一会儿,他低低地反问:"不是三个吗?"

自然没人应他。

简茸的手臂有些凉,路柏沅盯着黑暗的某处,慢慢感觉贴着自己的手臂变温，然后维持在一个很暖和的热度。

"死喷子……"身体太疲惫，旁边的人又开始说些不着边际的梦话，"我是你爹……"

路柏沅缓慢地眨了一下眼睛。

"不穿裙子。"

路柏沅低声道："嗯。"

"你爹……世界第一中单。"

路柏沅："……"

路柏沅忍着没笑出声，伸手捏住简茸念了快一宿的嘴。

……

第十八章
战败PUD

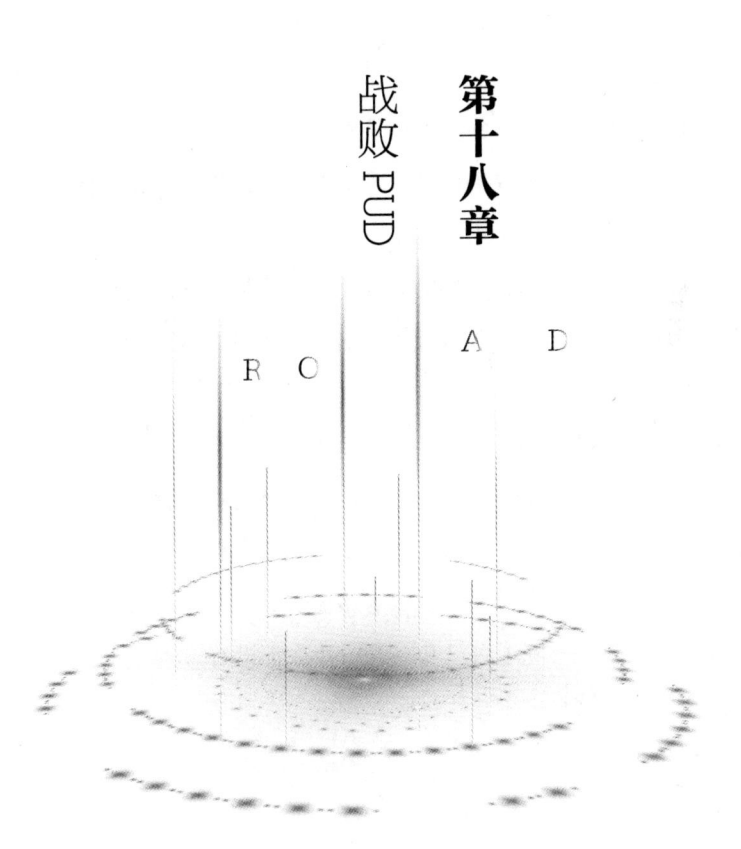

ROAD

简茸醒来的时候还有些沉浸在梦里。

他半张脸埋在枕头中，趴着睡成了大字型，几乎占满了整张床。

简茸重新闭眼，回味刚才的梦——

他在梦里夺冠提车，黑色的奔驰，富哥还给他转了一个大红包。他嘲讽完直播间那群黑子之后，拿着钱去报名驾校，正跟驾校教练在车里理论，并打算下车单挑……

真是一个好梦。

他闭着眼在床上摸了一会儿手机，找到之后凑到脸前点开——

丁哥：阿姨熬了粥，冰箱里有豆浆，你和小路睡醒了吃。

简茸看完这条消息后蒙了足足有半分钟，然后腾地撑起身子，拉开被子往里面看了一眼——除了自己和空气，什么都没有。

路柏沉呢？这么大个路柏沉呢？

身后传来一声清脆的"叮"。

简茸抓着被子，迟钝地回头。

路柏沉屈膝坐在地上，背靠墙壁，枕头随意摆在旁边，不知道已经坐多久了。

简茸的房间从来不拉那层厚厚的遮光窗帘，中午的日光穿过装饰用的薄布窗帘打在路柏沉身上。

路柏沉回完消息，抬起眼来，跟坐在床上一脸震惊茫然以及无措的简茸对上视线。

简茸说："你怎么坐在地上？"

路柏沅反问："你说呢。"嗓音听起来像打了一个通宵的训练赛。

简茸的眼珠子转了半天："我把你踹下去了？"

路柏沅看着他，没应。

简茸以为自己说中了，闭了闭眼，在心里骂了句脏话，才说："我……我一睡着，脚就不听我使唤，你怎么不叫醒我？"

何止是脚不听使唤。

"不是你踹的。"路柏沅站起身，腿因为坐久了有点麻，他把手机丢进口袋，"我自己下来睡的。"

"为什么？"简茸问，"我打鼾？"

"你……"路柏沅顿了一会儿，说，"压到我的手了。"

今天训练赛在下午举行，小白睡到日上三竿才醒。

他打着哈欠下楼，看清客厅沙发上的情况后生生止住这个哈欠，嘴巴滑稽地张了好一会儿才闭上。

他看到他哥正坐在沙发上看比赛视频，神态懒散。

而他们中单盘腿坐在他哥旁边，正在帮他哥按手。

"是哪里疼？"简茸停下动作，抓住路柏沅的手，严肃道，"不然还是去医院吧，或者把医生叫来基地，出诊费和医疗费我出。"

路柏沅刚要说什么，基地大门被人推开了。

丁哥一进门，目光就落到了路柏沅的手上。

路柏沅看到来人，心里很轻地"啧"了一声。

"我说了没事。"路柏沅收起手，"去吃早餐。"

简茸急道："怎么可能没事！我这么重，压了你的手一晚上……"

小白："？"

丁哥："？"

路柏沅也很短暂地愣了一下，突然问："你现在多重？"

"五十七公斤，"简茸怕他不信，道，"我前天刚称。"

"五十七公斤，你重个屁！"小白听不下去了，骂骂咧咧地坐到沙发上，"标准体重都没到，就成天嚷嚷自己重，你就是男人中的绿茶！"

简茸："我压你手上试试？"

"试试就试试！"小白撩起袖子，"我还能一只手把你举起来呢！"

简茸噎了一下，又想起昨晚在梦里被小白抢了两个炮车的事，冷冷道："闭嘴，我不想和混子交流。"

小白冷笑一声，掏出手机，说："我立马联系辅助保护协会，我要你这小蓝毛身败名裂。"

简茸跟小白吵了两句，其他两人也睡醒下楼了。

Pine带着一脸起床气坐在小白身边玩手机，袁谦直接仰头靠到了椅背上。

"老大呢？"袁谦问。

小白悻悻道："他好像回去了。"

吃完早餐，路柏沅单独去茶水间泡咖啡。昨晚他没睡好，得靠点其他东西提提神。

丁哥走进茶水间，把门关了。

路柏沅不用猜都知道他是来干什么的。

果然，丁哥上来就焦急地问："你压到手了？压哪儿了？疼不疼？别泡咖啡了，我带你去医院拍个片，赶紧的。"

"不疼。"路柏沅淡淡道，"没压着。"

"放屁，我都听见了。"丁哥拧眉，"严重的话，明天和PUD的比赛你就别上了。"

"我说了没压着。"路柏沅摁下咖啡机的按钮，"我逗他的。"

"一场常规赛而已，别逞强……"丁哥一顿，眯起眼问，"什么？"

"我说，我逗他的。"路柏沅轻描淡写地道。

丁哥沉默了一下，确认路柏沅的表情不像在瞎说。

丁哥更不明白了："你好端端的，逗他干什么？"

路柏沅笑了一下，没说话。

"怎么，是队里拥有无数牌照的理疗师满足不了你吗？"丁哥问，"还要去骗我花一百四十万买进来、下赛季数字一和四颠倒都不一定能签下的中单给你按手？"

路柏沅其实没想让简茸给他按手，都是打游戏的，手腕都金贵，之前有一次就够了，再多他也不舍得。

"是啊。"路柏沅垂眼，"一百多万签进来，全联盟关注，前途无量的新锐中单，怎么就愿意乖乖给我按手呢？"

丁哥无语地看了他一眼，道："行了，下次你别拿这种事吓他，他这么崇拜你，听了不得愧疚死。你泡完咖啡赶紧下楼，要打训练赛。"

今日训练赛六胜一负。结束之后，几人去了会议室。

三个教练围坐在一起，你一言我一语先讨论起明天对战 PUD 的 Ban&Pick。其他队员都坐在自己位置上玩手机，等训练赛复盘。

路柏沅坐姿散漫，听得很随意，直到他感觉到身边的人频频往自己这儿看。

简茸第四次瞥过来时，路柏沅转头问："你想说什么？"

"没有。"简茸两只手拿着手机，几秒后又说，"宠物医院给我发了一点儿小橘的照片。"

路柏沅道："我看看。"

简茸是一个人长大的，不太习惯跟人分享什么。

所以在听到路柏沅的话后怔了半秒，他才把手机递过去。

路柏沅垂眼一一翻阅照片，每张照片只停留了大约一秒。

就快翻到底时，手机忽地振了一下，一条微博推送消息从简茸手机屏幕顶上弹出来——

[特别关注]TTC中野观察员:今天画一下脑残粉蓝毛和他的偶像Road。

后面还附了一张照片。

简茸脑子一蒙。

简茸的微博小号只有两个特别关注,一个是路柏沉,另一个是一位画手博主。

这个画手博主经常画路柏沉,后来偶尔会把简茸画到路柏沉身边。

简茸想解释,开口就顿住了。

这怎么解释?

当简茸即将原地自闭的时候,路柏沉低声问:"你的微博登的是大号还是小号?"

简茸另一只手攥得死紧:"小号。"

他的大号要是关注这些,丁哥和水友估计都不会放过他。

路柏沉"嗯"了一声:"画得好看吗?"

简茸脑袋麻了,无奈地承认:"好看。"

丁哥跟几位教练聊完,点头道:"行了,大致就这样,先给他们复盘,完了他们要去休息。"

路柏沉正好翻完最后一张照片。他点了一下屏幕,照片自动关闭,回到了简茸和宠物医生的聊天界面。

简茸还在想怎么解释这个微博。

"它比你长得快。"

简茸愣了一下:"谁?"

"小橘。"路柏沉把手机放回简茸手中。

翌日下午,TTC五人准时到达比赛场馆。

他们是第二场比赛,踩着规定时间来的。但上一场两个队伍打得有些慢,他们到时第三局比赛才刚刚开始。

袁谦看了眼时间："我们打完都得十点了吧？"

"不会。"Pine 道，"我们两场结束，速战速决。"

"最好是。"袁谦笑着看向电视里的直播，倏地一震，"等会儿，我没看错吧？MFG 今天上了女选手？"

"你才发现？"丁哥低头记笔记，"前两局空空的状态有点差，MFG 教练就让她上了。这是她第一次上赛场吧。"

简茸不自觉往直播右下方看去。

女生绑着干净利落的马尾，长相是小家碧玉型，她正操控着游戏里的发条魔灵。

小白跟他提过这位女选手，说是之前差点进了 TTC 青训队。

袁谦点头："MFG 教练这招可以。不管 MFG 今天赢还是输，今晚的热搜肯定有他们战队一席之地了。女选手，稀有物啊。"

"唉，这稀有物原本是咱们战队的，可惜这姑娘特崇拜我哥，丁哥担心人家入队会影响我哥训练，硬生生把人家拒绝了。"小白顿了一下，"谁知道，招来一个更崇拜我哥的。"

路柏沉心不在焉地看比赛，闻言笑了一下。

简茸默念几遍"揍人会禁赛"，拿起抱枕丢过去。

"也不全是这个原因。"丁哥解释，"当时我在接触 Savior 呢，就提前给她打了个预防针，告诉她打完青训不一定能进一队，甚至二队都难，得熬。她好像挺缺钱的，听完之后考虑了两天，决定不来试训了。"

直播中，发条魔灵闪现加大招直接拉扯住敌方三个人，以少打多的形势打赢了这一场团战。

"漂亮！"袁谦道，"哎，她玩得可以啊，但她这 ID 我怎么没印象……感觉在排位里没遇到过。"

简茸靠在沙发上，道："她改过名，以前的 ID 是一串乱码字母。"

"乱码……哦，是不是 J 开头的？"袁谦顿了一下，"你认识她？"

袁谦问完又觉得自己说的是废话。

玩某个位置的人肯定会对同样玩这个位置的高手有印象，这姑娘是能上赛场的水平，简茸会认识也不奇怪。

果然，简茸跷着二郎腿，两只手搭在腿上，捂着肚子低低"嗯"了一声。

这一声听着不太精神，路柏沅扭头看了他一眼，刚想问，休息室的门就被敲响了。

唐沁刚走进来，香水味就飘满了整个休息室。

她是今天的主持人，妆容打扮都精致优雅。她拿着纸袋，问："我没打扰你们吧？"

"没有。"小白抬眼，问，"怎么了，唐沁姐，有事？"

"没有。"唐沁笑了一下，说，"我托朋友从国外买了点咖啡豆回来，我想着你们都爱喝咖啡，就带了一点儿过来。"

训练室里安静了两秒，除了简茸，其余人都下意识看了路柏沅一眼。

他们可不爱喝这玩意儿，倒是路柏沅在几年前的采访里提过，自己喜欢喝咖啡。

简茸的视线仍停留在直播上。

他绷着嘴角，一动不动，自以为表现得很自然，实则脸色黑得要命。

肚子怎么这么饿？额头怎么总出汗？简茸捂着肚子的力道又重了点，拿起桌上的矿泉水猛灌了一口。

"不用了，基地里的咖啡都喝不完。"路柏沅扫了身边人一眼，"喝慢点。"

简茸抬手抹了一下嘴巴，道："嗯。"

路柏沅说不收，其他人也不敢做主收了。唐沁怎么来的怎么出去，临走前为了不显得尴尬，还找小白要了个签名。

MFG很快拿下了第三局比赛，女选手凭着8/3/7的战绩，获得了比赛的MVP。

几分钟后，直播切到了采访镜头，同时工作人员来敲门，示意他们可以准备上场了。

路柏沅把手机调静音后丢在一边,转头看见身边的人起身的动作比平时都要慢一些,在原地站了两秒才往外走。

路柏沅皱了一下眉,抬步跟上。

刚走出一段距离,他们就遇到了在后门等待的PUD战队的选手。

"得等两分钟,工作人员还在检查电脑。"XIU见到他们笑笑道。

"成。"袁谦想起什么,道,"生日快乐啊,修哥。"

"还是你有良心。"XIU微笑道,"我有位兄弟,到现在了都没给我送生日祝福。"

路柏沅道:"赢了比赛再送,一样的。"

小白立刻挑衅:"终结连胜就是我们给你的生日礼物,修哥。"

"不会输。"Savior看着简茸,道,"你们输。"

简茸眨了眨眼睛,没理他。

肚子的饥饿感越来越重,简茸舔舔唇,忍不住斜了斜肩膀,靠在了旁边的墙壁上。

他刚觉得轻松了些,后衣领突然被人很轻地扯了一下。

简茸下意识站直,回过头。

路柏沅看着他游移在肚子旁边的手:"肚子疼?"

简茸否认:"没有。"

路柏沅静静看了他两秒,说:"肚子疼就上替补。"

"不要。"简茸脱口拒绝,他犹豫了一下,还是诚实道,"我只是饿了。"

"我也饿了。"小白揉揉自己的肚子,"打完我们去吃火锅怎么样?涮牛肉,涮牛肚,涮鸭肠……"

路柏沅仍看着简茸。

小白饿很正常,这家伙每场比赛之前都喊饿。

简茸脸色有些白,额头上有汗。

路柏沅想了一下："你早餐吃没吃？"

"没有。"简茸说完，立刻解释，"我以前打比赛的时候也一天都不吃，都没事……"

路柏沅没再听他往下说，他转头对丁哥低声说了句什么，丁哥一愣，然后迅速回头往休息室走。

没多久，丁哥带着一包花花绿绿的东西回来了，里面是五颜六色的糖果。

"吃一颗。"路柏沅低声说，"简茸，你有点低血糖。"

简茸一愣。

怪不得他总觉得没什么劲。

简茸接过糖说："我的问题。以前没出现过这种状况，我下次注意。"

他撕了一下包装，撕坏了，没撕到开口。

工作人员来催他们上台，简茸换了另一边想再撕一次，袋子就被拿走了。

简茸看着路柏沅干脆地撕开包装，伸手想接过来："谢……"

路柏沅没给他糖："张嘴。"

简茸下意识听话地张嘴。

路柏沅当着队友、PUD几位选手、唐沁以及众多工作人员的面，拿出一颗红色糖果喂到简茸嘴里。

指尖的温度挟裹着草莓味漫到脑子里，简茸保持着张嘴的姿势，看起来有些呆。

路柏沅见他没反应，垂眼问："你不喜欢这味道？"

简茸把糖果推到口腔右侧，模糊地应道："喜欢。"

众人回过神。

那位来催促的工作人员"呃"了一声，重复了一遍："电脑检查好了，大家准备好了随时可以上台，比赛大概十分钟后开始。"

Savior目光灼灼地看着路柏沅手里那个包装袋，说："我也想吃糖。"

"打完买给你吃。"XIU 拍拍 Savior 的脑袋。

PUD 的核心上单 98K 收回视线,身为外援却操着一口流利的中文,道:"上台了,好好打,赢了明天可以开心地给你补过生日。"

XIU 笑了一声,跟上他:"要是输了呢?"

98K:"不开心地过生日。"

XIU:"……"

路柏沅这一举动,别说旁人,就是 TTC 的队员也愣了一下。

小白看了眼旁边的摄影机,立刻拽了一下 Pine 的衣角:"P 宝,快,你也喂我一颗糖!"

Pine 嫌弃道:"不喂。"

"下次你别用手蹭墙壁。"路柏沅扫了眼简茸的手,"擦一擦,上台了。"

简茸一愣,抬手一看,这才发现他右手指尖蹭了一层墙壁的灰。

简茸随意地在裤子上擦了一下,黑色裤子立刻多出一抹白。

解说们预热了大半天,两个队伍的选手终于落座。

"来了来了,终于来了。"解说甲搓搓手,"这场比赛想必粉丝们都等很久了吧?"

解说乙:"别说粉丝,我也等很久了。不过上场比赛出乎意料地精彩,我已经开始期待 LPL 目前唯一的女选手的下一局比赛了。"

选手们在检查设备,袁谦唏嘘:"没想到我们队竟然会有人低血糖。"

丁哥皱着眉道:"我也没想通,我每天好吃好喝,大鱼大肉养着……"

Pine 淡淡道:"准备了也没用,他不吃。"

小白趁机告状:"就是。除了我哥给大家订早茶那一回,他打比赛前几乎不吃早餐。"

其他人都在愉快交流,只有路柏沅一声未吭。

简茸咬牙,心想比赛怎么还没开始。

上了赛场之后不允许选手左右观望,所以简茸看不到路柏沅的表情。

解说甲道："好，镜头开始给选手特写了，这说明我们的比赛马上就要开始了……98k 今天看起来杀气很重啊，Savior 这发型太可爱了，XIU 一如既往轻松，也不知道 XIU 的手伤怎么样了。"

"肯定恢复得不错，不然不会上场的……哎，这是能说的吗？"解说乙笑了一下，"接下来是 TTC 的选手。咦，谦哥今天看起来怎么有种莫名的孤单……"

"停停停！你这个才不能说好吗！"解说甲道，"路神依旧很帅，就是看起来心情不太好？"

"好像有一点儿。"镜头一转，解说乙纳闷道，"Soft 好像看起来也没什么精神……TTC 这是怎么啦？得认真起来啊。"

路柏沅心里估算着比赛开始的时间，问道："还难受吗？"

"能打。"简茸应得飞快，又补充一句，"不会影响操作。"

话音刚落，游戏切进了 Ban&Pick 界面。

PUD 是蓝色方，毫不犹豫禁掉了盲僧。

解说甲："老流程了。不论这英雄在当前版本中强或弱，打 TTC 就得第一个 Ban 盲僧。"

解说乙感慨："唉，说来好久没看见路神的盲僧了，还挺怀念的。"

解说甲非常上道地笑道："那你可以去 Soft 的直播间碰碰运气。"

此时除了队友的声音和游戏音效外，简茸什么都听不见，不知道自己被带了一波节奏。

他看了一眼对面的禁用列表，眼底带了些不爽。

PUD 前三个禁用名单给了盲僧、维鲁斯和猫咪，一个中单英雄都没禁。

所以，当丁哥问"要不要禁掉 Savior 的发条"时，简茸冷漠拒绝："不用，他拿什么我都打得过。"

简茸含着糖，以至于他明明是在说狠话，却因为咬字不清而显得有些好笑。

路柏沅挪动鼠标，脸色稍霁。

"那不然鳄鱼、青钢影 ban 一个吧。"袁谦立刻道，"我先摊牌，我在上路打不过 98k。"

98k 是 PUD 的上单选手，也是第一个加入 LPL 的外援，之前在 H 国赛区排名第一的队伍效力。

当时他的转会消息一出，用"血雨腥风"来形容毫不为过，PUD 战队和 98k 本人都被喷得体无完肤。不过 98k 心态很好，硬是在 PUD 待到了现在，是 LPL 目前人气最高的上单选手。

Ban&Pick 环节结束，简茸选出了有控制有输出的辛德拉。

小白和 Pine 简单交流了一下，上路 98k 实力强劲，中路简茸和 Savior 还不知道谁能赢谁，他们下路就非常关键。于是两人商量了一波，决定拿前期强势阵容——光辉女郎和皮城女警。

丁哥觉得阵容里的输出够了，让路柏沅锁了用来开团的皇子，而袁谦则选了稳重的工具人奥恩。

两分钟后，游戏正式开始。

简茸的打法依旧强势，他前 6 级就想找机会不断消耗 Savior 的血条，但 Savior 玩的龙王非常小心，眼里只有面前的兵线，残血就回塔下等线，一点儿也不着急。

路柏沅前期的目标很明确——抓穿 98k。

XIU 的目标同样明确，就是死保 98k。

双方的上野不断发生摩擦，来回牵扯了两波，没有爆发一个人头。

第三波，路柏沅一脸冷静道："这波 XIU 反蹲也照样打，打得过。"

袁谦立刻回应："OK。"

路柏沅计算得没错，他一波精准的 EQR 连招留住了 98k 操控的狗熊，XIU 虽然出现在后方视野，但明显赶不上救人了。

这时，一根蓝色的冰箭从下路缓缓飞来，准确命中了袁谦。

是对面 AD 寒冰的大招，能伤害并眩晕敌人三点五秒。

解说甲立刻道："这个大招漂亮！谦哥被眩晕无法动弹，导致伤害不够没能带走 98k，XIU 及时赶到，路神血条不健康，只能后退……98k 成功逃脱！"

解说乙："上路真热闹，路神都去了三次，怎么不抓一波中路？"

"Savior 都快和防御塔合体了，怎么抓？当然，也有一种可能……"解说甲轻咳一声，"避嫌。懂吧？怕别人说自己照顾粉丝呢。"

解说乙失笑道："你是真不怕被 Soft 暗杀啊。"

比赛直播里的弹幕热热闹闹——

"@解说甲 一开口就是老水友了。"

"等着吧，这解说必上 Soft 的记仇本。"

"记仇本？没这么夸张吧？Road 不去中路很正常，Savior 前期出了名地稳，上次战虎四个人包中都抓不死他……"

"确实。不像 Soft，天天越塔被敌方四人按着头打。"

"就是这么夸张，这傻瓜蓝毛在 LOL 封号机制不完善的时候有个真·记仇本，遇到本子里的演员一进游戏就开启互动。"

"最气的是，好几次骂完之后，他自己还能 carry 游戏，带着那演员赢，我都要笑死了。"

……

Pine 和小白趁对面 AD 没放大招，立刻强压一波。

简茸低声反馈："对面中单 miss，残血。"

"残血是多少血？"小白问。

简茸应得很快："不到三百。"

这点血，应该不可能来下路抓人。

小白："爷冲了。"

小白一个闪现冲上前去丢 Q，命中敌方辅助塔姆，塔姆没反应过来，被留在原地，Pine 立刻跟上放夹子触发暴击。

当他们即将收下塔姆人头时，一个蓝得发光的玩意儿朝他们飞来——是对面二九九血的龙王。

Savior 的龙王操作非常利索，简茸刚走到小龙坑，就听见队伍语音里的人说话。

小白说："我没了。"

一血播报响起，Savior 拿下了小白的人头，Pine 残血回到塔下。

简茸立刻丢闪现想换掉 Savior，Savior 紧跟一个闪现，摇摇尾巴消失了。

简茸质问："他三百血下来，你们连个闪现都逼不出来？"

小白："那我能怎么办，我的蓝只够一个 Q，这个 Savior 走位好像比你还牛。"

简茸冷脸道："你再说一遍？"

"你最牛。"路柏沅给简茸中路放了个眼，冷静指挥，"Savior 要发力抓下了，压他线，别让他太轻松。谦哥顶着，我帮下路打一波优势再去上。"

简茸被有意无意地顺了一下毛，装作平静地眨了眨眼，咽回嘲讽的话。

路柏沅猜得很准确，后面十分钟，Savior 一波一波地往下飞，身后还带着 XIU。

路柏沅和简茸赶得也很快，双方来回打了两波，居然一个人头都没爆发。

就在这时，袁谦在上路被狗熊单杀了。

"98k 这手狗熊藏了一整个常规赛！"袁谦被压了十分钟，忍不住咬牙，"还是越塔杀的我……队长，你别来上了，不一定能抓死他，被反蹲必死。我自己苟着……这局你们就当作没我。"

"嗯。"路柏沅道，"没事。"

过了两分钟，小白他们刚走到线上，Pine 才点了一下小兵，龙王再次撅着屁股飞入他们的视野。

"他又来！"小白气道，"还有没有天理了？我们的宝贝中单呢？"

"宝贝中单"皱了皱眉："他少我二十个兵，直接从家里过去的，摆明放弃兵线都要限制 Pine 的发育，我能怎么办？"

小白："你也来抓啊。"

"我没去？"简茸清掉兵线，"我这局去下路的次数加起来，比我一个月排位赛去下路的次数都多。"

小白道："你把嘴给我闭上！"

简茸："？"

"我现在说一个数，你立刻上车！"小白往塔下逃命，嘴唇动得飞快，"一分钟之内……来下路八千一百三十三次！"

简茸："……"

队内语音发出一阵爆笑。

简茸实在忍不住了，忍着小腹的不适，扯嘴笑道："傻瓜。"

下路混战在推掉 PUD 一塔后宣告结束，简茸他们占的便宜比较多。

但是，敌方下路一塔爆掉的时候，98k 的战绩已经走到了 3/0/0——是一只超肥的狗熊。

TTC 这局的输出点在中下二路，简茸发育得只能算一般，毕竟身上一个人头和助攻都没有，而 Pine 的发育也被 Savior 限制到了最低。

这就导致第三十二分钟，狗熊下来打团的时候，小白只觉得一座大山朝自己压过来。

虽然路柏沉和 Pine 在第一时间合作杀掉了敌方 AD，但狗熊一进场，他们就发现秒 AD 根本没用！

团战的最后，简茸咬牙硬生生换掉 Savior 的龙王，自己被狗熊直接拍死。

TTC 五换二输掉了这场团战。

游戏第四十分钟，狗熊强势闪现进场开团，不讲道理闭眼就拍人，杀掉 Pine 之后 PUD 直接选择开大龙。

第四十四分钟，PUD 快速修整后中推，简茸闪现秒掉敌方 AD，争取了一点儿喘气的机会，不过 TTC 经济仍旧劣势。

第四十八分钟，Savior 配合 XIU 杀掉在做视野的小白，继续中路推进。路柏沅无奈之下只能选择闪现开团，在他秒掉龙王的同时，简茸也被狗熊闪现带走。

第四十八分四十秒，TTC 的基地水晶被点爆，PUD 获得了第一场比赛的胜利。

简茸摘下耳机，场内响起一阵 PUD 粉丝的欢呼声。

简茸边反思自己这局的毛病边起身，不知道是不是起得太猛，站直的那一瞬间觉得脑子发晕。

简茸微不可见地晃了晃，路柏沅眼明手快扶了一下他的肩。

这一幕被大屏幕捕捉，TTC 粉丝愣了一下，立刻爆发出一阵欢呼声。

PUD 粉丝："？"

是你们赢比赛还是我们赢比赛？

简茸站直身体，立刻表明："没事，我起得太猛了。"

路柏沅没说什么，只是静静等了两秒，确定他缓过来之后才松开手。

回到休息室，袁谦第一个开口："我的问题，我那一波浪了，没想到他敢闪现越塔杀我，我应该直接回城的。"

"不怪你，98k 狗熊玩得很好，太细节了，没想到他常规赛就拿出来。"丁哥垂眼，"没事，下局直接禁狗熊。"

小白举手："能禁龙王吗？我快被抓到自闭了。"

他的话刚说完，立刻收获自家中单一个眼刀。

"我下把玩卡牌。"简茸坐在电视旁的小椅子上，嚼着丁哥刚递给他的饼干，臭着脸说，"我跟他拼支援。"

路柏沅坐在沙发上，注意力一直落在简茸那儿。

简茸掩饰得很好，要不是刚才那一晃，他都看不出来他状态不对。

路柏沅正犹豫要不要换替补，工作人员敲响门，通知他们可以上台了。

"行了，走吧。"丁哥起身，把之前那袋糖果递给简茸，"你再吃一颗。"

简茸接过糖果,"哦"了一声。

袋子里的糖果口味众多,简茸翻了一下,找出了跟之前一样的草莓糖,剥开丢进嘴里。

路柏沆收回视线,从余光里清楚地感应到,简茸系上糖果的袋子之后,偷偷朝他这边望了一眼。

选手们再次入场,第二局比赛很快重新开始。

解说们还沉浸在上局狗熊的统治里。

解说甲:"这手狗熊真的可以,还有就是 PUD 的抱团能力太强了,配合也好。TTC 的中下二路感觉还需要磨合,单凭个人实力可是没法赢比赛的啊,Soft。"

解说乙失笑:"你怎么知道是 Soft 的问题?没准是 Soft 报了 miss,但下路不愿意走呢?"

"喀,也不是没可能。"解说甲看了眼屏幕,"好,现在前面六个禁用英雄已经出来了,狗熊果然被 ban 了,估计我们以后有很长一段时间都没法在 PUD 的队伍里看到这个英雄了,就跟 Road 的盲僧一样……嗯?"

解说甲一愣,往前凑了凑,目光在 PUD 的禁用列表里来来回回看了数遍:"等会儿,我没看错吧?"

PUD 禁掉的前三个英雄是男枪、乐芙兰、维鲁斯。

"你没看错。"

在全场观众的尖叫声中,解说乙顿了一下,感慨道:"时隔一个夏季赛,半个春季赛……盲僧这英雄终于在有 Road 的比赛中被放出了禁用名单。"

PUD 的 ADC 笑了一下,在队内语音说:"我隔着耳机都能听见观众们的尖叫声。"

"那不废话吗,我都想叫。"XIU 笑骂,"好歹我今天过生日,非要放他的盲僧来搞我?"

Savior 道:"教练说练阵容。"

"没那么神。"PUD 的教练是 H 国人，此刻正在他们身后来回转悠，"我们那边人人都会这个英雄，有些不比 Road 弱，世界赛的时候我不可能场场都禁它，要克服。再说了，输了也没关系。"

先不说这是常规赛，且他们的积分已经稳进季后赛。

就算这局真的输了，这是 BO3 赛制，他们下局还有机会。

两位解说还处于惊讶状态，而弹幕里早已经开始刷屏——

"白给，恭喜 TTC。"

"恭喜 TTC。"

"恭喜 TTC。"

"只是放一个盲僧而已，倒也不必如此，搞得像 TTC 拿了盲僧就一定赢似的。"

"冷知识，Road 去年春季赛、前年夏季赛的盲僧百分百胜率呢。"

"其实以前就被 ban 得厉害，加起来也就玩了五六把。"

"粉丝别吹了，不然一会儿输了多丢人哪。"

"多的不说了，恭喜 TTC。"

袁谦是本场游戏第一个拿英雄的人，看到禁用名单，他愣了愣："PUD 这是什么意思？"

小白疯狂拱火："有一说一，放盲僧就是在看不起我哥。"

简茸难得赞同小白的话。

同样都是教练，丁哥一眼看穿对面的心思，他失笑道："这是把常规赛当训练赛打？"

Pine 道："反正他们稳进季后赛，想怎么打就怎么打。"

"那怎么办？"袁谦失措道，"咱们还拿盲僧吗？万一他们有什么针对队长的新套路……"

丁哥瞥了路柏沅一眼："问他自己。"

路柏沅道："拿。"

他神色淡淡，并没有因为本命英雄被放出来而感到多高兴，调整着符文道："随便玩玩。"

袁谦立刻锁下了盲僧。

在这之后，其他人选什么英雄仿佛都不重要了，解说的重点一直围绕在路柏沅的盲僧上，直到 PUD 的整体阵容出来。

解说甲道："PUD 拿了打野螳螂、中单沙皇和辅助牛头……讲道理，这三个英雄挺克制盲僧的。"

"是，牛头的击飞和沙皇的大招都能挡一波盲僧的突进，螳螂也比较灵活，容易躲技能。"解说乙顿了顿，"但是克不克制，得进了游戏才知道。"

比赛正式开始。

路柏沅用着属于自己的冠军皮肤走出基地。

导播非常懂行，视角频频切在盲僧这儿。

解说甲张口就来："路神这野怪拉得很极限，细节做得太好了……学学，都学着。"

解说乙赞同地点头："这走路的姿势也仿佛和其他盲僧不太一样呢。"

解说看什么都能夸。

直播间里有选手们的第一视角（某位选手的游戏界面）可以看，每场比赛只会在双方选择一位选手给观众们提供第一视角。

这局 TTC 的第一视角，官方当然给到了 Road。

比赛开始的那一瞬间，第一视角直播间的人气疯狂暴增——

"十年没见过了，Road 的盲僧！"

"勿念，上次他和 Soft 双排刚玩过。"

"等会儿，你们没发现路神的游戏视角有点问题吗？"

"哈哈哈哈哈哈，路神，你为什么老往中路看？"

"我进来的时候还以为自己在看 Soft 第一视角。"

大部分玩家都认为打野这个位置是最难玩的，因为这个位置不仅需要操作，还需要一定的意识。

要猜对面打野在杀什么野怪、下一波要去哪一条路抓人，好提前在那条路埋伏并反击，还要时刻关注线上队友的情况，方便第一时间支援和抓人。

路柏沅的镜头再次切到中路，正好看到简茸跟 Savior 拉扯几次后成功消耗了 Savior 一些血条，占到血条便宜后，简茸还熟练地发出 TTC 的图标。

"二十秒前看，Soft 在跳舞，二十秒后看，Soft 在亮图标。"

"这人不是在秀就是在秀的路上。"

"Road 这大概也就看其他路一眼，看 Soft 八遍的程度吧。"

"XIU 好惨啊，辛辛苦苦打了半天的河蟹，被路神一个 Q 收走了。"

路柏沅确实一直在看中路。

上局他一直在上下路，这把怎么也得管管自家中单了。

XIU 被抢了个河蟹，转头想追，吃了盲僧一个 Q 后掂量了一下路柏沅现在的伤害，决定还是不追了。

此时盲僧却突然停下来，对着他秀了一个图标。

XIU："……"

去他的，他都跟 Soft 学坏了。

七级，路柏沅看到 XIU 出现在下路，绕到 Savior 后面的草丛里："简茸，准备切牌。"

简茸玩的卡牌大师，有个技能可以切三种颜色的牌，蓝牌回蓝，红牌减速，黄牌能晕人。

简茸立刻道："他没闪有大。"

路柏沅说："可以杀。"

路柏沅说可以，那就是可以，简茸立刻配合着往前压。

Savior 也是有意识的，察觉到简茸的走位不寻常，他连忙在语音里向 XIU 求救，然后迅速往塔内回撤。

他看到盲僧出现在自己旁边，立刻用位移技能走位，谁知刚落地，盲僧的Q就精确地打在他身上。

他的操作有些急了，被路柏沅预判了走位。

Savior反应很快，在路柏沅二段Q上来时直接丢出大招，路柏沅飞到半空被他的大招打断，并推远了一段距离。

解说们老早就看出路柏沅想越塔gank，皱眉分析："这不能越吧？七级两个人去越一个沙皇其实不太理智……看，被推回来了——"

解说还没把话说完，就见盲僧在被推出去的前一秒往Savior脚后插了一只眼。

路柏沅早猜到自己要被推走，直接用W技能摸到那只眼上，闪现冲到了Savior眼前，再一个大招回旋踢，把Savior一脚踹到简茸面前。

简茸立刻切黄牌，眩晕，Q加点燃再平A两下，干脆地收掉Savior的人头。

路柏沅这一套操作打出来甚至不到两秒。

"这……"解说甲道，"这一波太厉害了吧！这眼是什么时候插的？你看到了吗？"

解说乙摇头："我好像看到了，不是很确定，等一波击杀回放吧。"

一分半钟后，路柏沅大招刚好，直接摸进XIU的野区，精确地在红Buff草丛蹲到了XIU。

XIU血量不太健康，感觉到了危险，他在旁边游移了一下，没有直接动Buff。

解说甲："其实这波有点危险啊，螳螂这么灵活，盲僧Q不中很难带走……"

他的话还没说完，就见路柏沅摸眼而出，XIU眼明手快地起跳，躲到了路柏沅的视野盲区，明显也是想躲这个Q再跟他牵扯。

路柏沅眼也没眨，往没有任何视野的墙后一个Q，精确命中，再二段跟上打出极限伤害，最后一个大招回旋踢，把XIU踹到Savior脸上。当两人飞起来时，他再次Q过去把XIU秒了，然后摸眼从Savior眼前逃走。

解说甲很自然地接自己的话："当然，对路神来说没有这种困扰。"

解说乙："……"

抓完这波，路柏沅回家出了装备，下路传来击杀的播报。

小白的锤石直接闪现ER，减速留住敌方AD，Pine点着小白的灯笼过去，一手厄斐琉斯直接把对面AD摁死。

"Nice！"小白掐着嗓子道，"松哥哥真棒！么么哒！"

Pine漏了一个炮车，脸瞬间黑了："你这局吃不到治疗了。"

下路大优势，路柏沅径直往中路走，对简茸道："抓完这波我们去上路。"

他这话说得仿佛Savior已经在基地重生了。

简茸想也不想就说："好。"

队伍里的三人静了一瞬。

可能是这几年路柏沅低调收敛了许多，他们都忘了路柏沅也曾是在队内语音里直接宣布对手死亡的中二少年。

近期由于他们队伍新中单的加入，路柏沅这种脾性好像又开始显露出来了。

Savior的发育能力确实很强，被路柏沅抓了一波，他目前的补兵还是比简茸高十几个，所以路柏沅又去了一次。

Savior依旧谨慎，可惜他遇到的是路柏沅的盲僧。

路柏沅的手速太快，操作有条不紊，Savior又被踹到了简茸面前。

路柏沅手上攥着冷却好的技能，没有再接上去，人头给到了简茸手上。

"他一直在我前面……"Savior咬牙，"我的闪现没了，XIU，你来帮我吗？"

98k脑袋上冒出了卡牌大招的印记："他们中单来抓我了，我能跑……我没了，Road也在，XIU，去拿小龙。"

"Road的盲僧灵活得很，我都看不清Savior这几波是怎么死的。"

"这局可能成为Road盲僧的赛场绝唱了。"

"谢谢PUD慈善家让我看Road的盲僧，谢谢谢谢！"

"Road 一直在给 Soft 让人头。"

PUD 劣势太大，明显是想拖后期，绝不主动打团，但是打不打团不是由他们说了算。

第二十六分钟，路柏沅绕后摸眼闪现，回旋踢踹起 PUD 三人，直接杀掉敌方四个人，节奏起飞。

第二十七分钟，TTC 果断开大龙。存活的 XIU 匍匐在龙坑后的草丛里，想找机会看能不能偷大龙。

螳螂跳下来的那一瞬间，路柏沅大招刚冷却完毕。他毫不留情地把 XIU 踹出龙坑之外，惩戒掉大龙后摸眼 Q 中 XIU，一波伤害直接带走。

路柏沅站在 XIU 的尸体上回城，盲僧用冠军奖杯斟着一壶好茶，仰头慢悠悠喝了一口。

"不是吧不是吧，还有人想在路神手下抢龙？"

"总得试试，万一成功了呢？"

"哈哈哈哈哈，路神仿佛在祝 XIU 生日快乐。"

"你们快去看选手第一视角直播，XIU 直接气笑了，哈哈哈哈哈哈。"

比赛第三十分钟，TTC 强势推进，原本打算一波结束游戏，Savior 却在关键时候站出来，补兵数非常可观的沙皇戳戳两下秒掉了走位失误的 Pine 和袁谦，TTC 推掉两路超级兵水晶后暂时撤退。

第三十三分钟，PUD 的 AD 落单时被袁谦逮住杀掉，TTC 再次逼向 PUD 的中路。

PUD 原本就是劣势，失去 AD 就基本没有还手之力，只能在门牙塔下艰难守着。小白一个闪现上去直接勾住 Savior，简茸黄牌紧跟而上，路柏沅直接摸眼踹 98k，顺带踹飞了在 98k 斜角站着的 Savior，三个控制给 Pine 创造了最舒服的输出空间。

二十秒后，PUD 的基地水晶被简茸点爆。

TTC 漂亮地拿下了第二场比赛，比分来到 1:1。

选手下台，解说在分析第三局的胜败。

解说甲道："不管 PUD 上一局是怎么想的，第三局是不可能再放 Road 的盲僧了。第三局的话，我觉得 PUD 的胜率可能会大一些。"

解说乙问："你暗示 Road 除了拿盲僧没法赢？"

"你别带我节奏！"解说甲笑骂："路神的个人实力没得说，其实 TTC 目前选手的实力都不弱，但怎么说呢，TTC 队伍内的配合明显不够好，尤其是中路和其他路的配合。虽然 PUD 的中路也是新队员，但 Savior 本身就是团战型选手，他很清楚自己在每分每秒该做的事。Soft 在这方面明显就要差一点儿，就拿第一局来说，每次都是 Savior 先去抓人，Soft 后面才赶过去支援，这样个人威胁再大，能发挥的作用还是寥寥。"

小白立刻想转头去看他们中单发脾气，却见他们中单双腿微张，手肘撑在膝盖上坐着，压根儿没看电视屏幕。

"你想什么呢？"小白觉得不对，轻轻撞了撞他的肩膀，"你怎么一直不说话？"

简茸感觉路柏沉看了过来，飞快抿了一下唇，抬头道："没有，我在想刚才怎么不玩亚索。"

小白道："求求你了，排位看到这玩意儿已经够苦了，答应我别让他污染高贵的 LPL 赛场好吗？"

简茸冷冷地问："你以为你的时光老头不污染赛场？你键盘上有 Q 吗？"

小白："……"

简茸站起身，丢下一句："我去趟厕所，马上回来。"

路柏沉微微皱眉，刚想叫住简茸，丁哥忽然转过头来，说要跟他商量一下第三局的英雄阵容。

简茸刚走出休息室不远，就忍不住伸手扶了一下墙。

他的肩膀微微往前弓，走进厕所，直接弯腰开始干呕。

但他没吃什么，吐不出东西。

"吱呀"一声，身后的隔间门被打开。出来的人看到眼熟的队服先是一愣，脱口道："我去。"

简茸虚弱地扭头看去，跟鱿鱼战队的豆腐对上了视线。

鱿鱼战队刚以1:2的战绩输给MFG，TTC和PUD的对决看点很多，他们选择留下看现场。

简茸现在没力气跟人吵架，打架估计也打不过。他思忖两秒，决定当身后这人是个屁，不予搭理。

豆腐被简茸惨白的脸吓着了，脱口问："你怎么了？看着像快死了。"

简茸缓了缓，斜睨他一眼，冷静地解释："没有，之前我看你比赛的后劲儿太大，被你菜吐了。"

豆腐没想到这人脸都白成纸了还不肯吃亏："你……我那是运气不好，顺风局风龙，逆风局水、火龙，这还打个屁！"

LOL第三条龙之后的属性都是固定的，杀了四只小龙后会拥有龙魂Buff。许多人认为风龙魂作用最低，水、火龙魂效果拔群。

简茸头一回听到把输游戏的原因归咎到龙魂身上，嗤笑道："没办法，傻人有傻福，傻瓜没有。"

豆腐两只手揣兜，居然也生不起气来，他眯着眼，纳闷地问："你说你，脸长得这么乖，怎么一开口就骂人？"

简茸倚在墙上："你长得也像一个人，怎么没见你说过几句人话？"

豆腐："……"

豆腐兜里的手机响起，教练打电话来催他回休息室。

"你队里那个上单跟猪似的，就你瘦得像竹条。"豆腐把手机收好，"你到底什么毛病？要不要给你打个120直接抬走？"

"抬你自己吧。"简茸冷冷道，"常规赛九连败，还好意思提其他选手，赶紧滚。"

豆腐气笑了，点头道："你牛。"

豆腐走后，简茸去盥洗台洗了把脸，随便揉了两下胃，才转身出了厕所。

他推开休息室的门："什么时候上场……"话说到一半便生生止住。

简茸一只手撑在门上，看着稍显空荡的休息室："人呢？"

此时休息室里只有两三个人在。

Moon 回头看了他一眼，解释："他们上台了。"

简茸皱了一下眉："我现在过去。"

"别，"Moon 叫住他，"盒子去了，这局上替补，你好好休息吧。"

简茸还站在门口，他舔了一下唇："什么意思？"

"你不是不舒服吗？"Moon 顿了一下，"是这样，刚刚豆腐来敲门，跟队长说你在厕所吐了，还说你看起来像快死了。"

路柏沅当时转身就要出门，迎面撞上来催他们上场的工作人员。

PUD 的选手已经往台上去了，他们也得赶紧过去。路柏沅看了一眼厕所的方向，回过头没什么表情地对工作人员说："这局我们需要更换选手。"

简茸唇色苍白地听完，然后问："你知道鱿鱼战队的休息室在哪儿吗？"

周围的工作人员立刻摇头。

这个谁敢说知道。

"简茸？"战队副经理匆匆走过来，"我在厕所找了你半天。你没事吧？还想吐吗？是胃不舒服吗？严重的话，我直接带你去医院。"

"我没事。"简茸喝了一口水，"只是有点反胃恶心，应该是低血糖引起的。"

副经理一脸疑惑："低血糖也会引起呕吐？"

"会吧。"简茸说，"百度说的。反正不会死，你放心。"

副经理："……"

副经理头一回看到对自己身体这么不上心的人，她从兜里拿出几包饼干："那你吃一点儿，我送你上车休息。"

休息室的沙发不大，坐两个人都挤，外边人来人往非常吵，偶尔还有工作人员进进出出。

简茸刚吐了一波，现在看什么都没胃口。他随便扯了一个借口："我不吃了，不喜欢这个味道。我在这儿坐着就行，你不用管我。"

"那你也得吃点呀。"副经理坚持，"而且是路神让我带你上车休息的。"

简茸一顿，回头看她。

"真的。"副经理举了举自己手上的外套，"他还说车里没毯子，让我给你盖一件外套。"

简茸回了队车。

今天开的是商务车，后座宽敞，简茸收一下腿就能躺下。

他躺在座椅上，前额头发垂落，露出干净的额头。

虽然全身都有些乏力，但他睡不着。

他用手机开了比赛直播。

游戏已经进入 Ban&Pick 界面，选手镜头正好给到路柏沅。

路柏沅只穿了一件短袖队服，脸色依旧沉着冷静，他的嘴唇抿了抿，像说了"嗯"，然后抬起食指把自己的麦克风往外推了一点儿。

解说甲："PUD 还是 ban 盲僧了……路神是上一局打亢奋了吗？连外套都脱了。"

解说乙笑了一声："可我看着他也不太像亢奋的样子呢。"

简茸把身上盖着的外套往上拽了一下，拉到下巴，闻着淡淡的洗衣皂味。

解说甲："TTC 这手换人我是没想到的。是有什么战术吗？"

解说乙："有可能，盒子也是团战型中单，或许是想跟 PUD 拼大后期？"

两个解说有模有样开始分析上替补的原因，比赛中，盒子锁了冰女。

冰女是盒子的招牌英雄，也是简茸跟他 Solo 时唯一输掉的英雄，打排位时简茸看他玩过，玩得不错。

路柏沅锁了千珏。

千珏是前期有伤害的打野，这局路柏沅显然也是想打前中期，但 PUD

上局吃了教训，这局不可能再让路柏沅舒服地发育和抓人。

PUD 的 AD 这局拿的是 EZ，一个自保能力很强的英雄。于是泰坦到达等级之后，立刻跟着 XIU 去 TTC 的野区逛街。

小白这局玩的是露露，一个没法跟着打野做事的软辅。路柏沅六级之前在野区被抓了两次，虽然没有送人头，但发育还是被限制了。

在敌方野辅的威胁下，直到第二十分钟，场内只爆发了一个人头，人头在 Pine 这儿，但严格来说优势不大。

简茸看了眼比赛时间，再拖十分钟，Savior 的发条就要到优势期了。

队友显然也发现了这个问题，立刻集合打团。第一波团战打了个三换三，不亏不赚。

第二场团战 PUD 刻意避战，没开起来。

第三波团战，发条开始发力。

Savior 的发条的确玩到了炉火纯青的地步，他看准站位，果断闪现大招拽到四个人，伤害爆炸，直接打出一波大节奏。

这波团战直接让 TTC 陷入劣势。

大家能看出盒子一直拼命在找机会，可惜对面双 C 位都带了能解除他控制的净化技能，这让他的威胁性无限降低。

这局游戏打到第四十六分钟，TTC 三路超级兵水晶全炸，最后盒子清兵时被敌方辅助闪现强开。杀掉中单后 PUD 一路进攻，最终推掉了 TTC 的基地。

PUD 以 2∶1 的比分获得这场常规赛的胜利。

简茸刚关掉直播，手机上方弹出一条微博推送——竞圈好乱：PUD 2∶1 战胜 TTC，TTC 连胜终结！点击就看 TTC 换人内幕！

"竞圈好乱"是他小号关注的大 V 营销号，他扫到最后一行字，垂着眼皮点了进去。

竞圈好乱说，据可靠人士爆料，是 Road 开口要换下 Soft 的，还说 Road 神色严肃，看起来像在生气。他在末尾着重强调了当时 Soft 并不在休息室内。

简茸来回看了两遍,这段话其实说得没毛病,却给了网友各种想象空间……或许这就是营销号的厉害之处吧。

果然,评论区已经开战了。

"Road 终于忍不住了?今天第一局 Soft 在打个屁啊,玩个辛德拉连狗熊都秒不掉,真够菜的,跟 Savior 的水平差了一个银河系。"

"你下个游戏吧,用辛德拉秒比自己高一级半的狗熊试试?没看见 Soft 把你家 Savior 压得塔都不敢出?再说第一局 Soft 的伤害比 Savior 高,OK?"

"谁赢谁牛好吧。光对线厉害有屁用,这是五个人的游戏,你家 Soft 有在 LPL 里一带五的本事吗?"

"Soft 第三局没上,上了不知道谁赢谁呢,PUD 粉在这儿放什么屁。"

"他要不是玩得烂,怎么会不上第三局?Road 亲口换掉的人,一群笨蛋还在直播间嗑 CP,真逗。"

"等等,我听说 Soft 是身体不舒服才没上场的啊,有朋友看到他被工作人员扶着出赛场了,据说……据说是低血糖。"

"低血糖?可能吗,TTC 战队的队员都犯低血糖,那其他战队队员别活了。"

"也不是不可能,这看个人体质的好吗,而且 Soft 本来就很瘦。"

"小蓝毛怎么去了战队越混越惨,是不是压力太大了?"

"我走了,去充点钱刷礼物,Soft 真气死我了。"

"有一说一,营养均衡好好吃饭一般不会犯低血糖,再说 TTC 战队是有营养师的,Soft 这波伤病退场就有点离谱。"

"+1,除了不能避免的手伤以外,选手都有责任好好保护自己的身体吧?"

"我挺心疼 Road 的,三局里他打得最累,如果 Soft 在,第三局真不一定输。"

"Road 不是还有手伤吗？"

简茸以前是很不在乎这些网友的评论的，不论别人怎么骂怎么说，他都不痛不痒。

但他没法不承认，这次有那么几条评论戳到了他的痛处。

是他自己怕犯食困没吃早餐才会犯低血糖，导致没法上场，才输掉了比赛的，这比他上场被人打炸还叫他难受。

路柏沅一把盲僧血 C，第三局被针对却依旧顽强发育；小白和 Pine 三局下路没一局劣势；袁谦第一局稍微拉跨，但后面两局顶着压力咬牙抗压，没再出过错误……

队友都很努力，他问题最大。

"愧疚"这种情绪对简茸来说很陌生，他一只手抓着手机捂住眼，渐渐地又有一点儿想吐。

第十九章
Road 的开导

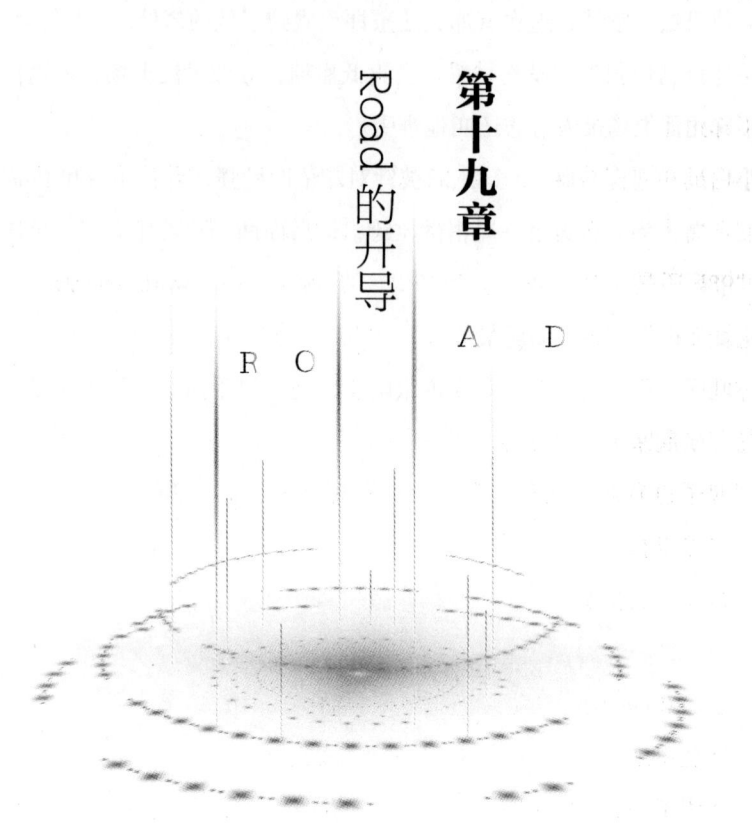

不知过了多久，车门被拉开。

小白的声音最先传进来："PUD可真有H国赛区队伍那味了，我一看到他们那些大后期阵容就头皮发麻，膀胱发紧。"

"98k还是太强，我打算也去练一手狗熊。唉，这几天我是真不敢看贴吧论坛了。"袁谦坐上车，车子晃了晃，他回头问，"小茸，你还好吧？听说你吐了？"

简茸坐起来说："没事，我好多了。"

"瘦子也有瘦子的烦恼啊。"小白感慨完，好奇道，"对了，你和豆腐遇上居然没打起来？"

简茸面无表情道："差点。"

小白："……"

盒子、Moon和工作人员都是坐另一辆车。此时盒子站在车门外，探进头来不好意思地说："Soft，抱歉啊，今天我没打好。"

简茸愣了一秒，道："没有，是我的问题，跟你没关系。"

小白大大咧咧地问："你什么问题？"

简茸道："我犯低血糖，上不了场，才输了比赛。"

车上沉默了几秒，连带着刚上车的丁哥也诧异地回头看。

袁谦笑了："你的意思是你上了我们必赢？"

小白说："你好狂啊。"

Pine默默看向窗外。

简茸没觉得自己的想法有什么不对："至少胜率会高两成。"

"虽然你说的是实话。"盒子捂着心脏，"但我还是伤着了，我回车上了，再见。"

"行了，比赛已经结束了，就别再说那些假设的事了。最后一局PUD的阵容明显是想拖大后期，你上了还真不一定能有盒子稳。"丁哥见过的选手多了，一眼看出他在想什么，"不是什么大事，谁刚入这行的时候不出点岔子。以后你多注意身体，按时吃饭就行。"

简茸点头，忍不住往车窗外看了一眼。

他没看到想看的人，抿唇问："队长呢？"

小白摘了帽子，正在臭美地整理头发："不知道啊，刚打完比赛他就说有事处理，大概要十分钟，让我们上车等他。"

Pine说："打个电话问问？"

"我刚刚打了电话，他没接。"丁哥皱眉，嘀咕道，"我说找个人陪他去他还不肯。"

袁谦道："附近粉丝这么多，他不会出什么事了吧？"

简茸坐不住了，他拿起帽子随便扣上，弯腰起身道："我去找队长。"

"别了别了。"小白赶紧拦住他，"我怕你吐街上，给环卫工人增加工作量。"

简茸："我已经好了。"

小白伸手抓住他的手臂："你这脸比我打了粉都白，你好个屁。"

简茸没应，他的手刚要搭到车门上，车门倏地被推开。

路柏沅戴着口罩帽子站在门外，只露出一双狭长的眼睛。

简茸的帽子戴得很低，一开始只能看到路柏沅身上的队服和手里拿着的黑色塑料袋。

他还没反应过来，帽檐被人捏住往上抬了一些。

路柏沅看着他，透过口罩闷声问："你去哪里？"

简茸还没开口，小白就先帮他说了："简茸怕你走丢了，准备拖着残破的身体去找你呢。"

简茸因为低血糖，反应有些迟钝，直到他重新坐回后座，"跟小白决一死战"的念头才姗姗来迟。

回基地途中，小白一会儿抱怨第一局被抓成狗，一会儿抱怨他没玩到机器人，没能用上冠军皮肤；丁哥在跟袁谦讨论第一局他对线时犯的小错误；Pine则开着手机看某档综艺节目。

前面几排座位太吵闹，后座就显得格外安静。

简茸没摘帽子，仗着路柏沅看不见，一直垂眼盯着路柏沅的手。

他记得有条评论说路柏沅有手伤。

普通的肌肉劳损好像还用不到"手伤"这个词，他盯着盯着，这只手忽然朝他而来。

路柏沅把黑色塑料袋放到他怀里。

简茸愣了愣，边问"是什么"边打开了袋子。

袋子里装满了零食，糖果、饼干、巧克力……每种零食的包装和口味都不一样。

路柏沅摘掉口罩说："你吃点。"

简茸还保持着开袋子的动作，几秒后，他道："你怎么买这么多？"

路柏沅扫了他一眼："副经理告诉我，队里有人挑食。"

不知道是不是休息够了，简茸突然不觉得难受了。

他连着吃了半块巧克力和两包饼干，闭眼假寐之前还往嘴里丢了一颗糖。

他摘了帽子，脑袋靠在车窗上，闭着眼却一直没睡着。

丁哥回过头来说："你觉没觉得XIU这几把玩得一般……"

路柏沅正在玩手机，他头也没抬，低声道："小点声。"

丁哥："……"

丁哥看了眼靠在窗上睡觉的简茸，压低声音说："我让阿姨今晚多做几道菜，这段时间赶紧给他补回来。"

"加菜没用，"路柏沉道，"得盯着。"

丁哥点点头说："也是。阿姨做的早餐多好吃啊，他都能忍着不吃……那我要不给他安排一个生活助理？"

路柏沉皱了一下眉，说："不用，麻烦。"

丁哥："那要不我亲自……"

"我管他。"路柏沉道。

丁哥："？"

简茸："……"

丁哥愣了两秒，才隐隐约约明白他的意思。

"一百四十万买来的中单给你按手也就算了。"丁哥就觉得离谱，"我花一千多万把你买来，是让你去给人盯饭的吗？"

丁哥话还没说完，车子像碾过一道大坎，整辆车重重一抖。

简茸被震得歪了一下身子，脑袋刚要撞回玻璃上，脖颈忽然被人伸手扶住。

刚打完三场比赛，路柏沉的手心还是烫的。

他轻而易举地握住简茸的脖颈，稍稍用力，让他靠到自己肩上。

丁哥被这一下震回了原位，立刻小声让司机开慢一点儿，说车上有队员在睡觉。

后座上一直闭着眼装睡的简茸眼睫毛都快颤出虚影。

他们回到基地的时候，队医已经到了。

他给简茸测了一下血糖，堪堪过正常值。

"好一些了。"队医收起血糖计，问道，"这种现象以前有吗？"

简茸摇头，但凡以前有过，他不可能让自己再犯。

"那以后要多注意。"队医想了想说，"不过低血糖很少有呕吐的症状，可能因为正好在打比赛，你压力太大。如果后面你的胃还是不舒服，得去医院检查。"

简茸点头说："好。"

"你现在还难不难受？"丁哥看了眼他手里的东西，"你要拿着这袋子到什么时候，放桌上不行吗？"

"我好多了。"简茸把塑料袋系上，拽过自己的外设包，将它放进去。

路柏沅看向医生："这毛病有什么调理方法吗？"

"主要还是生活方面。吃饭时间得规律，饮食方面也要营养均衡，我一会儿跟你们基地的阿姨交代一声。"队医顿了一下，说，"还有就是，以后出门的时候带点糖或饼干在身上。"

"好。"路柏沅点头，"今晚麻烦你跑一趟。"

"不麻烦，我正好来看看你的手。"队医低头看了一眼，"这几天你的训练时长肯定又超了吧？我跟你说了，你这手……"

路柏沅感觉到简茸的目光瞟过来，打断他："这个晚点再说。"

队员状态不佳，丁哥决定明天睡醒再复盘比赛。

吃完晚饭，简茸被赶去睡觉。

简茸刚上楼，小白就松了一口气："简茸的脸色好像好一点儿了，我在后台看他白着脸，像随时都要晕过去。"

袁谦认同道："我回车里的时候看他脸色也不太好。唉，他还是太瘦了。"

"他当时在看直播。"Pine淡淡道，"我听见解说的声音了。"

"看直播……"小白皱起脸，"他抗压能力是真的强，我用脚指头都能想到，今天直播的弹幕有多恐怖，怪不得他吃饭的时候一句话都没说。"

路柏沅没作声，他把手机丢进口袋里，转身独自去了茶水间。

简茸洗完澡出来时，发现手机里有好几条微信消息。

Qian：小茸，喜欢喝汤吗？你嫂子说想给你熬汤，你别看她平时大大咧咧，熬的汤特别香（我没有说基地阿姨炖的汤不香的意思）。

Pine：[分享链接 – 低血糖患者应该注意什么？]

小白：我电脑桌最后一层有个小格子，里面放了很多巧克力，你以后训练要是不舒服，就直接拿来吃。

简茸还是有些没力气，他坐在床头，反复看了几遍消息，好几次打开对话框却不知道该回什么。

很久以前，他就收不到这类消息了。他的微信里加了很多人，主播、房管、超级管理，他收到的几乎都是关于直播间的消息，偶尔逢年过节收到的祝福消息也不必回。

简茸打出"好"，过了一会儿，又加了一句"谢谢"。

消息刚发出去没两分钟，门被敲响。

路柏沉一只手插兜，另一只手上拿着杯子，道："你喝了这个再睡。"

简茸接过杯子，闻到一阵淡淡的蜂蜜香气："谢谢。"

空气安静两秒。

路柏沉很轻地叹了一口气，说："我能进去吗？"

简茸立刻拉开房门。

简茸刚洗完澡，房内是熟悉的沐浴露味，路柏沉曾经清醒着闻了一晚上。

他没往屋内走，只是抱臂倚在墙上："今天的比赛……"

简茸接得飞快："我的问题很大。"

路柏沉挑眉："你觉得你的问题是什么？"

"支援能力太弱，配合不好，打团战顾不到队友。"简茸低着头说，"不好好吃早餐，犯病，导致第三局比赛缺席。"

路柏沉点头："还有。"

简茸想了想："前期我没帮上路做事，中间有一波我应该跟你一起去上路。"

路柏沉没吭声，示意他继续。

"还有……"今天简茸状态不好，很多比赛细节他都记得很模糊，"我想一想。"

路柏沅提醒："比赛之外的事情。"

简茸瞬间了然："我不该骂豆腐菜。"

路柏沅："……"

"我也不该骂他傻。"

"更不该嘲讽他九连败。"

"跟他没关系。"路柏沅打断他，垂下眼看他，"身体不舒服，为什么不说？"

简茸微愣，然后说："我吐完就好了，不会影响操作。"

"这跟比赛无关。"路柏沅沉默两秒又道，"战队签下你，不是让你来卖命的。"

简茸抿了一下唇，认错："……我的。"

路柏沅沉默地看了他一会儿。

"今天你的问题确实很多。"

简茸闭了闭眼，心刚往下沉，就听见路柏沅继续道："但都是新人会犯的毛病，不算什么大错。"

简茸倏地抬眼。

路柏沅眼底平静，说："你个人实力很强，所以喜欢单枪匹马，想要在比赛中做出精彩操作，想场场首发……这种想法很正常。"

"如果放在新人扎堆的 LSPL，你已经可以内定冠军，或许还会收到其他大型俱乐部的转会邀请……"

"但你起点太高，面对的队伍都很成熟。他们或许在 1V1 上打不过你，但他们知道怎么限制你，压制你。他们有专门研究你的数据分析师，他们可能比你还要清楚你的弱点，所以我认为，你不习惯这样的打法很正常。"

或许是路柏沅的声音带了几分安抚，又或许是他开直播太久，已经习惯了犯一点儿错误就被骂全屏的待遇，总之，此刻简茸的心微微发酸。

他说："但我已经打了几个月的训练赛了。"

"是。"路柏沆沆缓道，"卡牌，发条，加里奥，这些比赛英雄你都在练。你在努力，只是还不太够。Savior擅长支援和团战，什么时机该做什么事，他比你清楚。你如果练几个月就能赶上他的节奏，未免有些对不起他八百万一赛季的价格。"

简茸垂着眼，又想起自己只是一百四十万中单的事实。

"不过常规赛就是给队伍一个调整的机会，你还有很多时间可以练。"路柏沆挑眉，"前提是，你的身体能支撑得住。"

"我知道，"简茸点头，"我会好好吃饭。"

路柏沆先是颔首，几秒后他忽然别过头笑了一下。

简茸下意识问："你笑什么？"

路柏沆说："没什么。"他只是觉得，天天臭着脸骂天骂地的人低着头说"我会好好吃饭"的样子，有些可爱。

路柏沆问："你好一些了？"

"嗯，好了。"简茸顿了一下，忽然问，"你以前也这样开导他们？"

简茸没别的意思，只是觉得路柏沆的话很管用，短短十分钟，他整个人像活过来了。

路柏沆怔了两秒。

他琢磨了一下"开导"这个词，然后问："你觉得我在开导你？"

简茸微愣："啊。"

路柏沆笑了："我以为我在哄你。"

说罢，还没等简茸回过神来，路柏沆反手拧开身后的门把，道："你休息吧。"

简茸睡了个好觉，很难得的一个梦都没做。

或许是睡得太早，翌日他醒来时都没到九点。

昨晚他睡的时候窗帘没拉紧，早晨的太阳打在他眼皮上，暖和舒服。他闭眼享受了一会儿，习惯性地拿起手机——

竞圈好乱：TTC事件后续——Road比赛结束后黑脸消失，疑似对新中单不满。

竞圈好乱：TTC冒险把毫无经验的新人提至首发究竟是对是错？点击就看某退役教练深入分析。

这个营销号不睡觉的吗，一晚上发这么多胡说八道的文章？

简茸连内容都没看就把它取关了，掀被下床洗漱。

基地静悄悄的，阿姨九点才来。简茸倒了杯牛奶坐到电脑前，打了个哈欠开了直播。

清早的直播间人流量比半夜还少，刚开播前几分钟，屏幕上弹幕不多。

"你才输比赛就开播，找喷来了？"

"你的直播时间怎么越来越魔幻了？今天不是休息日吗？"

"哪个战队的休息日是真正休息的？"

"这个时间挺好，我刚睡醒，正好骂两句提提神。"

"黑子还有三分钟到达战场，我先起来打套太极热热身。"

很多选手都不会选择在输了比赛之后开播，因为在下一个输掉的队伍出现之前，黑子的注意力会一直放在你身上。

新粉们看到简茸开播，一脸忧愁地骂骂咧咧，而当事人撕开饼干包装吃了一块，然后跷着腿打开了昨天的直播回放。

"刷什么问号？"简茸懒懒道，"老规矩，复个盘。"

"什么老规矩？"

"这娃以前排位没打好时经常看录像复盘，后来可能因为人气高了，觉得复盘会掉粉，他就没再弄过了。"

"这关键不是比赛的问题，是选手个人素质问题，我第一次见到低血糖没法上场的选手。"

"滚出 TTC 吧，TTC 收不下你这尊大佛，别来祸害我的战队，OK？"

"其他战队也不要，这边建议你直接退役，回你的主播业，毕竟这行对员工素质没有要求，别害人。"

"哈哈哈哈，你的战队？咋的就当自己是某某战队的代表了？您哪位啊？脸够大的喷子们。"

"我不是觉得复盘会掉粉，是能力变强了，不需要复盘。"简茸眼睛扫着弹幕，"是低血糖，我犯傻，没吃早餐，这点你们随便骂，房管不用封人……我暂时没有退役的打算，也不打算转会，所以你们再怎么不爽，还是得看我打完这次春季赛，不服的自己上赛场来 gank 我。"

"一个不会 C 的中单要来有什么用，当防御塔守中路使？"

简茸拉动直播回放的进度条，跳到了比赛开始的前一秒："是，没 C 是我的问题。下次一定改。"说罢，简茸还真就认真看起了比赛。

这个走向让黑子们茫然了两秒，然后开始增大火力，企图带起路人观众的节奏——

"这波明明可以越塔，却不闪现跟进，是真菜啊。"

"不玩刺客就不会杀人？"

简茸没说话，他知道自己这波没毛病，Savior 净化闪现大招都攥着，就在等他越塔。

黑子们继续发力，过了几分钟，却发现弹幕的走向不太对。

弹幕上其他人也在跟着他们喷 Soft 没错，但喷他的人都带着他直播间的铁粉图标。

"Soft，我们昨晚在贴吧帮你捋了捋，你从八分钟开始看吧。"

"Savior 都走到 Pine 脸上了，你还在中路吃兵，我是 Pine，必泉水挂机跟你互动。"

"你要么就赶在Savior前面去抓人,要么就干脆别去,早点把中塔推了,你看你跟一个傻瓜似的来来回回,啥事都没干成。"

"你菜得我出门都不好意思跟别人说我是你的粉丝。"

"你菜得我昨晚做梦都是你这傻辛德拉在跑马拉松。"

"你平时排位当孤儿也就算了,打比赛你还这样搞?训练赛的时候没练吗?"

星空TV是可以绑定自己的LOL游戏号的。有些黑子发觉不对劲,点开弹幕这些正在批评教学的人名字后面的LOL图标,成功地被段位闪瞎了眼。

钻石、大师,甚至有最强王者,段位最低的也都是黄金。

简茸沉默地反复看了两遍录像,这几分钟他的节奏确实有些不对。

简茸打训练赛的时候当然也有练支援,但他玩辛德拉的时候很少跟人拼支援,也没遇见过像Savior这样抓人这么频繁的龙王。

他打开手机,把Savior支援的时间间隔记到了备忘录上。

半杯牛奶下肚,简茸上唇沾上一片白。

"还有第二十八分钟那波团,你看看你有多菜吧,站的位置这么好,球只推到两个人。"

"最关键是没晕住98k,代价就是被人一掌拍死。真下饭。"

"袁谦菜,Soft也菜,话说袁谦合同是不是快到期了?正好手牵手一起滚蛋吧。"

"那波我记得……是没推好。"简茸又吃了一块饼干,动动指头把那个提袁谦的人封踢了,"复盘就复盘,骂我就骂我,趁机想进来搅混水的要多远滚多远,我这儿不惯你们。"说完,他继续点下播放键。

复盘第一局游戏,他用了快一个小时。

黑子们从原先的慷慨激昂归于平静——这群粉丝骂得比他们还厉害,这还怎么搞。

中途阿姨推门进来问他需不需要做早餐，他点头说："要，麻烦您。"

"你是猪吗？吃了两包小饼干还吃？"

"这玩意儿营养不够，Soft 长身体呢。"

"成年了还长身体？他的身高这辈子估计就这样了，体重或许还能涨涨。"

简茸把鸡蛋掰成两半，将其中一半塞进嘴里，含糊不清地应道："放屁……我最起码能长到一米八。"

"梦里的一米八。"

"你说这话都不会脸红的？"

"我看别人说 Road 被你气到黑脸，真的假的？"

"准确一点儿说，Road 是被他气走的，打完比赛休息室都没回就走了，哈哈哈。"

简茸咀嚼的动作慢了一点儿。

"那也不至于吧，说真的，那局比赛也不全是 Soft 的锅啊。"

"爱之深，责之切。"

"儿子好惨，输了比赛，没了偶像。"

简茸咽下鸡蛋，刚想打断弹幕的节奏，训练室的门被人推开。

路柏沅穿着常服走进来，看了眼简茸桌上的早餐，又看了看电脑屏幕。

简茸没想到他会醒这么早，仰头怔怔地看着他的下巴。

两人都还没来得及开口说什么，烧饭阿姨就先进来了。

阿姨是想来帮简茸收拾碗筷的，她知道这群年轻人平时辛苦，能做的事她都不让他们动手。

她看到路柏沅，愣了愣："小路，怎么起这么早？我打扫走廊的时候吵着你了？"

"没有。"路柏沅道，"我怕他不吃早餐，定了闹钟醒的。"

简茸一只手搭在键盘上，表情更呆了。

"这样……"阿姨放下心来,"那我去给你做份早餐。你想吃什么?"

"跟他一样就行,麻烦您了。"

阿姨走后,路柏沅垂眼问:"你怎么这么早开直播?"

简茸"嗯"了一声,说:"开来混时长。"

简茸发觉路柏沅在看电脑屏幕上的视频界面,解释:"丁哥还没来,我先自己复盘一下。"

"复完了?"

"嗯。"

路柏沅颔首:"我开机,我们排两把。"

简茸立刻道:"好。"

路柏沅正要回机位,看到他桌上剩下的那半个蛋,伸手在他脑袋上拍了一把:"吃完。"

简茸把另外半个蛋塞进嘴里。

弹幕短暂地滑过几秒的问号。

"造谣营销号什么时候死?"

"这叫黑脸?"

"两分钟前我刷到了喂糖视频!算了,多的不说了,祝你和你偶像的友谊天长地久。"

简茸把鸡蛋吃完才明白弹幕里说的喂糖视频是什么。

简茸说:"别刷了,当时我急着上台,手上都是墙灰,队长才帮我递一下糖。"

说完,他回头看了一眼,正好看见路柏沅在开机,喝水,戴耳机。

趁路柏沅戴耳机的那一刹那,他用手捂着自己的麦,正直又小声地问:"什么视频?在哪里看?网址发一下……重温个屁,我是要去打假辟谣……你们发不发?"

昨晚没有复盘,其他三人也陆陆续续在中午之前醒了。

十一点四十五分，五人的手机齐齐响了几声。

丁哥：昨天事情太多我忘记说了，这几天你们先把贴吧微博卸了，直播也可以缓一缓，不要自己搞自己的心态。我刚醒，收拾一下就过去，一小时后复盘。

丁哥：简茸醒了吗？让他吃早餐。

小白：他醒了，醒几个小时了，现在正跟我哥在召唤师峡谷屠杀呢，他们刚从大牛身上拿了十六分。

Pine：你说晚了。

丁哥刚睁眼，还处于世间万事与我何干的状态。他转头亲了自己老婆一口，然后回了个问号。

小白给他发了一段随手拍的视频。

丁哥茫然地点开视频。

视频是俯拍角度，一点开就是他们中单打游戏时的背影。

男生跷着二郎腿，耳机只戴了一边，键盘旁放着两颗水果糖，隐约能看到他正在中路和别人对线，嘴里叨叨着。

"谢谢'Soft输一场矮一厘米'的小星星……等等，你们先别吵，喷子们也停一停，先看我这波操作，学会够你们上白金了，不收你们拜师费。"

键盘啪啪啪地响。

"上去直接上引燃不给机会，先W，再Q，然后这样……他没了。"

"看懂没？看不懂晚点可以0.5倍看回放——会录像的水友帮我录一下，最好帮我加点厉害的特效和音乐，视频直接私信发我微博或者直播号就行，先说好没报酬，我白嫖，谢谢你。"

视频戛然而止。

袁谦：小茸直播已经开了两个多小时。

丁哥：他说什么了？

Pine：跟平时一样。

袁谦：他刚跟一个水友争执完谁是谁爹的问题。

小白：讲道理，我觉得简茸刚刚那波没毛病，这个水友太过分了，一张口就喊他蓝精灵。

丁哥：？

丁哥：他不是和小路在双排？

小白：嗯，我哥让他注意规避脏字。

丁哥拒绝了老婆的回吻，火烧屁股似的奔出家门，强行终止了这场不知道会引发什么舆论的直播。

今天的复盘注定比往常久。

丁哥的表情比往日要严肃，用词也比之前严厉。他把五个人都骂了一通，就连路柏沉都挨了两句骂，说他第三局有一波犯了小错误，导致gank失败，没能帮队友建立前期的优势。

其中被骂最惨的是袁谦。

袁谦脸色很差，一直点头，第一局他那几个死亡回放被来来回回重播数次，耳根都被训红了。

"你对线打不过98k，这我不怪你，因为你的优势是抗压和开团。但你这局全崩了，你打得很急，98k越塔的时候你是能跑的，你偏偏回头想换，最后人没换掉自己死了……这波问题很大。"丁哥皱眉，"98k后期没你玩得好，但你把他喂成这样，哪来的后期？你把自己的优点扔了。"

袁谦点头说："我的问题。"

丁哥说得累了，喝了口水："季后赛之前能调整好吗？"

"能。"

对简茸就是老生常谈了。

丁哥惯例骂了半小时他的独立行为之后，忽地一转话头："不过你也不是完全没有进步。"

简茸："……"

他以为丁哥是在用打一巴掌喂一颗糖那一招，抬起头道："你随便骂，不用说这些，我扛骂。"

"我说认真的。"丁哥挑眉，"至少你知道支援了，虽然每次都因为没赶上显得像在逛街。"

"确实。"小白赞同，"我当时就怕你一趟不来，然后还要问我和P宝'送得开心吗，菜鸟'。"

简茸："……"

复盘结束，简茸被单独留了下来。

丁哥关上录像，抬头看了他一眼："你有事要说？"

"嗯。"简茸顿了顿，说，"我这种情况，怎么样才能快速改进？虽然每天都在打训练赛，但好像不太够。"

简茸以前都是一个人打游戏，一个人琢磨怎么变强，这是他入队以来第一次向队伍教练提出问题。

"练支援很简单，多关注其他两路的情况，别只顾着对线。"丁哥沉思两秒才说，"我认为你还有一个毛病，就是你打团还不够强，为了杀人不顾队友这种错误，你还是会犯。关于这一点，我的建议是，你可以尝试多跟他们每个人接触。"

简茸没听明白："什么意思？"

"就是双排，或者灵活组排，都可以。现在的情况是你们都还不够默契，你要尝试去了解队友，知道他们打团、对线和越塔时的习惯。"

"简而言之，你多找其他人排位，专盯着小路干什么？"

"哦。"简茸点头，说，"知道了。"

复盘结束的后几天，TTC训练赛安排得更加密集，训练结束的时间也越来越晚，经常深夜两点全员还在训练室里坐着。

这晚路柏沅刚上号，XIU的组队邀请就弹了过来。

路柏沆看了眼自己的好友列表，他的队友全体在线，状态都是"游戏中"。

他垂着眸子，点了同意。

XIU 估计也练了挺久，声音都有些沙哑："嘿，兄弟，打两把，我玩别的位置躺两把，今晚打得太累了。"

路柏沆"嗯"了一声。

"对了。"XIU 好笑地问，"最近我怎么都不见你带你那小朋友双排了？这几天我排到他，他不是在和小白排，就是在和袁谦或者 Pine 排。"

路柏沆选出位置，没说话。

简茸这几天是没找他双排，昨晚还拒绝他双排的邀请，为难地说自己已经约了小白。

XIU 继续道："是不是那天打完比赛你把人训了，他不跟你玩儿了？"

路柏沆知道不是，简茸不太会计较这些。

但这几天简茸的确只跟他打了两把排位，现在想想，可能是当着直播间水友的面不好拒绝。

XIU 以为自己猜中了，笑了一声，然后有模有样地给他分析起来："哎，我跟你说，Soft 一看就是自尊心很强的那类人，有什么毛病你也不能戳着他的脑门说，得委婉点。"

"他没你想的那么小气。"路柏沆拧眉，"你以前打排位的时候话有这么多？"

"我一直都很健谈。"XIU 抖了抖自己跷着的二郎腿，"对了，周日晚上的聚会你别忘了。"

路柏沆随手 ban 了一个英雄："知道了。"

今晚又是两点半一起下机。

简茸刚关掉电脑起身，衣服就被小白拽了一下："简茸，来，咱们一块儿看看这个。"

简茸懒懒地低下眼。

小白开了一个粉丝私信发来的网址，链接简介是"不心动挑战之电竞男神版"。

简茸皱眉道："这是什么东西？"

"这个我知道。"袁谦关了电脑，也凑了过来，"跟朋友玩的游戏，就是把一些帅哥美女的视频剪在一块儿播放，谁看的时候笑了或做了什么明显心动的表情就得挨罚……我老婆让我玩过。"

Pine问："结果呢？"

袁谦面无表情道："我老婆把我揍了一顿。"

简茸兴致缺乏，不想浪费睡眠时间，随口道："都是男选手，我一男的看什么？"

这种视频一个人看就没意思了，小白立刻道："我被你拽着打了十个小时的双排，现在让你陪我看个视频怎么了？"

简茸无奈地收回了刚迈出去的步子。

小白满意了："我猜猜，这里面一定有Pine，有我哥……还有我！"

路柏沅之前在回群聊消息，没仔细听他们说什么。

这会儿他听见小白提到自己，扫了一眼站在小白身后的简茸，也停了下来。

小白点开视频，背景音乐缓缓放出。

"哎，这种视频欧美选手也太占便宜了，他们五官本来就深邃。"袁谦抱臂感慨。

外国选手占了一半时长，LPL选手都被放在了后面。

第一个出场的LPL选手是豆腐，剪进去的是近期的视频，视频里的人跟简茸脑子里那欠揍的德行一模一样。

背景看着像在鱿鱼战队的基地，豆腐坐在自己的机位上，不知道听到了什么，一只手抵着下巴，对着镜头翘起嘴角邪魅一笑。

简茸被油得想把他丢进锅里。

现在粉丝对电竞选手的滤镜是不是太厚了？

然后是 Pine 去年夏季赛的后台录像，他坐在沙发上，皱眉盯手机，镜头凑近一看是在打斗地主。

"哈哈哈哈哈哈哈。"小白去拽 Pine 的手，笑得像一个傻瓜，"P宝你快看，这段你又傻又帅。"

Pine 扫了一眼视频，说："无聊。"

简茸平静地看着视频，在心里简单总结了一下今天的排位收获——小白硬辅玩得还行，以后小白在比赛中拿到锤石或者日女，自己可以选支援性强的中单英雄，比如……

路柏沆出现在屏幕上。

路柏沆这段视频看起来就比较久远了，看着像工作人员拍的，像素不高。

路柏沆穿着短袖队服，站在休息室一角，拿着手机在看游戏回放。两秒后，身边的小白不知道说了句什么，路柏沆低头笑了出来。

可能是拿着摄影机的人叫了他一声，他转过头来时，笑还没收干净。他的笑容带着几分戏谑，眼尾狭长，漆黑的眸子像能望进人的心底。

视频结束，小白纳闷道："这里面怎么没简茸啊？"

袁谦点头道："就是，连豆腐都有。"

Pine 看了眼发布日期："这是去年八月的视频，他还没来。"

小白恍然大悟，关掉电脑想起身，感觉到自己身后还杵着人，他疑惑地回头："你怎么还站着，不是要去睡觉吗……你的眼睛怎么这么红？"

打最后一局排位时简茸觉得困，揉了几下眼睛。

他迅速往后退了两步，给小白让出推开椅子的空间，刚要开口解释。

"电脑看太久了。"路柏沆离开训练室之前又补充一句，"以后把电脑亮度调低一点儿，不然伤眼。"

下场常规赛很快到来，出发之前，丁哥在玄关给他们做赛前叮嘱。

今天他们打 WZWZ 战队，算是联盟里的中游队伍。

"我简单说两句，有些话在后台就不方便说了。"丁哥清了清嗓子，"虽然季后赛已经稳了，但是接下来这几场比赛还是得好好打，和 WZWZ 打了这么多场训练赛都没怎么输过，正赛更没道理输。今天尽量早点拿下早点下班，别出差错，没问题吧？"

前排的人大声地应"没问题"，简茸戴着帽子，低头在跟宠物医院的人聊天。

简茸看到对面发来的消息，抓着手机愣怔两秒，然后低低嘀咕了一句"真行"。

"什么？"路柏沅眼尾扫过来。

简茸揉了一下鼻子，说："小橘犯事了。"

路柏沅觉得好笑，随着他的话问："它打架斗殴了？"

"没有。"简茸道，"它把别人的肚子搞大了。"

路柏沅："……"

简茸打开医院发来的照片，垂眼解释："有晚下大雨，医院好心留着它过夜，跟母猫住了一晚，现在小母猫肚子大了……这母猫这么好看，它凭什么！"简茸说着，把手机递给路柏沅。

路柏沅抓着他的手看了一眼照片，很快松开："是好看。"

简茸木着脸，手在空中撑了两秒才收回来："嗯……看着就很贵。"

路柏沅"嗯"了一声："小橘也好看。"

简茸想到小橘近照中逐渐发胖的脸庞，很是嫌弃地皱了下眉。

路柏沅笑了："母猫的主人怎么说？"

"要赔点钱。"

丁哥忽然在副驾驶座上拍拍手："马上到了，大家都清醒一下，今天有粉丝在，你们再顶着一张犯困脸下车，小心直接被论坛那群黑粉宣判死亡——"

前面三人立刻坐直身体，简茸低头快速回复消息。

艹耳：知道了，我会负责的，要给多少钱？

艹耳：再买点猫罐头吧，给那只母猫喂，补充点营养。没小橘的份。

爱宠宠物医院：不用，小橘爸爸上次往卡里存了很多钱，我们直接从里面扣就行啦。

简茸一愣：小橘爸爸？谁？

这家伙就算真有爸爸，也该是我吧？

艹耳：它哪来的爸爸？

爱宠宠物医院：啊，就是跟您头像一样是小香猪的那位，微信名叫 R。

爱宠宠物医院：我看院长给他的备注也是小橘爸爸。备注错了吗？

艹耳：……

艹耳：没错。

客服妹子熟练又亲切地回复。

爱宠宠物医院：哈哈，小橘真幸福，有两个爸爸。

车子在场馆停下，小橘的两位爸爸一前一后下了车。

接近比赛时间，直播间镜头惯例先给到解说席。

解说甲："Soft 今天依旧是首发队员，看来战队还是非常肯定 Soft 的实力的。"

"你在想什么，我是教练我也不可能让 Soft 去替补的。"解说乙失笑，"又不是傻瓜，谁会放着有这种操作的选手不用？毕竟配合可以练，天才可少有。"

解说甲惊讶道："你怎么突然就开吹了？"

解说乙摇头："你应该没看 Soft 最近的排位战绩吧？"

轮到选手上场。解说乙看着抱着键盘的简茸，悠悠道："反正我看了，还去直播间观战了两把……我不细说了，大家都知道他的国服 ID，想知道的可以去查一下。说真的，我个人认为，上一场常规赛 Soft 的身体如果没出问题，他是有机会在中路打出优势的。"

解说甲半信半疑地打断："行了行了，都过去了就别带节奏了，咱们看这一场。"

今天这场比赛还没开始，直播间弹幕就开始阴阳怪气，接着上周比赛的节奏说 Soft 是"路人局王者"，是五黑比赛中的废物。

现在弹幕开始阴阳怪气解说乙，说他拉一个废物新人来踩 Savior，并疯狂诅咒 TTC 撑不过季后赛。

没多久，无数 Soft 粉丝和 TTC 团粉赶到对骂现场，掀起桌子就反击。

这导致解说都还没说两句话，双方粉丝就被封了大半，给真心想看比赛的水友留下了一个干净文明的直播环境。

比赛很快开始。

在解说乙一波赛前强力推荐下，简茸六级时操控杰斯，预测到对面要闪现的位置，紧跟闪现丢出一个远程电能球，行云流水地拿下第一滴血。

在赛场单杀敌方中单已经是 Soft 的常规操作，但看直播的人还是没忍住使劲儿发"666"。

WZWZ 明显知道简茸的弱点，于是他们中单九级从基地出来之后就往 TTC 的下路走，准备配合自家打野搞一波事。

这时候，在 Soft 的第一视角直播间，神奇的一幕出现了——

一道信号声响起——TTC·Soft 正在请求协助。

弹幕炸得很突然。

"？"

"我眼花了？"

"游戏 bug 了，等一个比赛暂停。"

"什么？原来他知道 LOL 里有求助信号？"

"几十年后我躺在摇椅上，孙子对我说，爷爷，Soft 会打协助信号了，我笑了笑，缓慢地摇着头说道，'不信谣不传谣'。"

队伍语音里，小白将信将疑："真能蹲到？他们蓝 Buff 都没了。"

"能。"简茸躲进 WZWZ 蓝 Buff 旁的草丛里，"赶紧过来。"

小白跟 Pine 去了。

十秒后，WZWZ 的下路还没反应过来，自家中野就被 TTC 的中下辅给阴死。阴完之后，路柏沉及时赶到，四人把 WZWZ 下路给包了。简茸不太熟练地帮嗷嗷叫的小白抗下最后一次塔的伤害，打出一波完美越塔。

第十八分钟，简茸跟着路柏沉和小白去上路带了一波大节奏，直接推掉了敌方二塔。

第二十六分钟，袁谦剑魔闪现，直接把对面 AD 捶得妈不认，大招都没用就把人宰了。下一秒，其他四位队友推掉 WZWZ 的基地水晶。

弹幕那群吵架被封的人，都还没撑过半小时的解封时间，第一局比赛就结束了。

大家都觉得第一局太快，没想到第二局才是真正坐上了火箭。

原因无他，WZWZ 战队在 Ban&pick 环节失误，放出了简茸的乐芙兰和 Pine 的厄斐琉斯。

这一局，简茸没有再去支援，因为根本不需要。

WZWZ 的中单四级就被单杀，六级又死一次，再上线的时候，已经不敢再出塔。

第十五分钟，WZWZ 意识到不能再让简茸这么发育，四个人强行在中路包夹他，在确定他没闪没位移技能后，敌方辅助想也不想就闪现上来丢大招，强行开团——奈何简茸反应速度一流，直接在原地按了个满血金身。

WZWZ 四个人焦灼地在原地等待金身结束，队伍语音里非常紧张。

"辅助晕抓好，别让他跑了！"

"放心，我准备好了。"

金身消失，辅助日女立刻跟晕……晕了个空。

日女先是一愣，紧跟着耳边传来队友死亡的系统播报——他们四人包夹不成，AD 被 Soft 秒掉了。

WZWZ 剩下三人呆滞地看着妖姬闪现进野区，头也不回地消失在草丛里。

"@WZWZ 教练 在吗，你放乐芙兰出来是看不起谁？"

"快点回放，我没看清！"

"一般情况下，Soft 拿劫、男刀、妖姬这种刺客英雄时，如果我能看清他一次击杀流程，那就说明他那天不在状态。"

第二十三分四十二秒，TTC 推掉了 WZWZ 的水晶，轻松拿下第二局比赛。Pine 在中途拿了一次四杀，简茸最终战绩 6/0/2。

……

比赛结束，MVP 理所当然给到了简茸，其他人坐在休息室等他做赛后采访。

电视中，简茸一脸冷漠地看着镜头，兴致不高地回答主持人的话。没了上周的病态，这位十八岁新人中单言语之间依旧猖狂。

丁哥低头记笔记："他的支援还不是很成熟，第一波蹲的位置太冒险，第二波是你把他喊去上路的吧？"

路柏沆看着电视说："嗯。"

丁哥颔首："几天而已，他算进步很大了。"

袁谦支着脑袋道："哎，我怎么觉得小茸今天帅了点？"

丁哥头也不抬："我让他化妆上的台。"

小白稀奇道："他不是讨厌别人碰他眼睛吗？你怎么说服他的？"

"就画了个眉毛。"丁哥微顿，"我说化了妆，等 MVP 采访的时候可以显得精神一点儿，气死那些黑粉。"

小白："……"

袁谦低头翻打比赛时收到的消息:"得,我就知道……又有人找我问简茸的微信。"

路柏沅的眼睫毛很缓慢地眨了一下。

"又?"小白的手撑在后脑勺,"谁啊,嫂子那帮女闺密吗?"

袁谦摇头:"这次是男的,一个吃鸡陪玩,说想跟简茸认识认识,交个朋友。"

小白乐了,打趣道:"牛,还招男粉,跟我哥一样。"

"别胡说八道。"有联赛的工作人员在外面,丁哥赶紧打断他们,"女的还行,男的就算了。"

袁谦关掉手机说:"男的怎么了?"

丁哥挑眉:"女的加就加了,虽然他刚入队我不希望他谈恋爱,但我不能硬生生断人红线吧。男的加了做什么?之前小路微信号被卖的事你们都忘了?没必要,该认识的人以后总会认识。"

"他怎么还没回来。"路柏沅站起身,一只手拎起自己和简茸的外设包,淡淡地问。

"啊?"丁哥回头看了眼电视,"采访完了?"

袁谦点头道:"都结束好一会儿了。"

"那应该快回来了。"丁哥看了眼时间,"不然你们先上车,我去看看。"

路柏沅没说话,他背着简茸的外设包,自己的则一只手随便提着。他走出休息室后,朝前台入口看了一眼,然后停在了原地。

其他人出来后都忍不住随着他的视线看去——

他们的中单正被几个男男女女围着要签名,有工作人员,也有靠工作人员混进来的粉丝。

职业选手的签名没那么金贵,毕竟是能在直播里交流互动的人,距离感不强,托工作人员就能拿到大部分职业选手的签名。

当然,TTC、PUD之类的队员签名还是不容易拿的。

不过简茸对这些无所谓，写个英文字母的事，人数也不多，他没拒绝。

路柏沅看到有个女粉丝对简茸比了个心。

简茸看到这个手势先是一怔，然后他听见女生说："傻宝贝，我爱你。"

简茸嗤笑一声，把笔递给她："滚滚滚。"

简茸道别粉丝，转身看到队友正在休息室门口等他。

简茸说："等会儿，我进去拿外设包。"

袁谦叫住他："队长帮你拿了。"

简茸一愣，转头看了看，没看见路柏沅："队长在哪儿？"

"他先上车了。"丁哥道："走吧。"

简茸上车的时候，路柏沅正在闭目假寐。

简茸一只手撑着窗，慢吞吞往里面的位置挪。他刚跨过去一边脚，路柏沅腿一伸，两人小腿隔着裤子贴在一起。

路柏沅掀起眼皮看他。

再宽敞的车子分成三排都会挤，更别说两个大男人。

简茸垂眼说："我吵醒你了？"

路柏沅扫了一眼简茸的帽子，TTC队服配的，上面有个皇冠队标，只是没有他的签名。

路柏沅收起腿："我没睡着。"

今天比赛结束得早，队员们回到基地时阿姨还没开始做晚饭。小白输了比赛后憋了一周，刚回训练室就立刻开了直播。

"我想死你们啦！"

"今天比赛都看了没？我那波闪现预判钩子牛吧？"

"上周为什么不开播——你说呢，我又没我们中单那颗大心脏。"

简茸被 Cue 习惯了，毫无反应，低头把自己的电脑开了。

比赛结束当晚，大家都比较放松，小白声音懒散，慢吞吞打开游戏："是吧？我都累瘦了。"

"上周的训练真的是惨无人道，这就是输了比赛的代价吧。"

"为什么我排名进国服前四百了？因为我们中单最近跟疯了似的，天天抓着我、P宝和谦哥打双排。"

"带你上分还不乐意……乐意啊，我当然乐意，但这不是要劳逸结合吗？你知道，我两天加起来双排跟他打了十三个小时！十三个小时！除了训练赛之外的时间，我俩都在一块儿！我看他的ID都要看吐了！"小白说到这儿就崩溃，"这是扯着我的头皮拽着我上分啊！"

"他和其他人双排是怎么样的？和谦哥还好，谦哥和谁都能聊，简茸去上路支援不仅杀人，还抢一波大兵线，谦哥都没跟他动手。"

"和Pine……别说了，太恐怖了，他俩双排那天，我觉得整个世界都是安静的。他们仿佛是路边排的队友，没有语音，也没有打字功能。最可怕的是，他们从下午一点练到半夜一点，沉默地各自吃完一桶泡面之后，还继续排，像谁说去睡觉谁就输了一样。"

"和我哥？"小白顿了一下，"简茸好像没和我哥双排。"

小白的直播间就像TTC的官方直播间，在只有小白一个人开播的情况下，直播间里五个人的粉基本都在。

简茸的余光看到小白的弹幕被塞得满满的，还在里面看到了自己和路柏沆的ID。

简茸的游戏组队界面开了半天，没邀请人，也没单排。

他快一周没和路柏沆双排了。

说来好笑，简茸以前觉得双排很麻烦，他又不需要别人C。

但他最近很想跟路柏沆打游戏，哪怕让他去补位个辅助，也觉得没什么。

比赛打完了，也赢了，今晚不训练都行，那他是不是能约路柏沆打两局排位？

简茸默默低头，解锁手机，刚从通讯录里翻出小香猪的头像，训练室的门被推开。

简茸回头看了一眼，微微一怔，下意识用手掌挡住手机屏幕。

路柏沅换了一套衣服，黑色卫衣、牛仔裤和球鞋，头发洗过没吹干，但头发再乱放，在路柏沅身上都像是造型。

路柏沅当然没有偷窥别人手机屏幕的兴趣，他走到机位前，拔掉自己冲了半天电的手机。

路柏沅出现在直播间的短短几秒，弹幕就炸了一波。

小白关了自己的麦克风，回头问："要出门啊，哥？"

路柏沅说："嗯。"

"那今晚夜宵要给你点一份不？"

"不用，你们吃。"路柏沅扫了一眼简茸电脑上的组队界面，很快又收回视线，"走了。"

路柏沅走后，简茸低下头，把刚打开的聊天框关掉。

小白打开麦说："我哥去哪儿？这是能告诉你们的吗？打比赛为什么还能出门……打比赛又不是坐牢，怎么就不能出门了？今天晚上没训练赛，打完今天的训练时长就去休息有什么问题。"

小白正说着，手臂忽然被人拍了拍，他扭过头说："干吗？"

简茸面无表情道："带你上王者。"

小白深吸一口气，说："其实我对王者没什么执念，上去了我每天就得心心念念自己的积分被超，大师分段就挺好玩的，竞争性小，氛围轻松，我特别喜欢。"

简茸说："进队。"

小白说："好的。"

临江某家 KTV，一个中包厢里传来悠扬动听的歌声。

几个打扮精致漂亮的女生坐在点歌台附近聊天，男人们则坐在另一边抽烟喝酒。

路柏沅坐在男人中间，安静地听他们吹牛，嘴里咬着一支没点燃的烟。

XIU 皱眉嫌弃他："你叼着烟又不点，这不是浪费吗？"

路柏沅道："不是你非要递烟？天天想拽着我吃罚款，安的什么心。"

XIU 道："你在这儿抽烟丁哥也不知道，回去记得把外套换了就成。"

路柏沅不说话了。他想起上次简茸穿着他的外套，还非要替他顶包的事儿。

旁边一人道："对了，路哥，今天你那场比赛我们在饭馆一块儿看的。你队里那个新中单可以啊，操作挺秀，有点儿你刚出道时那味儿了。"

"别说了，那中单去年还跟我是同行呢。"另一个人吐了口烟，"我和他打礼物PK还输了，枉我还在LPL打了四年，一退役，粉丝说跑就跑。"

"不不不。那小蓝毛虽然挺强，但比起路哥刚出道那会儿还是差点儿。"

"差哪儿了？"路柏沅咬着烟，说话有些含糊，"把他放LSPL里，他也能拿冠军。"

那人听出来什么："你跟那新中单关系好像还挺好？"

XIU 吐出一口烟："何止是好。"

路柏沅懒懒打断他："说点别的。"

"行。"一人道，"我去年就说了，今年的聚会，我路神肯定还是单身。"

路柏沅："……"

"你这不是说废话吗？等他哪天退役了，再讨论这方面的事儿吧，在役期间，没戏。"

XIU 笑了笑，说："怎么就没戏了？我路神手一抬，多少粉丝想冲上来。"

"不是这个。"好友挥挥手，"是他自己的问题，一个职业选手搞得跟老和尚似的，没有七情六欲，也不知道退役后能不能回归凡尘。"

路柏沅没有当和尚的兴趣。

他问："能不聊我了吗？怎么样才能堵住你们的嘴？"

"这简单。"那人举杯，"玩玩骰子喝喝酒。放心，啤酒，你这酒量醉不了。"

别说啤的，就是红白混着喝，路柏沆都能撑好一阵。

几杯酒下肚，这群人立马抱着自己女朋友唱歌去了。

XIU 坐到他身边："你怎么不带 Soft 出来？"

路柏沆没看他，说："你带 Savior 了？"

XIU 嘿嘿笑了一声："那我们队中单单纯得很，不来这种地方。"

路柏沆说："那简茸也是。"

XIU："……"

简茸和小白连续打了三个小时排位，丁哥带着夜宵回来了。

每回赢了比赛之后的夜宵都很丰盛，但简茸吃得有些心不在焉。

十二点，路柏沆还没回来。

后面他就算回来了，简茸也不好意思拉着他打排位了。

"这么晚了，我哥还没回来？"

心里的想法被人说出来，简茸默默竖起耳朵。

丁哥看了眼时间："我打个电话问问。"

丁哥这通电话只打了两分钟，挂断之后，道："他喝酒呢。没事，你们吃，我洗个手去那边接他。"

Pine 问："你怎么接他？"

丁哥一愣："开车啊，还能怎么接？我步行过去背他回来？"

Pine 面无表情地指了一下他刚打开用来配小龙虾的青啤。

丁哥沉默两秒，说："我打电话让人去接……"

"我去接。"

丁哥怔怔地看着简茸，重复道："你步行过去背他回来？"

"我打车。"简茸道，"基地很闷，我正好出去走走。"

丁哥不太放心："我听他的声音好像有点醉，你扶得动他？"

简茸摘掉手套上楼拿大衣，说出的话飘荡在客厅里："可以，我很壮。"

二十分钟后，简茸被 KTV 工作人员领到了丁哥告诉他的包厢。

在丁哥的叮嘱下，简茸用口罩和帽子把自己遮得严严实实，站在包厢门口像来砸场子的。

包厢里的男男女女都愣愣地看着他，他也看着他们，男的有几个眼熟的，女的不认识，但都很漂亮。

XIU 最先回神，他用手肘碰了碰一旁低头喝酒的路柏沅："小朋友来了。"

路柏沅坐在人群中央，懒懒地靠在沙发上，两条腿很随意地分开。

他抬起眼，跟简茸安静地对视两秒，然后对身边的人道："让个位置。"

简茸刚摘下口罩帽子就被认了出来。

"嚯，小蓝毛。"

XIU 纠正："人家有名字的，不叫小蓝毛。"

那人摆摆手说："名字不重要，我记得他的乐芙兰。"

简茸虽然觉得这几个人很眼熟，但一时间没想起是谁。

"UU，山羊，玉米卷。"路柏沅的嗓音有些沙哑，向他介绍，"都是退役选手。"

XIU 补充一句："他们都是老 PUD 的，我们这帮人打比赛前就认识，后来就你队长自己去了 TTC。"

"退役太久了，我还帅了不少，不认识正常。"UU 看向路柏沅，"不给我们正式介绍一下？"

简茸刚想自我介绍，肩膀忽然被很轻地握住。

路柏沅刚拿过酒瓶，手心微微发凉。

"Soft，简茸，我们队的新人中单。"

"简茸，好听。"UU 往简茸面前放了一个杯子，"来，一块儿喝。"

路柏沅道："他不喝酒。"

"怎么，他没成年？"

简茸立即道："成年了。"

"他酒品不好，我不让他喝。"路柏沆看了眼时间，"包厢开到几点？"

"还有两小时呢，不着急，再坐十分钟，等吃了 XIU 的生日蛋糕再走。"

路柏沆沉吟："行。"

XIU 笑骂："你们真不是人，我的生日都过一星期了。"

简茸坐在路柏沆旁边，脑子里还飘着那句"酒品不好"。

路柏沆两只手撑在大腿上，稍稍弯腰跟他们玩骰子。包厢里的音乐太吵，其他人喊数字喊得面红耳热，只有路柏沆一直不开口，手指随意比一个数字就算报数了。

简茸又想起之前喝醉时犯的蠢事，靠着沙发薅了一下头发。

UU 又输了一把，骂骂咧咧地给路柏沆递烟，路柏沆拒绝了。

"队里的新人一来你就装乖？"

路柏沆没答，他把骰盅盖好："最后一把。"

最后一局是路柏沆喝的，他喝完酒把骰盅丢到一边，说不玩了。

于是，这几个大老爷们就跟女生抢麦去了。

男人的嗓门总是比女生大，UU 把背景音量调高，和 XIU 直接来了一首谁也听不懂的 Rap。

包厢内灯光昏暗，路柏沆忍着耳朵的摧残往身边看了一眼。

简茸穿了一件很薄的外套，里面还是今晚在基地里穿的那套常服，两只手插兜，坐得挺乖。

路柏沆刚想问简茸怎么说服丁哥让他出来接自己的，就见他忽然左右看了一眼，确定没人在看他们这边后，偷偷把口袋里的东西拿了出来。

路柏沆还没看清是什么，简茸就在昏暗中很轻地拽了一下他垂在沙发上的手，把东西塞到他手里。

是一瓶盒装牛奶。

244

路柏沅微微一怔，简茸的身子往他这边偏了一点儿，小声道："我不知道有这么多人，只买了一瓶。"

　　路柏沅拿着牛奶，挑了下眉："你还知道这个。"

　　"出门前丁哥跟我说的，酒后喝这个养胃。"简茸见他没动，小声催促，"你喝两口。"

　　路柏沅垂着眼，懒得动："太暗，出去再说。"

　　简茸拿回牛奶，撕开吸管准确地扎进去，再递给路柏沅："好了，你喝点。"

　　路柏沅盯着那根吸管看了几秒，接过牛奶喝了一大口。

　　简茸满意了。

　　他坐了一会儿，又想起什么："对了，小橘的事……"

　　XIU站在麦克风旁边摇头晃脑，一只手高高举着瞎挥："Ayo, everybody在你头上暴扣！"

　　路柏沅道："嗯？"

　　简茸："小橘……"

　　XIU脑袋一上一下地晃："No fly！我根本不是idol！"

　　简茸："……"

　　他忍着把麦克风砸了的冲动，下意识往路柏沅那边靠。

　　路柏沅身上有烟草味，简茸不爱二手烟，也不爱闻烟味，但路柏沅身上的味道却总是跟其他抽烟的人不一样。

　　简茸定了定神，说："我说，你给小橘花的钱，我转给你。"

　　路柏沅没说话。

　　简茸以为他还是没听见，又往前凑了凑："你给小橘充太多钱了，它……"

　　路柏沅转过脸来，简茸的声音戛然而止。

　　路柏沅处于一种很轻度的微醺状态，眼睫垂着，眸子沉得像一片湖。

XIU 还在鬼哭狼嚎。

路柏沅嗓音低沉："它什么？"

路柏沅的气息带着温度，简茸眨了两下眼，道："它就是一只小土猫，用不了这么多钱。"

路柏沅没说话。

简茸别开眼："而且它每顿都吃罐头，真的好容易胖，到时候打不过外面的野猫。"

"打得过。"路柏沅打断他，带着酒意笑了一下，道，"而且我乐意给它花钱。"

第二十章 Road 专用符文

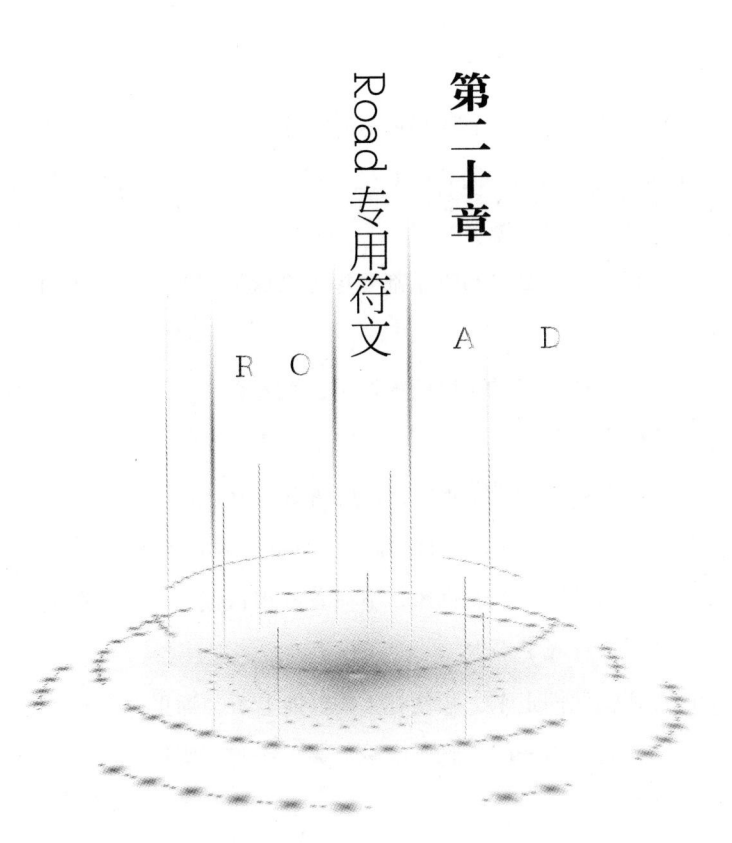

XIU 仍旧在唱简茸一个字都听不清的歌。

为了回丁哥的消息，简茸一直把手机攥在手里，如果他的劲儿再大点，手机这会儿估计也该捏爆了。

XIU 又唱一句隔壁包厢听见都要提刀来砍的"在你头上暴扣"，把简茸拽回神。

最后是终于受不了的 UU 把歌切了，骂麦克风旁边的人："你能不能唱点人能听懂的歌？"

XIU 拿着麦克风："你懂什么，这叫 Hip-Hop！"

"别人唱是叫 Hip-Hop，你唱就是 reader，发音还不标准。"

XIU 骂骂咧咧地放下麦克风，下一首歌很快接上，前调舒缓轻快，大家顿觉自己的耳朵舒服了不少。

XIU 直直朝他们走来，顺便把 UU 也拽上了，嘴里念念有词："我发现和你这狗东西就是不能好好聊天唱歌，来，今晚不喝死你，我后天都不能安心打比赛。"

XIU 在路柏沅旁边的小椅子上坐下了，给自己倒了一杯酒："那个蛋糕怎么还不上来，我都等半天了。"

"今天周末，客人多，叫个服务员都要半天才过来，再等等，你急什么。"UU 笑着看向路柏沅身后，"Soft 别拘着啊，喝不了酒可以唱歌，去点歌，随便置顶。"

简茸低下头，把自己的脸藏着，含糊地说："不用，我不会唱歌。"

UU 挑眉："你不是做过主播吗，不会唱歌？"

"别人又不靠唱歌吸粉。"XIU给他倒满酒，"别唠叨了，喝酒。"

路柏沅的杯子也被倒了酒，他没说什么，拿起跟XIU碰了碰杯。

XIU道："对了。上周跟你们打完，Savior回去之后就一直在念着你们中单。"

路柏沅喝了口酒，说："念什么？"

"说下次一定要在对线上赢。"

XIU都已经准备好听简茸的嘲讽了，没想到当事人无神地盯着某一处发呆，连声嘲笑都没给。

"你想多了。"

XIU一愣，看向路柏沅："什么？"

包厢门打开，KTV工作人员推着蛋糕进来，蛋糕车上还挂着两个气球。

"季后赛等着吧。"路柏沅拍拍他的肩，"去吹蜡烛。"

XIU："……"

路柏沅这一拍，让他有种"吃完这顿好上路"的感觉。

吹了蜡烛，简茸分到一块蛋糕。他把奶油顶上的车厘子吃了，蛋糕没怎么动。

他听着路柏沅在和UU他们聊以前的事，慢吞吞地接收着信息——

包间里都是LPL早期选手，除了路柏沅和XIU，其余都退役了。他们几人很早就认识，以前每天都在一家黑网吧一起打游戏，路柏沅跟他父亲吵架那会儿，几乎每天住在网吧。

简茸一怔，立刻回神。

UU讲得正激动："我每天回家睡的时候，他在网吧打排位，我醒的时候他还在网吧打排位。你跟那些偷偷学习的学霸有什么区别？"

路柏沅嗤笑道："我要偷偷练，能让你知道？"

"说到这儿，他爸当时杀到网吧来的时候，身后还带着几个穿西装的，那阵势着实把我吓一跳。"

"我记得,当时小破黑网吧外面停了一排豪车,整条街的人都停下来看!"

"我要有这家境,还打游戏干吗。"

简茸听得一怔一怔的。

他知道路柏沅家里有钱,路爸路妈一看就是素养很高的知识分子,但是路柏沅曾经和家里闹翻过?

他正低头听着,一颗蘸着奶油的车厘子被放到他的蛋糕盘里。

路柏沅仍旧在跟好友聊天,把车厘子分出去后,他放下蛋糕说:"行了,没能聊的了?"

吃完蛋糕,路柏沅不顾 UU 的挽留,带着简茸走了。

KTV 外面都是出租车,两人随便上了一辆。他们幸运地遇见了一位不说话的司机。

简茸盯着窗外,脑子有点晕。

路柏沅开了一条窗缝,夜风吹进来,身上的酒味全飘到了简茸那边。

路柏沅在和丁哥打电话,丁哥不明白自己让简茸去接人,怎么接着接着简茸自己却没声儿了,消息不回电话也没接,他都想报警了。

路柏沅扫了一眼身边发呆的简茸,说:"他没事。"

"我能有什么事。"

"我没喝多少,没醉,在回去的路上了。"

……

两人到达基地,扫码付款。

路柏沅一脚刚迈下车。

"你很喜欢小橘吗?"简茸忍不住问。

路柏沅下车,关门,然后把简茸拉到了路灯右侧的阴影里。

"你怎么这么问?"

简茸伸手薅自己的头发,陷入沉默中。

这时身后传来一声刺耳的"吱呀"。

"我在阳台晒内裤呢,远远看下来就觉得是你俩!"小白的脑袋从基地铁门探出来,关心地问,"你们怎么不进来?外头多冷啊。"

简茸:"……"

我杀辅助。

今晚倒数第二局排位,我为什么要闪现去救这个白痴?

晒内裤就晒内裤,你东张西望干啥?

这个点你就训练完了?你觉得你今天的比赛玩得很好吗?

灯光太暗,小白没看清中单眼中的愤怒和崩溃,他见两人都没反应,拉着门问:"你们不进来吗?丁哥在里面等你们好久啦。"

简茸的拳头攥紧又松,松开又攥紧,直到他的手被人扯了一下。

"喜欢。"

小白平时也没这么闲,不会跑来大门看热闹,这回会下来,是他以为自己见鬼了。

深更半夜,行人寥寥,两人往那儿一站,是真挺吓人的。所以他拉着Pine出来了,这会儿Pine就在他身后跟着。

两位晚归队员进了大铁门,小白跟简茸并肩走,他看着简茸心不在焉的神情,悄声问:"刚刚你和我哥在聊什么呢?"

简茸尽量控制着情绪:"为了彼此好,你现在别和我说话。"

小白一脸疑惑:"为啥?"

简茸冷冷地吐字:"打架违规,杀人犯法。"

小白:"……"

回基地的时候,丁哥还在,他听见大门的动静,念叨着回头:"你俩挺行的啊,我等我老婆都没等过这么久。"

路柏沉道:"那你对嫂子心不诚。"

"放屁,是你嫂子从不让我等这么久。"丁哥声音一顿说,"你喝多了?耳朵这么红?"

简茸没忍住看过去。

路柏沅面色如常,只有耳朵红,一路红到耳根。

路柏沅道:"一点儿。"

"那你们今晚玩得挺大,以前红白酒混着喝,我都没见你喝红脸。"丁哥看了眼手表,"行了,你赶紧去洗澡睡觉……算了,你喝酒能洗澡吗?明天再洗吧,你在这儿坐着,我去给你泡蜂蜜水。"

简茸立刻道:"我泡。"

"用不着你,你赶紧上去睡觉。"丁哥想也不想就拒绝,"明天你早点醒,吃了早餐再训练。"

翌日,简茸理所当然起晚了。

他吃完早餐进训练室的时候,包括路柏沅在内,所有人都坐在了机位前。

小白正在跟直播间的人聊天:"一上午没听见我们中单催命般的双排邀请,耳边都清净很多了呢。希望他以后每天都能晚点醒,给其他人留下一个休闲放松的训练环境……"

小白听见动静,回头一看,熟练地变脸:"你醒啦,没有你找我双排的日子真是无聊呢,啾咪。"

简茸进屋的第一反应就是去看路柏沅。

路柏沅的背影被电竞椅挡得差不多了,简茸收回视线,说:"你别演了。"

简茸刚打开电脑,小白就转过头道:"快月底了,咱们交换一下免费礼物?"

简茸直播账号等级高,每个月有很多免费礼物。

简茸对这些无所谓,他登上游戏,懒懒地"嗯"了一声,转眼去开直播软件。

他一眼就看见挂在首页最大宣传位的直播间——Road:等人,随便播。

简茸立刻点进去。路柏沆没开视频，也没在玩游戏，只是挂着游戏客户端在跟 XIU 聊微信，在讨论马上要出的新打野英雄。

弹幕哗哗地飘——

"莉莉娅：又出新打野？拳头，你当我死的吗？"

"XIU 都来了怎么还没开始排？在等谁啊？"

"路神为什么不开视频啊？"

"刚才我好像听到 Soft 的声音了。"

"好像什么，他都摸进直播间来了，在贵宾席上坐着呢。"

小白转过头问："你来我直播间了吗？"

简茸把免费礼物全送给路柏沆，说："没了。"

小白："？"

"你言而无信！"小白张嘴就来。

简茸说："以后我给你补流星。"

"简茸。"

简茸立刻扭过头，道："在。"

路柏沆摘了一边耳机，淡声问："我们双排？"

简茸很快进了路柏沆的组队房间，路柏沆的直播间窗口就挂在右上角。

路柏沆很难得地在和弹幕上的人聊天。

"我是在等他。"

"嗯，我一周没和他双排了。"

"他不愿意和我排。"

简茸："……"

"？"

"那 Soft 确实是有些不识抬举哈。"

"这俩人怎么回事？一个人开直播，另一个人就一定要在直播间里挂着？"

进入 Ban&Pick 画面，简茸补位到了辅助。

"我和他们排位练一下配合。"简茸抬手捂了一下耳朵，又道，"没不愿意。"

路柏沅"嗯"了一声，看了眼自己的位置，继续敲字。

TTC·Road：AD 在吗？

PUD·XIU：在的，路神。

看我操作就行了：……

路柏沅眉间松了松，是熟人就方便了。

TTC·Road：换个位置，你来打野，我 AD。

PUD·XIU：OK。

简茸一愣。

商量好后，路柏沅没怎么犹豫，锁了复仇之矛。

"啥意思？路神把打野位给别人了？"

"为什么玩 AD……我有个蛮可怕的想法，但我不敢说。"

"我替你说，因为 Soft 排到了辅助位，Road 想和他一起走下路！"

"他们是真的！"

"别 yy 好吗，打野玩腻了，偶尔玩一两局其他位置没毛病吧？"

英雄复仇之矛有个"被动契约"，开局就可以将自己和辅助绑定在一起，六级他的大招可以直接收起辅助，保护辅助不受伤害，四秒之后辅助自己选择降落地点，落在敌人头上能将敌人击飞。

这个技能可以用来开团，也可以用来逃命。

这个英雄一出就广受男性玩家的喜爱，因为大多妹子喜欢用软辅，生存能力弱，在关键时刻，复仇之矛可以很好地保护自己的辅助。

甚至许多玩家打趣，称复仇之矛是一个用来"网恋"的英雄。

但简茸对软辅并不感兴趣，反手就掏出一个火女。

PUD·XIU：你俩下路行吗？打不过就等我去抓，我再赢一局排名就上去了，千万别演我。

看我操作就行了：我们乱杀。

PUD·XIU：好的。

简茸说乱杀就是乱杀。

路柏沅走位太强，对面的 EZ 根本 Q 不到他一下。简茸更是把对面的辅助血条消耗得哇哇叫。

六级，路柏沅回家补给，简茸帮他卡了一波兵线之后蹲在草里残血回城。

回城最后三秒，简茸脑袋上冒出一只眼睛——是对面中单卡牌的大招。

卡牌飞到他身边的同时，对面上单一个 TP 落在了简茸左侧。

这是杀意已决。

简茸叠出一个眩晕被动，想试试能不能把卡牌换掉。

这时，他耳机里传来一道闪现的声音——路柏沅操控着复仇之矛，闪现赶到现场，在最后一刻用大招把他救了回来。

水友们看得正爽，非常下饭的一幕发生了。

此时简茸身上只有三十七滴血，哪怕是一个辅助都能一下把他点死。

但他还是头也不回、义无反顾地把自己砸到了敌方人群中，然后丢出大招晕倒敌方上中辅三人，一套输出猛如虎，干脆漂亮地打完全部伤害后……别人还有大半管血。

敌方辅助一个平 A，简茸原地去世。

简茸："？"

路柏沅："……"

简茸说："我的错。"

"哈哈哈哈哈，我真的是醉了。"

"你一个臭辅助还蛮自信的哈。"

"你带个窃法之刃打出了无用大棒的气势呢。"

"路神心想，我的闪现喂了狗。"

"就这？就这？看来 Soft 这辈子都跟网恋无缘了。"

"也不一定，Soft 的操作还是蛮秀的，打字聊天也很高冷，堪称网恋界最受欢迎的男生模板！"

"玩笑归玩笑，他经常收到小姐姐的好友申请的。"

路柏沅把杀了简茸的那个露露几下点死，扫一眼弹幕，说："他不网恋。"

"为什么？没为什么，我不让。凭什么不让，凭我是他队长。"

"限制队员谈恋爱？"路柏沅看到这条弹幕，没来由地笑了一下，"不限制，现实随便他谈，想怎么谈怎么谈。"

"他把恋爱对象带到基地里来，我都没意见。"

简茸刚睡醒就被说得受不了。

他的鼠标点得啪啪响，嘴唇反复抿了几次。

排位赛一直打到下午，五人移动到比赛房打训练赛。

今天的训练赛只约了三场，不到八点就全部结束了，一场没输。

打完训练赛，简茸心如止水，打算下楼继续排位，丁哥开门进来了。

"今晚你打得还可以。"丁哥靠在门边说，"一会儿有什么打算？"

路柏沅道："排位。"

丁哥点头："说到排位，我有件事跟你们说。H 服那边马上更新版本了，从明天开始，你们去 H 服打排位赛吧。"

其实职业选手们不论平时训练还是直播，都喜欢去 H 服。H 服游戏版本更新快，高分段质量高，国服则不同，虽然官方出了一个专门为钻二玩家设立的"峡谷之巅"游戏区，但演员和喷子还是多。

近期因为官方出了分段要求，大家伙才纷纷回归国服来。这会儿选手们的分段也都在及格线以上了。

"太好了。"小白往后一瘫，"我快被那些演员搞死了。"

简茸客观评价："你也是其中一员。"

丁哥笑了一声，说："尤其是你，简茸，你好像特别喜欢玩国服。你的H服号还在吗？"

简茸收拾自己的外设："不知道,之前被封号了,不知道有没有被放出来。"

丁哥说："被封号？为什么？"

简茸说："骂人。"

丁哥说："你在H服都能骂人？你不是语言不通吗？"

简茸说："我用的英文。"

小白惊讶道："你还会英文？"

"翻译器。"

小白竖起大拇指："真有你的。"

丁哥一脸了然，道："那你看看，没有的话我给你安排一个。"

简茸"嗯"了一声,收拾键盘,装作很自然地扭过头："一会儿还双排吗？"

路柏沅看向他："排。"

打了一晚上排位赛，当大家准备解散去休息的时候，丁哥推门而入。

"简茸，工作人员把H服号发我了，我转发给你，明天如果你自己的号上不了，就去打这个号。"

简茸活动了一下脖颈，道："好。"

半分钟后，丁哥皱眉："你的微信怎么换头像了，我找了半天。"

小白打了个哈欠，顺口问："他的头像不是我哥养的猪吗，改成什么了？"

丁哥道："一只橘猫。"

几人并肩一块儿离开训练室。因为离得近，当路柏沅手机屏幕亮起光时，简茸下意识转头看了一眼。

他看见路柏沅打开和宠物医院的聊天记录，随便挑了一张对方发来的小母猫的照片，下载原图，保存，然后设成了微信头像。

次日，简茸睡醒打开手机，就看到微信群聊在刷屏。

丁哥：我往群里分享了一份比赛回放，你们醒了都看一眼。

丁哥：@R，你怎么也换头像了？

P宝的小辅助：哥，你买猫啦？

R：没有。

P宝的小辅助：那你的头像是谁家的猫？

R：没谁。

简茸本来还想再赖一会儿床的，看到这儿，他起床对着空气挥了一拳，吹着口哨，面无表情地去浴室刷牙洗脸。

群里还在问路柏沅哪儿来的儿媳妇，儿子又是谁。

简茸刷着牙，忍不住穿插几个表情包刷存在感。

袁谦：这猫什么品种来着？布偶？

简茸发了一个憨憨点头的表情包。

P宝的小辅助：好可爱啊！

P宝的小辅助：跟简茸头像的那只一对比，就更可爱了。

艹耳：？

艹耳：我的头像怎么了？

P宝的小辅助：丑。

简茸想替小橘猫说两句，扫了自己头像一眼后放弃了。

丁哥：你复诊回来了？

简茸刷牙的动作一顿，还没来得及问什么，丁哥就火速把消息撤了回去。

P宝的小辅助：啊？哥，你的手又疼了？

丁哥：……

R：没，普通复诊。

袁谦：那今天下午的训练赛你还赶得回来吗？

路柏沅刚回基地，懒得打字，他坐在沙发上，随手拍了一张照片发群里，表示自己已经回基地了。

阿姨从厨房走出来，见到他一愣："哎哟，小路，你去复诊啦？明天不才是复诊日吗？我今天没提早来，你早餐吃了没？要不我现在给你做……"

一道脚步声匆忙响起，路柏沅看了眼楼梯的方向，然后对阿姨说："明天有比赛，所以今天我提前去了一趟。我在外面吃了，您帮他做一份。"

简茸没来得及擦脸就下楼了，下巴上还挂着水珠。

路柏沅坐姿散漫，手垂在腿边："过来。"

简茸乖乖过去，皱着眉道："你的手……医生怎么说？"

"还是那几句话，不过这次我休养得好，以后能多练一小时。"

简茸松一口气："那就好。"

基地大门猛地被推开，丁哥见到他们张口就问："视频怎么还没看？其他人全部下载了，就差你俩了！"

路柏沅收回视线。

简茸松开衣领，说："马上。"

阿姨的声音从厨房里传来："小茸，早餐给你放餐桌上吧？"

简茸不想麻烦阿姨，起身道："不用，我拿去训练室吃。"

丁哥见自家中单终于好好吃饭了，欣慰地点点头，再看向沙发——路柏沅脑袋后仰，靠在沙发垫上，拿起旁边的帽子盖住了自己的脸。

路柏沅换好衣服就被丁哥叫去了会议室，直到简茸吃完早餐都没回来。

简茸打开加速器，反复试了几次密码，才终于登上自己的H服号。

他随意调整两下摄像头，然后开了直播。

"怎么打起H服了？"

"这号不是被封了？"

"骂人只封三天。"

"我来这直播间比较晚，还是第一次看Soft打H服。"

"话说回来，其他选手不都打H服吗，怎么Soft一直在玩国服啊？"

"还能为什么，菜呗，H服太厉害了他打不过。"

"我登顶H服第一的时候，你还不知道键盘怎么使。"简茸冷冷道，"不爱打 H 服。"

"为什么？没为什么，交流困难，实力一般，英雄语音包难听。每句播报都很吵的，打了两天晚上做梦都是 H 服的语音播报，太烦了。"

"现在为什么打……教练要求。"

简茸看了一眼自己的段位。

长久不打排位赛，游戏号就会进入休眠时间，然后持续掉胜点甚至掉段。不过石榴半年前借过他的 H 服号，所以现在账号段位还在钻石二。

简茸选好位置进入匹配队列，然后给自己的直播间重换了一个名字。

"TTC·Soft- 直播上 H 服第一。"

"？"

"一个一个梦飞出了天窗。"

"不知道的人以为你 H 服王者一千五百分呢。"

"你先上王者，再来跟我说上 H 服第一的事，OK？"

"小小的傻瓜大大的梦想。"

"虚假标题举报了。"

"你们是举报精吗……"简茸嗤笑，"是我最近直播少了，让你们眼界变低了？H 服第一而已，随便上，你们看着吧。"

简茸的账号隐藏分高，虽然是钻二，但排进游戏后一看段位——对面五人，除了 AD 之外都是宗师。

粉丝们觉得这局有点悬。

"我看到标题进来的，上 H 服第一？Soft 的 H 服号是哪个啊？我刚翻了一下前五十的榜单，没看到他这个 ID。"

"或许你去钻石分段找一找？"

"H 服第一？LPL 目前最高的也就 H 服前二十吧？你们 TTC 的队员已经沦落到要用这种标题吸引水友了？"

"哦哟，鱿鱼战队的粉丝，等你们这群人好久啦！"

"Soft 就是把标题空着,都比你们战队那几个废物人气高,你说气不气。"

弹幕吵得正嗨,只听"噔"的一声,简茸锁了一个亚索。

英雄亚索,又称"快乐风男",他的 E 技能可以在野怪、敌人以及敌方小兵身上不断穿梭并造成伤害。

不管我血量多低,场上局势如何,给我一波敌方小兵,我一定能秀——这是所有资深亚索玩家心中最为坚定的信念。

想要感受死亡如风?选亚索吧!

对英雄联盟失去了热情?选亚索吧!

想跟队友激情互动?选亚索吧!

这英雄一选出来,弹幕凝滞一秒。

"我跟那群人喷了半天,就等你打爆全场碾他们的脸!你真好啊!你给我掏出一个托儿索?"

"刚才跟我对骂的那个鱿鱼粉丝在吗?出来和好。"

"声明!声明!直播间标题纯属主播个人行为,与水友无关!"

"虽然我名字后面挂着他直播间铁粉的标识,但我和他真的没有关系。"

"宝贝勇敢飞!这局我先不跟随。"

"谁要你们跟随。"简茸改好符文,"别急着和鱿鱼粉丝和好,我这局乱杀。"

其实水友会觉得这局没了很正常。高端局会掏出亚索已经是搞队友心态了,更别说这是 H 服,大多数人认为 H 服的宗师就等于国服的最强王者,加上简茸已经很久没玩过亚索,大家当然认为这局赢面不大。

所以当简茸的快乐风男七级抓下,唰唰一顿 E 拿了个三杀之后,礼物已经占了满屏。

十三级,简茸一个人带上路兵线,敌方四人从草丛蹦出抓他。

简茸回头就跑,三秒后,他猛地往右侧一个闪现——这个闪现不仅没法逃跑，甚至还离敌人近了那么一点点。

水友们的"菜""什么脑残操作"等言论还没来得及发出来，就见亚索往身后吹起一阵风，刮起敌方四个人。

一个 R 大招及点燃接上，直接秒死 AD，然后在三人之间 E 技能 + 平 A，对方辅助被他这操作秀了一脸，手上所有技能一个没中。

"Quadra kill(四杀)！"

杀了四个人的亚索收刀，回城，潇洒至极。

视频中男生一脸平静，直播间里的水友满屏震惊。

"H 国人全看呆了，哈哈哈哈，两队人一直在全屏刷问号！太爽了！"

"刚才那个跟我对喷的鱿鱼粉丝速度滚出来。"

"不是吧不是吧，赢一局宗师局就飘成这样？没赢过？"

"你是狗吗，我一叫你就出来了？"

"赢没赢过不知道，但大家都知道鱿鱼战队常规赛十一连败呢！"

"这几天如果国服亚索使用率提高，那么在场各位没一个是无辜的。"

"宝贝真棒！我亲亲！"

"Soft 勇敢飞，我的钱已冲，等你上了 H 服第一，给你刷流星。"

二十分钟后，敌方干脆利落地点了投降。

简茸拒绝掉蜂拥而来的好友申请："行，你的 ID 我记住了。礼物放好等着，别给其他主播刷，我上了 H 服第一来验收。"

短短一局游戏，简茸的直播间人气飙到平台最高。

简茸没浪费时间，直接进入下一局。

这局他拿到了打野位。

非要让简茸选出一个他玩不好的位置，那必是打野位。他玩中单的时候就不爱支援，更别说需要跑遍全图的打野。

简茸打开翻译器，输入"给我中单我 carry"，复制翻译结果到游戏中，发送。

中单队友果断地回了一个"No"。

"你直接说你不会玩打野，他就让你了。"

"谁说我不会？"简茸懒得再折腾翻译器，"我是全能选手。"

轮到简茸选英雄，他来来回回挑了半天，看到某个英雄头像后，忽然想起自己这个号是有皮肤的。

于是他鼠标一挪，选了盲僧。

"你会玩这玩意儿？"

"玩过一点儿。"

"玩过一点儿等于不会玩。"

"确实，他要是会玩，这家伙现在牛皮已经吹上天了。"

简茸不搭理他们，他选定路柏沅的冠军皮肤，然后打开《英雄联盟》游戏助手提供的"一键设置符文"功能，这个功能会给玩家提供好几套高玩使用的符文方案。

简茸随便挑了一个"S11盲僧打野最强符文"给自己换上。

几秒后，简茸眉头一挑，重新打开那个功能。

第三套方案叫"Road盲僧打野专用符文"。

简茸眨了眨眼，面不改色地更改成这套符文。

"怎么，是'S11盲僧打野最强符文'配不上您吗？"

"等等，这两套符文不是一模一样吗？"

"别问，问就是喜欢这套符文的名字。"

简茸心虚地别开眼："这两套符文一样吗？没注意。哎，你们烦不烦，我换套符文你们都要磨叽半天……"

简茸话还没说完，弹幕上忽然飘过无数"！"和"啊啊啊"。

简茸觉得莫名其妙，刚想问他们在傻叫什么，他拿着鼠标的手就被人握住了。

路柏沅也换了一件短袖，手心微凉，覆在简茸的手背上，拖着简茸的手挪动鼠标，打开符文页，帮简茸重新点了一遍符文，保存，使用。

路柏沅收回手站直，很随意地揉了两下简茸的头发，说："这才是 Road 专用符文。"

路柏沅走出视频之外几秒后，直播间水友以及主播本人才恍然回神。

"这是队员福利吗？"

"我突然想起前天看小白直播，他问 Pine 厄斐琉斯符文怎么点，Pine 问他腾讯游戏助手不愿意为你服务吗？哈哈哈哈哈哈哈。"

"太快了，我没看清 Road 改了哪些符文！谁看到了麻烦给我说一下，啊啊啊！"

"我也没看见，我只顾着盯我老公的脸了！"

"Soft 把符文点开我抄抄。"

简茸低头，手反复地揉了揉自己的脖子："你们这么菜，用哪套符文都一样。"

"？"

"星空 TV 为什么只能举报水友人身攻击，主播攻击水友不管是吗？"

"连这都不肯和我分享？"

简茸不理他们，抿唇专心打起游戏。

他的盲僧确实一般，不过在钻石分段已经够用了，尤其这局有 Road 符文加成……到了中期，敌方野区就是简茸的第二个家。

赢下这局游戏后，简茸刚回到战绩页面，无数个好友请求弹了出来。

开直播好友申请就是会炸，简茸打开列表一个个拒绝，直到他看到一个叫"Savior"的 ID。

他两年前就跟 Savior 打过排位，知道这个 H 服 ID 就是 PUD 中单本人。

他犹豫地皱了下眉，通过了好友申请。

Savior：Hi.

Softsndd：Shuo zhong wen。

"H 国人在 H 服，你让人家说中文？哈哈哈哈。"

"笑死了，我在看 Savior 直播，Savior 中文还不太行，拼音更烂，叫 XIU 来帮他打字，哈哈哈。"

Savior：Soft？

Softsndd：。

"你们看！这个句号！这不就是网恋对象 Top1 的高冷男神吗？Soft 本人长得还帅！"

Savior：Softsndd shen me yi si？

Softsndd：Wo shi ni dad。

Savior：……

Savior 问简茸要不要双排，表示他可以开小号，简茸想也不想拒绝了。

简茸扫了眼弹幕，说："我没嫌他菜，撞位置了怎么玩？他还得换小号，没必要，没熟到那地步。"

简茸原先只当这是一个小插曲，拒绝就算过了。

直到比赛日当天，他刚坐上车，就听见小白他们在聊 Savior 的事。

小白低头刷贴吧："哇，Savior 这几天真的太惨了，连夜把 ID 换了，昨天直播都不开了。"

"他怎么了？"丁哥坐上车，"等会儿，我不是说让你少看贴吧吗？"

"这不比赛还没开始嘛，我先刷个爽。"小白滑动手机屏幕，"他最近常规赛一路连胜，网友就分析他今年很可能跟着 PUD 去打季中赛，H 国喷子就开始带节奏骂他了。"

季中赛，全名《英雄联盟》季中冠军赛。该赛事一年一届，与全球总决赛、全明星赛三项赛事并称为《英雄联盟》全球三大赛。

每个赛区仅有一个季中赛参赛名额，所以只有春季赛冠军才能代表 LPL 出战。

"骂错人了吧。"简茸挑眉，"谁说 PUD 能去打季中赛？"

路柏沉把外设包放到靠窗座位上，在简茸身边坐下："能不能去先不提，他们要喷，不该先喷98k？"

"98k被喷很多年了，心理素质强得很。"丁哥看了眼表，招呼师傅开车，又道，"98k是第一个离开H国，效力外国战队的H国选手，别说被喷，死亡威胁都收到过。"

袁谦一愣："这么恐怖？"

小白："那Savior还算轻的……被骂就不说了，他的H服ID被发上了外网，现在每局游戏都遇到演员，最新战绩连跪十三把，改了ID也没用。"

简茸搜了一下Savior的战绩，确实惨，0/16/0、0/13/2这样的怪物每局都有，怪不得要开小号。

"喷，简茸厉害。"小白忽然道，"推锅吧居然有个加精帖子在直播你的H服段位。"

推锅吧，LOL中最出名的贴吧，LOL喷子最大集结地。赢了挑刺输了喷，每个知名选手在这个贴吧都拥有一栋高楼黑贴。

简茸是个例外，他没当选手之前就在此吧拥有千层高楼。

简茸兴致缺乏，他挂上耳机道："哦。"

"不过……我的天。"小白愣愣地回头，"你这么快就从钻二打到宗师了？"

简茸"嗯"了一声。

小白惊呆了。

这都不是拼不拼的问题了，这么短的时间，不打大几页连胜都没法做到。

袁谦："你在H服高分段都能爬分这么快……牛！"

简茸："H服比国服好打。"

袁谦一下分不清他是在装还是认真的："啥？"

简茸言简意赅："国服喷子和演员多，还有代练上来的菜鸟，难度加倍。"

Pine淡淡道："H服演员也很多。"

"对！而且那群演员恶心得很，只演拼音 ID 的玩家和职业选手。"小白顿了一下，说，"我哥就被演过好多次。"

拼音 ID 的玩家在 H 服默认是中国玩家，会被一小部分素质不高的 H 服玩家针对。

简茸的游戏 ID 不是拼音，专注打 H 服的时候直播也还没火，加上他不怎么跟游戏里的人聊天，所以没遇到过几个演员。

不过他知道确实有这种现象，他见过中国玩家被演还被嘲讽，也正是因为遇见了这种事，他的号才因为骂人被封，自那之后他就很少打 H 服。

"无所谓。"路柏沅压低帽子，闭眼假寐，"国服 H 服都一样，遇到就当分喂狗。我睡会儿，到了叫我。"

常规赛只剩最后三场，TTC 还未对战的三个队伍实力都一般，只要没人出岔子，基本能拿下。

今天的比赛他们赢得没什么悬念，比赛时长加起来甚至没到一小时。

比赛结束之后，全场 MVP 给到了路柏沅。

负责采访的是一位出了名爱搞事的男主持，他惯例问了几个问题之后，忽然话锋一转，说："最近 H 服版本更新，路神和队友应该也都去 H 服训练了吧？"

路柏沅道："他们去了。"

"那路神你……"

路柏沅刚做完针灸，医生建议他在比赛日前先不要用手，不过这种理由自然没法在镜头前说出来，他简单道："账号密码我忘了，昨天才找回来。"

主持人笑了："这样啊。我听说 Soft 正在冲击 H 服第一？"

路柏沅扫了他一眼。

话是简茸说出口的没错，不过是在直播间里说的话，放在水友眼中不过就是主播的正常口嗨罢了。

比赛采访就不一样了，毕竟 LPL 的赛事直播在国外观看量也不低，影响面大。

可能男主持人没意识到这个话题会导致的后果，也可能他就是想要推高气氛，仍在继续："H 服最近可谓是高手云集，你觉得 Soft 能做到吗？"

休息室里，丁哥气得指着电视直骂："这是什么脑残，在 LPL 赛后采访提 H 服就算了，还非要提选手口嗨的事……不行，我一会儿必须去给负责人打电话！"

小白摇头道："完了完了，H 服那边肯定有人要扒简茸的 ID 了。"

袁谦："还需要扒？你忘了，他的 ID 就带了个 Soft。"

小白沉思两秒，伸手去搭简茸的肩膀："简茸，咱们大丈夫能屈能伸，要不你回去把 H 服 ID 改了？"

简茸坐姿懒散，头也没回地道："我为什么要改 ID？"

"你现在这分段想狙击你太容易了，那群演员……"

简茸好像听到了什么笑话，说："国服一分七块明码标价的知名演员我没遇到十车也有八车，还有一堆心情不好就上来报复送分的，拿不到想玩的位置直接挂机的，被我喷过专门找十几个人狙击我的——我在国服都能打上第一，我会怕他们？"

小白："……"

就连正低头打斗地主的 Pine 都忍不住抬手给他比个拇指。

简茸没说什么，他戴了帽子，仍旧仰着下巴看路柏沅接受采访。

路柏沅神色未变，道："首先，我们什么服务器都玩，我认为每个服务器都有许多高手。"

"其次，我相信我的队友。"

"好，那我们就期待 Soft 登顶 H 服那一天，还有……"

"没什么好期待的。我们的目标不是 H 服第一，是世界冠军。"路柏沅语气平静，说的话却足以把赛事直播间的弹幕点爆，"还有，这里是 LPL 赛场的赛后采访，你如果对我们队员的排位分段感兴趣，可以向我们战队经理提前预约私人采访时间。就这样，谢谢。"

镜头被紧急切回解说席。

三位解说面露尴尬，艰难忍笑。

直播间弹幕密密麻麻，场面堪比春季赛总决赛。

"这个主持人又搞事，之前他就是在赛后采访问了 98k 对老赛区的队友有什么看法，被降职快两年才重新回来的，没想到常规赛都没结束又搞事……可见狗改不了吃 shi。"

"这次他是不是可以直接退休了啊？烦了，毁灭吧。"

"这好像是路神第一次在镜头前发脾气。"

"不是吧，这叫发脾气？"

"还好这次 MVP 没给到 Soft，不然他不跟这主持打一架真的很难收场。"

"我已经可以预见 Soft 被 H 服那群演员疯狂狙击的场景了。"

"LPL 每个选手都被狙过吧，别说 LPL，他们连自己赛区的职业选手都演。这一点 H 服跟国服很像，不知道那些 H 服素质高的言论都是从哪儿传来的。"

"那 Soft 以后的直播一定很刺激，我要提前去点个关注。"

"没什么刺激的，他在国服也是天天遇演员。我现在就担心……在 H 服骂人会被封号禁赛吗？我怕他在 H 服待两天，直接吃禁赛九十九天大礼包。"

"一语惊醒梦中人！"

"TTC 队粉突然害怕！"

路柏沅刚下后台，丁哥就守在门口了。

"你先回休息室收拾外设。"丁哥脸色铁青道，"我在这儿等他们负责人过来。"

丁哥虽然总要求他们别看舆论，低调做事，但自家队员被坑、被带节奏这种事，他是绝对忍不了的。

就像上次简茸被砍的事，他虽然明面上低调处理，但私底下的所有流程盯得比谁都紧。

当路柏沅回到休息室时，小白他们已经在贴吧激情冲浪。

简茸也低头在戳手机。

路柏沅走到小白身边，碰了碰他的鞋示意他让个位置，他乖乖地挪了。

简茸正认真地和一个说路柏沅采访甩脸带动网友网暴主持人的喷子对骂。

他熟练地打完字，加上一个嘲讽的微笑表情，发送。

熟悉的嗓音从右边传下来："小白以前花钱找了几十个人去贴吧帮他带节奏，一条五毛钱。"

简茸："……"

"你这个水平……"路柏沅顿了一下，"我给你一条十块？够吗？"

简茸金盆洗手多日，难得出山重闯贴吧，又一次被逮住。

简茸不自然地关上手机，抬手抓了几下自己的帽檐。

他戴回之前的帽子，帽檐右侧写着 Road。

良久，简茸才道："别人一条我收八十……你免费。"

话音刚落，丁哥推开休息室的门，看表情是骂爽了。

他大手一挥，语气豪迈："走，我带你们下馆子去！"

其余几人立刻乐呵呵地起身走人。

简茸也站起身来，他背上自己的外设包，然后伸手想去拿路柏沅的，被仍坐着的路柏沅握住了手腕。

路柏沅看着他说："今天没训练赛，你回去想做什么？"

简茸下意识瞥了眼其他队友，低声应道："打排位。"

路柏沅说："不着急。"

简茸默了默，回忆了一下贴吧某几个脑残的言论，刚想说非常急。

"你进战队之后，除了春节那几天，好像没怎么出过门。"路柏沅沉着嗓音跟他商量，"不去吃饭了，我带你出去玩一会儿？"

　　TTC每位队员外设包里都有一件干净的上衣，这样打完比赛出去下馆子或者做别的事就方便一些。

　　简茸和路柏沅带的都是白色短袖，两人戴着丁哥临走前强塞过来的黑色口罩坐在网约车后排。

　　天气回暖，司机为了省钱，不到暑热不开空调。到了红灯处，司机没忍住从后视镜看了一眼。

　　两个男生都遮得很严实，但不难看出他们五官硬朗，尤其右边那个高个子男生，肩宽腿长，依照他过往的经验，像明星。

　　还有一点很奇怪，他的车是越野的，后座宽敞，一人一边绰绰有余，但两个男生还是肩抵肩坐在一起，右边则放着一个黑色背包。

　　高个儿男生忽然抬眼扫了过来，司机慌乱地收起视线。

　　简茸没发觉这个小插曲。昨天他直播的时候答应了水友，这几天晚上都会开播打H服。

　　所以此刻的他正低着头在发微博，内容简单——TTC·Soft：今晚鸽了。

　　没几分钟就跳出两百多条评论骂他，说他说话不算话、出尔反尔、没有上进心、不是男人。

　　简茸绷着腿一直没动，心不在焉地看着窗外，直到路柏沅开口。

　　路柏沅从手机中抬眼，说："岁岁妈也在医院。"

　　简茸愣了一下："岁岁是谁？"

　　路柏沅道："小母猫。"

　　简茸："……"

　　这事小橘理亏，简茸最不擅长处理这种事，他皱眉："那一会儿赔多少钱才合适？"

　　路柏沅说："赔不了多少钱，没事。"

简茸点点头，几秒后又喃喃："以后猫崽子生下来了要怎么办啊？"

这个问题他思考很久了。

流浪猫的崽存活率很低很低，活下来能好好长大的就更低了。如果简茸还住在小区里，一咬牙可能就带回去养了。袁谦对猫毛过敏带不回基地……现在这个情况，也不可能把猫崽全放宠物医院。

"医院应该能帮忙找人领养。"路柏沅顿了一下，说，"或者我带回家养。"

简茸微怔，转头看他。

"我妈喜欢养小动物，猪、鹅、狗、龟都养过。之前我就想把小橘带回去，但带回去了你不方便见它，就算了。"路柏沅垂下眼，随手帮简茸把歪了的口罩扯好，"现在可以了。"

猫可以住家里，你可以来我家。

简茸已经习惯把问题闷着，习惯一个人处理事情，尽管他常常处理得一团糟。

但自从他认识路柏沅，很多事情似乎都变得特别容易解决。

不知道这样好不好，简茸盯着路柏沅的鼻梁看了一会儿，然后说："嗯。"

岁岁的家长是一个二十多岁的年轻姑娘，她拿着手机，叉腰站在宠物医院里，正给闺密发语音："真是倒霉，我就寄养了两天，岁岁就被那只臭不要脸的橘猫欺负了……店家当然赔钱了，橘猫主人也赔了，但我就是生气嘛……"

大门被推开，女生气势汹汹地回头，看到两个小哥哥一前一后走进来，她立刻掐断了语音。

被店家单独关押的小橘透过猫屋玻璃望了一眼，慢悠悠起身打了个哈欠，伸了个懒腰，然后朝简茸在的角度挪了挪步子，像认出了"主人"。

简茸清理门户的心思轻了一点儿。

他垂下眼皮，臭着脸走到猫屋前，食指伸进猫屋的口子，说："笨猫，你出息了啊。"

小橘朝口子走过来，然后在半途停下，对着玻璃外两手插兜的路柏沅"喵"了一声。

路柏沅停顿一秒，伸出手指，敷衍地贴在玻璃上。

小橘隔着玻璃蹭了一下路柏沅的手指："喵。"

简茸："……"

以后我把猫粮扬了，扔了，喂隔壁街那条黑狗，都不可能再有你的份。

医院负责人很快出现，几人开始讨论事情的最后解决方案。

岁岁主人态度缓和了不少，她抬头看了眼身边的两人，高个子男生的脸被挡得太严实，她看不见，但蓝头发的男生把口罩拖到了下巴——好看，真好看。

就连猫屋那只小橘猫她都觉得顺眼了许多。

"这样吧，赔偿金就按之前说好的赔。"岁岁主人把这一趟的目的说出来，"不过生下来的猫崽都归我，这没问题吧？"

简茸犹豫地皱眉："你是要养还是卖？"

女生坦然道："看情况，长得好看的当然卖了赚钱，丑的话我自己留着养或者送人。你放心，我卖或者送之前都会了解对方的家庭。"

事情比简茸想象中要简单。

到赔钱环节，简茸刚想开口问支付宝，女生咳了一声，拿出手机："你微信转我吧，你扫我还是我扫你？"

简茸觉得有点麻烦，不过还是拿出手机，说："我……"

一直坐在简茸身边没参与讨论的路柏沅忽然抬起手来，虚虚捂住了简茸的手机屏幕，说："我们在店家这儿存了钱，店家会直接转给你。"

两人从宠物店出来时，天色昏暗，空气潮湿。正好到了晚饭时间，街边饭店生意热闹，打开蒸笼时的阵阵浓烟模糊了行人的脸。

路柏沅问："你想吃什么？"

"我请你吃。"简茸从隔壁摊子的香味里回过神，"这条街我比你熟。"

路柏沅挑了下眉。他原本想带简茸去市中心吃，顺便在那附近逛逛。

他忘了，从这医院再过一条街就是简茸的家，简茸在这里生活了十八年。

"好。"

简茸住的这个地段其实没什么高档餐厅，他带路柏沅走到自己以前最常去的面馆，看到面馆里大着嗓门吆喝的老板，才突然反应过来这里可能不适合路柏沅。

老板和简茸隔着门打了个照面，简茸朝老板点点头，然后回头问："你想吃日料还是烤肉？"

路柏沅单肩背着包，收回视线："我想吃面。"

简茸："……"

两碗葱油面上桌。

路柏沅发现他们俩的面比其他桌客人的都要丰盛一点儿。

"你可总算露面了。"面馆老板叉着腰道，"我前天带了一碗面去敲你家门，半天没人开。"

简茸愣了一下："你找我有事？"

"没事，我就想问你怎么不来吃面了，以前一星期要来好几趟的……而且你一个人过日子，我怕你出了事都没人知道。"面馆老板回头应了客人一声，然后摆摆手，"你没事就行，我忙去了，你们吃。"

老板走之后，简茸依旧没回过神。

这家店的年纪比简茸都大，简茸很小的时候，他爸妈经常带他来这里吃面。

直到家里出事，他为了生计当上主播，就把自己关在家里工作，出来吃面也只是默默地点单，一趟下来和老板的交流最多不会超过五句话。就这样过了四五年，他其实连老板的外号都记不太清楚了。

简茸低头抿了抿唇，拌着面道："你尝尝，不喜欢的话，我再带你去吃别的……"

吸溜——

简茸抬头，看到路柏沅吸入一大口面，脸颊一侧被撑得鼓起。

路柏沅吃相随意，不邋遢。

葱油面确实好吃，怪不得能让一天直播十三个小时的人每周都出几趟门。

一顿面吃得格外满足，桌上还有一个小木盘，里面放着糖果和口香糖。

两人一人拿了一种，走出餐厅时，外面已经下起了雨。

春雨细密绵长，雨势看着不大，但往外一站，没几秒就要湿透。

两人去隔壁买了一把伞，撑着伞慢吞吞地往出租车候车点走。

这一带房子都旧些，街道也窄，比市区安静，比别墅区多了人气。

路柏沅撑着伞，忽然问："以前你直播的时候，一直是一个人住？"

简茸说："嗯。"

"我记得直播前几个月基本是没收入的。"路柏沅顿了一下，说，"你的生活费怎么来的？家里给？"

简茸从来没和任何人说过自己是怎么长大的，所以开口时，他还花了几秒的时间组织语言。

"没，没人能给。"

简茸不是太矫情的人，或许是时间过得久了，他说这些事情时语气很平淡，没有任何委屈或难过的情绪。

"爸妈留了点钱，然后……我边直播边打比赛，那时候的网吧比赛没年龄限制，比赛奖励也一般，很少有现金，基本是套餐饭或者方便面，而且我当时还很菜，最高只拿过亚军。"

路柏沅没有再往前问。他回忆了一下简茸小时候的模样，只记得瘦、矮，因为被网吧老板拒绝，所以脸色很臭。

他当小黄牛跟人讨价还价的时候，看着还有些欠揍。

简茸走出一段路，忍不住问："你怎么不说话？"

"没有。"路柏沅道，"我在想事情。"

简茸:"想什么?"

路柏沉:"那时候在网吧门口,我怎么没多给你买点吃的。"

其实路柏沉想得比这更多,但他没说。

简茸本来没觉得有什么,但路柏沉这么一提,一股突如其来的情绪冲上脑门。他飞快地眨了几下眼,挥散这种情绪:"你还好没买,不然可能跟入场券一块儿被我打包卖了。"

路柏沉很轻地笑了。

雨越下越大,出租车和网约车全部叫不到,两人只能坐在便利店外的屋檐下等。

对面小型商城的大荧幕放起了某知名运动品牌的广告,广告上的男人此刻就坐在简茸身边,低头发消息让丁哥派辆车来接人。

丁哥是亲自来的。一辆漆黑锃亮的宾利慕尚停靠在街边,引得周围行人不断注目。

车窗落下,戴着墨镜的丁哥朝他们扬扬下巴。

没等人问,车门刚打开,丁哥自个儿就先滔滔不绝:"富哥买了新车,把这车放基地给咱们用了,厉害吧?"

简茸不带任何情绪地说:"厉害。"

丁哥说:"小兔崽子不识货。"

回到基地,简茸回房洗了个澡,刷牙时随手刷了一下贴吧,想找个喷子聊两句。

喷子还没找着,战队的微信群聊就响了。

P宝的小辅助:P宝的小辅助喊你一起点外卖,烧烤,谁要吃的快来点啦!

丁哥:?

丁哥:你是猪吗?下午不是才带你们吃了五千多的日料?

P宝的小辅助：今天比赛结束那么早，距离我上一顿进食已经过了六个小时，我饿不是很正常吗？

丁哥：……

袁谦：我点好了，给我要个特辣。

P宝的小辅助：好嘞，你放心，这家的辣椒特带劲，@艹耳 @R 你们吃吗？

艹耳：不。

R：我吃不了，你们点。

简茸刷牙的动作一顿，下意识问。

艹耳：你为什么吃不了？

十几秒之后。

R：我吃面的时候太急，嘴唇破了。

第二十一章
Soft 直播事故

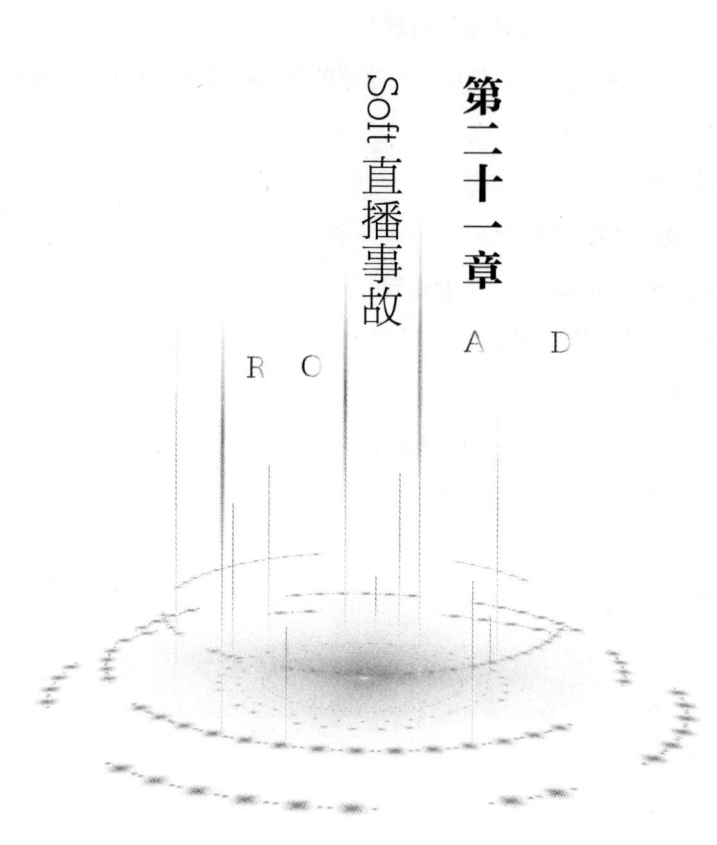

翌日，H服正式更新游戏版本。中单英雄里，卡特琳娜和皎月都被加强了。乐芙兰被削了一点儿，不过不影响她前中期的恐怖输出。

扎克加强得很厉害，但这打野英雄路柏沅好像不太喜欢玩。

路柏沅喜欢玩的都在禁用名单里。

路柏沅的英雄被禁掉时，他都会抿一下唇，这是简茸以前看比赛的时候发现的小细节。

简茸狼吞虎咽吃完面前的早餐，揉着眼打开了直播。

简茸的粉丝关注数在这段时间蹿到了平台前五，每次开播都会拥进许多人，但今天明显比以往要热闹得多。

昨晚那场TTC碾压式获胜的常规赛已经没了讨论度，但负责赛后采访的主持人微博之下仍是战场。

已经有很多外网言论被翻译搬运过来，没一句好话。直到现在，Road呛主持人和Soft什么时候打H服，这两个话题都还挂在热搜的尾巴。

贴吧甚至有人记录，比赛结束后的一小时，简茸直播间在没开播的情况下涨粉十二万，直播间在线人数更是直接冲进了人气排行榜，水友和看热闹的路人在直播间里千盼万盼，盼来了一只鸽子。

现在鸽子回来了，水友的情绪非常激动。

"我求婚被拒都没你昨天放我鸽子难过。"

"昨晚小白和Qian都开播了，说明TTC没有训练赛，我查了你七个号的战绩，你国服H服都没打，解释吧，昨晚干什么去了？"

"你告诉我，现在有什么事情比你冲H服第一更加重要！"

"昨天 H 服好几个主播都在狙你，等了一晚上才知道你鸽了，还用翻译器翻译你微博文字的意思，我真的笑死。"

"你不在三天之内上 H 服第一，真的很难收场。"

"真逗，他口嗨而已，你们以为真能上去啊？现在 H 服第一是 Master，除非其弃号不打，不然谁上得去？"

"说什么屁话，你是 HT 战队的狗？"

"那人说的实话啊，说 Master 是世界第一中单没人反驳吧？"

"服务器排位不代表选手实力，OK？冷知识，Road 的国服号三个月前是钻五。"

简茸扫了眼弹幕，咬着牛奶的吸管打开网页。

"杀手喝什么牛奶？快点上 H 服屠杀！"

"你开百度干吗？"

"'嘴唇破了擦什么'……你的嘴唇哪儿破了？"

"嘴唇破了还要百度，有病？"

"你跟我遇到的那些破个皮就来挂急诊的病人有什么区别？现在正好休息，你把嘴凑到视频前让我看看。"

简茸打开手机，把网上说的能用的药膏一口气全买了，一样两管。

下完单，他才打开游戏加速器，说："有事所以鸽了。"

"什么事……大事，私事，不说。"

"比上 H 服第一重要。"

弹幕多得吓人，房管都封不过来。简茸看了眼时间："今天怎么这么多人？平台给我灌瀑布了？"

"大家都是从热搜上过来的。"

"大家伙都等着看你虐杀 H 服的狗，你上来给我百度嘴唇破了怎么办……以前你摔得狗吃屎，手臂淌血，纸巾一擦继续坐着播，怎么去了趟 TTC 成王子了？"

"Soft 就说了一句上 H 服第一就上热搜了？实火，我很欣慰。"

"热搜？什么热搜？"

在水友的指挥下，简茸打开微博看了一眼，说："可能是我们教练买的。"

这时简茸的手机响了一声，一直在直播间视奸的丁哥发了条消息来：我没买热搜，别造我的谣。

简茸放下手机，说："别刷屏了，现在开始打。不就鸽了一晚上吗，今天我播一天补回来。"

简茸刚上号，Savior 就给他发了一个组队邀请。

简茸拒绝，还没来得及打字说话，邀请又来了。

他再拒绝，邀请再来。

连续五次后，简茸进了房间，说："撞位置了。"

"我想和你说话。"Savior 表示，"我可以辅助或上单。"

刚查完他战绩的简茸："你上单多菜自己心里没点数吗？"

Savior："……"

弹幕笑炸了，丁哥的消息火速奔来：人家刚经历完网络暴力，还连跪十三场，你说话就不能温柔一点儿吗？

简茸看了眼弹幕里在骂他的 Savior 粉和天天来他直播间打卡报到的黑粉，心想现在是谁在经历网络暴力啊。

简茸"啧"了一声，说："算了，开吧。不过你做好继续连跪的准备。"

他俩现在都在 H 服演员狙击名单里，想想都知道今天上分之路有多艰难。

Savior 虽然掉到大师分段了，但他和简茸一样隐藏分高，两人排了半天都排不进去。

Savior 没头没脑地来一句："你很勇敢。"

简茸说："谢谢夸奖。"

Savior 咬字艰难，说："H 国喷子比中国还厉害，你别伤心。"

"放屁。"简茸打断他，"就他们？你让他们来找我，我让他们先喷十句。"

Savior："……"

"不是吧，阿 Sir，这也要比？"

"你还很自豪是吗？"

终于排进游戏，简茸还没来得及看自己是什么位置，就听见"噔"的一声，队友 ban 了个提莫。

Savior 道："这局我退吧。"

简茸皱眉："为什么退？"

Savior 道："我们这边的 AD 是演员，之前演过我两次了。"

这局简茸是中单，Savior 排到了辅助位。

"一个演员就退，多少分够你扣？"简茸选出男刀，"你玩个输出辅助。"

Savior 愣了一下："啊？"

"当中单玩。"简茸顿了一下，说，"抢他兵，抢他头，卖他——会吧？"

"这是要 Savior 跟这演员互演？这都可以？"

"老套路了，恶人自有恶人磨，国服被 Soft 气死的演员一卡车都装不完。"

"这种脏套路……请务必多教'亿'点给我们家小 Savior！他真的好可怜啊，被演一星期了！"

对面的玩家明显认出了简茸，开局不到十分钟，简茸中路就被对面打野"照顾"了两次。

但一次没抓死，简茸残血回家，出来依旧把敌方压在塔下打。

敌方打野似乎觉得自己有被冒犯到，于是七级赶忙又来了一波，然后正好看到自家中单被简茸单杀，简茸甚至还逗留了那么零点几秒在塔下给他秀了个图标，然后翻墙走人。

"秀得我头晕，我可以期待一下男刀上赛场吗？"

"答应我，今年全明星 SOLO 赛你一定要上。"

"怎么回事，别人来 H 服都是冲着玩家水平高过来训练的，Soft 怎么到了 H 服越打越猛了？"

"别乱说话,我的教练在直播间偷看……比赛当然不可能拿男刀,这英雄不符合当前版本的核心价值观。"简茸说完,打开战绩表看了一眼,质问,"你怎么让这 AD 补了这么多刀?"

Savior"啊"了一声,说:"可是他现在还没演我,等他开始演,我再抢兵……"

"你怎么不等他八十岁再抢?他就算这局不演你,前几次的账呢?"简茸回家出装备,"等你回到高分段可能就排不到这傻瓜了,趁现在,有冤报冤,有仇报仇。"

Savior 迟疑了一下,说:"有冤报冤是什么意思?"

简茸说:"就是他干你一次,你就必须要干回去一次,忍一回就遗憾一辈子,懂了?"

"你在传授人生经验?"

"我查了一下,这 AD 还差两分上宗师,怪不得这局不演了。"

"你怎么还教坏其他战队的人呢,哈哈哈哈。"

"你说这么长一串,Savior 听得懂?"

Savior 懂了。

他在基地里沉思了一分钟,出门后开始抢兵,抢人头,抢经济,任 AD 打任何信号都没用。

简茸在野区阴死对面打野之后,切换视角看向下路,正好看到 Savior 卖队友的一幕。

可能因为没怎么做过这种缺德事儿,Savior 满血逃跑的步伐非常生疏。

最后,敌方劣势决定开大龙。

那个 AD 演员游走在龙坑之上,往里放了个眼想看看形势,眼插下去的那一瞬间,"砰"的一声,他人也下去了——在他旁边乱晃的简茸点爆了他脚下的爆裂果实。

演员 AD 掉入龙坑,被敌方五人围殴致死。

在 AD 无数个问号信号中，Savior 操控的大眼仔用大招打掉对面打野的血量，对面打野不得不先丢出惩戒回血。五秒后，简茸翻墙而下抢走大龙，再依着原先的墙体闪现逃走。

一中一辅潇洒离开，只剩下 AD 的"尸体"和满屏的信号。

游戏结束的前一分钟，简茸说："打字。"

Saivor："我说什么？"

"骂人不会？"

"哦，会。"

Savior：Ni shi sha que！

简茸陷入"我怎么能看懂这鸟语"的沉思中。

两秒后，简茸在满屏"哈哈哈"的弹幕中质问："你骂 H 国人用拼音？"

"啊。"Savior 也傻了一下，"我忘了。"

网友们："……"

路柏沅是被 XIU 的语音电话吵醒的。

他眼也没睁，接起道："说。"

XIU 情绪激动："都十二点了，大哥，还不醒吗？"

路柏沅安静一秒，说："你退役来我们基地当管理员了？"

XIU 说："Savior 已经和你家中单双排两小时了。"

路柏沅："然后？"

"我叫不走他。他刚学会在别人尸体上跳舞，下一步我看是打算学习在泉水里挂机骂人。"XIU 深吸一口气，声音虚弱，"求你，在 Savior 还没被封号之前，你赶紧起床把你家中单带走。"

路柏沅："……"

这场让人满脑"这也行"的直播，以 Road 披着队服外套进训练室拎走 Soft 作为结尾。

当天下午，"Soft 什么时候打 H 服"的话题被"Soft 直播被 Road 逮捕"替代，下面紧跟着的话题是"Savior 融入中国电竞"。

不明路人都抱着"你们电竞圈事真多，什么破事都能上热搜"的心态点进来，看完视频后，又都在评论区求这位蓝发老师的直播平台。

丁哥在这行干了六年，从没遇到过这么离谱的事。

夜宵时间，丁哥叉着腰站在阳台上，拿着电话跟 PUD 的经理疯狂对线，嗓门大得连隔壁二队都能听见——

"什么叫我们中单带坏你们中单？是，是 Soft 先动的口，但 Savior 是三岁小孩吗？人家有自己的想法，他自己愿意这么做，懂吗？"

"我强词夺理？我看是你强行丢锅！这么大个战队还不会保护自己的队员，你看 Savior 在 H 服和推锅吧都被骂成什么样了，你这经理干吗了？要不是 Soft 帮他出这口气，我都怀疑 Savior 都要原地抑郁！"

"这么算来，你还得感谢我呢，给 Soft 的学费什么时候打来？"

"哦，对，还有热搜费结一下——你们新中单加入 LPL 还没上过热搜吧？"

"我没管好我们中单？Soft 都俩礼拜没公开骂人了，你知道这多不容易吗？结果你们中单上来直接五连邀请，强行把负能量带到我们基地来！我告诉你，后面的比赛如果 Soft 发挥失常，就全怪你们中单！"

其他人坐在沙发上，小白想笑不敢笑，拿 Pine 的外套捂在自己脸上憋得肩膀直抖。

Pine 说："你敢把鼻涕蹭上去试试。"

袁谦也不行了，捂嘴小声道："不会骂着骂着约起架来吧？"

"不会吧。"小白说，"简茸跟人吵了这么多次，也没见跟谁在现实约过架啊。"

简茸一口咬碎薯片，说："别说到我身上。"

路柏沅的手机振得嗡嗡响，XIU 的消息就没断过。

XIU：Savior 刚被我们教练训了一顿，这是他入队以来第一次挨训。

XIU：不过他一点儿不难过，心情比入队那天还好，刚才还在哼歌。

XIU：那歌还挺出名的，我忘了名字，《我的女孩》看过没？就里面的主题曲，里面那段 rap 我会唱。

路柏沅怕他聊着聊着发段语音过来，赶紧打住。

R：你跟我说你们中单的事干什么？

XIU：我就觉得你们中单挺厉害的。Savior 前几天那阵势，我都想让教练找心理咨询师来了。

XIU：Soft 是不是也得挨骂啊？他没受什么影响吧？

路柏沅看了眼身边的人。

简茸正跷着腿在吃薯片，打斗地主。

简茸是地主，其他两个农民正疯狂互倒卡布奇诺，把简茸气得直接一个王炸丢下去，最后被两个农民合伙把牌摁死，今日能领取的免费欢乐豆一局消失。

"我去……"简茸低低骂了一句，然后感觉到什么似的转头看过去。

一秒后，他那为了两千多欢乐豆皱得紧紧的眉头骤然松开。

其他人还在偷听丁哥讲电话。

简茸下意识垂下眼皮，盯着路柏沅的嘴唇看了一眼，伤口虽然不明显，但还在。

简茸有点后悔那天带路柏沅去吃面了，小声问："还疼吗？"

路柏沅想了一下才反应过来他在说什么。

其实不疼，要不是丁哥说，他自己都没发现。

路柏沅跟他对视两秒，说："有点。"

简茸把手伸进口袋掏啊掏，掏出三支药膏。

他把药膏塞到路柏沅手里："那你涂点。"

路柏沅好笑地看着三种不同的包装："涂哪种？"

"都有效。"简茸想了想，建议，"不然你一天涂一种？"

那恐怕还没来得及全试一遍，伤口就痊愈了。

路柏沉笑了一下，道："行。"

联盟对 Savior 当演员的处罚很快下来了，罚一千美元，不禁赛。

简茸知道这事的时候刚打完一场训练赛。

"还好只是罚款。"丁哥松了一口气。

简茸拆外设打算回去排位，忽然觉得哪儿不对，拿出手机算了一下汇率后发出疑问："为什么只罚他一千美金，到了我这儿都是一万人民币起步？"

"因为他是在 H 服被举报的，所以按照 H 国那边的规矩来……你还好意思问！"丁哥怒道，"你说你好好的非搞什么现场教学，还不教点好的！这次幸好只是罚款，万一给 Savior 吃个禁赛，那这事传出去就是 TTC 的阴谋！我有十张嘴都说不清！"

简茸嚼了两下口香糖，说："那我怎么知道他演技这么菜？"

丁哥："？"

"我让他卖队友，是团战打到一半假装掉线，或故意空技能……他自己满血回头就跑，我有什么办法。"

丁哥身心疲惫："你闭嘴吧。这次虽然不罚你，但上面还是口头批评了两句的，今天你就先别直播了，省得 Savior 的粉丝来找你算账，到时候又吵起来。"

联盟的处罚公告在当晚八点就发到了 LOL 官网和微博上。

公告内容跟以往格式相同，像是替换了选手的名字。知道事情来龙去脉的黑子蓄势待发，已经做好掌控评论风向、挑起 TTC 和 PUD 的战争的准备。

可当他们打开评论区——

"我是 PUD 粉，这钱咱们赔得很开心，我的宝贝 Savior 真的好可爱，祝你永远快乐。"

"我已经重播那天的直播回放一百次了，以前骂过 Soft 的话我不道歉，但这次我心甘情愿说一声谢谢。"

"不是吧不是吧，这年头职业选手公开教人当演员都没人喷了？这是素质问题好吗？！"

"对演员狗不需要讲素质，一万杀一个演员我愿意。"

"Savior 宝宝明天就恢复直播了，我还能看到他和 Soft 一起双排吗？"

"等会儿，怎么回事？只罚 Savior 不罚 Soft？官方看不起人是吗？我告诉你，明天 Soft 处罚通告必须安排上！"

"Soft 最近赚钱多，官方处罚别手软啊。"

"别说了别说了，他已经两天没开播了，微博也没动静，我合理怀疑他已被 TTC 教练暗杀。"

"Savior 好乖啊，希望 PUD 教练能把他看好，别让他再接近 Soft 了，Soft 不是什么好人。"

"确实。没看过傻瓜直播之前，我是召唤师峡谷第一软妹，现在我一人能灭九家门。"

LPL 这两年缺中单，所以当这两位新生代中单在 LPL 扎根以来，水友粉丝就撕得厉害。

今天粉丝们却和和美美，喜气洋洋，甚至还想隔空握个手。

黑子在里面艰难挑拨，一点儿浪没掀起来。

Savior 转发了这条微博，道歉的格式非常官方，一看就是有人代写。

当粉丝以为这事就这么过去了的时候，深夜一点，Savior 在这条道歉微博下又发了一条评论——

PUD-Savior：我还有件事想和你们说哦，Soft 是我遇见过个人能力非常强的中单，打比赛的时候就觉得了，操作很棒！我很想再和他一起玩游戏，他是我除了队员和工作团队以外，最喜欢的中国朋友，请粉丝们不要攻击他，不然我会特别伤心。复播之后，我也会争取找他打游戏哦！谢谢大家！

小白中场休息的时候刷到了这条评论，并在训练室大声朗诵。

路柏沆正靠在椅子上看 PUD 上一场常规赛的比赛录像。

他听完这段评论，没什么表情地抬手按了一下快进键。

Pine 挑眉："他在干吗？"

袁谦揉揉发疼的手腕，低头边翻女朋友的留言边傻笑，说："我老婆给我发了这条评论，让我跟 Savior 多学学彩虹屁……"

"下面评论都是啥'为美好友情流泪''LPL 中单双 C 顶峰相见''TTC、PUD 梦幻联动'……啧，他们是没看见丁哥前几天跟 PUD 经理对线时的阵势，还联动呢，这是世仇。"小白嘀咕半天，转头道，"简茸，你怎么没反应啊？"

简茸根本没仔细听，他正在练补兵，头都不回地问："什么？"

小白道："PUD 中单的激情小作文。"

简茸拿起手机看了眼评论。

这段评论跟机翻似的，一看就是 Savior 本人写的。评论下面还很多人在 @ 他，也不知道在兴奋个什么劲儿。

两分钟后，简茸把手机锁屏反扣到桌面上。

小白一愣："你不回应一下？"

"回了。"

小白好奇地刷新了一下自己的微博主页，"噔"的一声，简茸刚转发的微博出现在他首页顶端。

TTC·Soft：转发微博 //PUD-Savior：我 还有件事想和你们说哦，Soft 是我遇见……

无情，冷漠，他连一个表情都没有发。

小白在心里心疼 Savior 两秒，顺手往下一滑，发现他们中单在这几分钟里居然还转了一条微博。

TTC·Soft：[打 call] [大拇指] 好看，支持。//TTC·Road：感谢风骅外设为我打造的 Road 专属键帽……

小白："……"

小白点进去确认了一下。

简茸转的是路柏沅的广告微博没错，还是一个月前发的。

他和这条微博下的网友们一样，更心疼Savior了。

今天简茸的训练赛里小兵漏得有点多，所以晚上一直在练。

终于练到他给自己设下的目标，他很长地松了一口气，然后装作很自然地回头，正好看到路柏沅拿着手机从机位上起来。

路柏沅一只手插兜，察觉到他的视线，问："怎么了？"

简茸说："没……我想找你双排。"

路柏沅看了眼墙上的钟，然后道："有事，等会儿吧。"

路柏沅出去后，简茸往后一靠，没什么精神地瘫在椅子上。

接近季后赛，来约训练赛的队伍越来越多，都快把人打傻了。训练完就复盘，复盘完继续练……

简茸揉了揉脸，有点想吃葱油面了。

他挪动鼠标创建了一个房间，转头问："双排吗？"

小白反问："国服？H服？"

简茸道："你现在是在和未来H服第一说话。"

"不了。"小白尿得很干脆，"我还想快乐地活着。"

简茸没强求，单排双排无所谓，他只是想着上分的时候顺便练练配合。

他选了位置进入匹配队列，手机忽然振了一下。

R：来趟茶水间？

小白余光看见简茸一个人低着脑袋，面无表情地玩手机，突然觉得他们中单也有那么一点儿可怜——要不是年幼时经历了太多，谁想成为一个没人疼没人爱的小喷子呢？被水友骂，被演员演，现在还找不到人跟他一块儿打游戏……

小白的心被愧疚和同情包围，几秒后，他做好了反向上分的心理准备，咬牙道："算了，我陪你排吧——"

简茸倏地站起身来，转身就往外面走。

小白一愣："你干吗去？不是双排吗？我号都上了……"

"我有事，不带你了。"简茸说，"你自己打。"

小白："？"

已是深夜，基地客厅的灯都是关着的。

训练室灯火通明，仿佛感觉不到时间，走出房间陷入昏暗的那一刹，他才恍惚记得现在是几时几分。

茶水间里弥漫着咖啡香气，路柏沅靠在台上，一只手撑着桌沿，低着头在看手机。

路柏沅听见动静，抬头道："过来。"

简茸在电脑前打了一天的游戏，想也知道自己现在的形象有多差。他下意识抓了一下乱七八糟的头发，走到路柏沅面前："你找我有事？"

路柏沅看着他越抓越乱的头发，好笑道："我没事不能叫你？"

只是说上一句话，他补两小时兵的疲倦似乎就飞没了。

简茸舔了一下唇，说："可以。"

"我看你练了一晚上，叫你出来放松一会儿。"路柏沅放下手机说，"明天还有比赛，你打算练到几点？"

简茸说："再打几局排位就睡。"

路柏沅"嗯"了一声，垂下眼问："手指酸不酸？"

补刀是最枯燥无味的基本功训练，要不断点击鼠标去 A 小兵最后一下拿金币，一遍遍练出肌肉记忆，练的时间长了都会感到不舒服。

简茸用法师英雄去练前期补兵，只能平 A，伤害又比物理英雄低，所以练了两小时才满意。

简茸习惯性地想逞强。

路柏沅接着说："我也帮你按按？"

简茸把"没觉得酸"咽进肚子里，垂在一旁的右手下意识蜷了一下。

路柏沅的手有些凉，也可能是简茸自己补了太长时间的兵，导致手心温度高。

路柏沅牵起他的手指，慢慢地从上往下一路按到尾，收回手时指尖都会在指缝里轻轻刮一下。

"舒服吗？"路柏沅仍低着头。

简茸含糊地应道："嗯。"

路柏沅说："我乱按的。"

简茸："……"

……

为了自己的老腰着想，小白决定回房间休息。

他刚走出训练室，就见一楼茶水间的门半掩着，里面亮着灯。

于是他两只手撑在栏杆上，往楼下喊了一句："谁在茶水间啊——"

无人应答。

"有人吗？"小白继续喊，"嘀嘀嘀……"

门猛地被人拉开，力道不小，撞到墙上还发出一道沉闷的"咚"。

简茸沉默地从里面出来，抬起头，直直地看着小白。

小白："……"

不知道是不是客厅没开灯的缘故，他觉得简茸此时的眼神带了几分阴鸷，非常吓人。

小白无端地咽了下口水，说："你能不能顺便帮我拿一杯牛奶上来？"

简茸盯着他看了几秒，然后冷冷地吐出一句："你等着。"

小白："……"

TTC接下来要迎战的都不是什么强队，积分低到就算爆冷赢了也没法再进入季后赛，队伍整体气氛都比较颓废，这让TTC最后两场常规赛赢得非常轻松。

在 WZWZ 和战虎打完最后一场常规赛之后，这次的春季赛常规赛阶段正式结束。

PUD 以全胜战绩排在第一，TTC 以十四胜一负的战绩排第二。

季后赛是冒泡赛机制，队伍排名前二的战队默认进入半决赛，TTC 有充分的时间准备季后赛。

"下场比赛是十天后，还有点时间。后面的队伍还在争，半决赛要打哪个队伍还说不准，不过能进季后赛的没有弱队。"丁哥看完比赛，关掉直播，"这段时间你们加油练吧，别留遗憾。"

小白咬着冰棍，说："当然，我还惦记着富哥的车呢。"

丁哥点头，忽然想起什么："对了。明天老规矩，我已经安排好车了，你们今天早点睡。"

要出去打训练赛？

简茸这局排位遇到了两个演员，打得很辛苦，直到丁哥离开基地都没顾上问，再往后就直接把这事忘了。

所以翌日，简茸早上七点被电话吵醒的时候，还有点蒙。

他洗漱完换上队服，背着外设包下楼，然后站在楼梯上跟其他几位穿着休闲服、戴着帽子口罩的队友面面相觑了一会儿。

小白来回打量了他几遍："你干吗？"

简茸一脸茫然："去打训练赛啊。"

丁哥："什么训练赛？"

"不是安排好车……要出去打训练赛？"

大清早的谁都困，听见这句话笑醒了一半。

"我的错，我忘了跟你说……"路柏沉忍着笑说，"富哥定的规矩，打季后赛之前，都要挑一天去烧香。"

简茸："……"

在去寺庙的车上，小白还在笑。

简茸臭着脸说："你笑个屁。"

"不是……你不知道怎么也不问啊。"小白笑得精神了，"还背着键盘下来了。"

简茸说："我懒得问。"

谁能想到 LPL 第一豪门战队还搞封建迷信这一套。

门票丁哥一早就订好了，取票后，一行人进了寺庙。

昨晚简茸排位打到三点，中间睡了不到四小时，此时整张脸上都写着不好惹几个字。

寺庙烟雾环绕，简茸跟路柏沅并肩走在最末，两人都显得兴致缺乏。

尤其是简茸，他双手插兜，满脸困倦，闷头跟着队伍走。

寺庙中央就是一个大香炉，上面已经插满了香火。丁哥拆开刚买的香，一抓一大把分给每个人："来来来，都拜一拜。"

简茸看了眼他手上的香，拒绝道："你们拜吧。"

"哎呀，来都来了。"丁哥把香塞到他手里，"宁可信其有，不可信其无。拜一拜，随便许个愿，又不会吃亏。"

简茸皱眉："我不知道许什么。"

"这还不简单，"丁哥随口道，"你就许咱们优势把把水火龙，对手反向空大，对手 C 位梦游，对手临到赛前闹肚子只能上替补……"

一声怒喝打断了丁哥的话。

简茸和丁哥同时一怔，回过头去，跟几个熟悉的面孔打了个照面。

PUD 五位选手一脸尴尬地站在他们身后。

"我就知道你这人心术不正，这次被我逮到了吧！"PUD 的经理往左右看了看，从 XIU 手里拿过一把香，举起就道，"反弹！"

丁哥没想到自己难得一句口嗨，还能被当事人听见。

他清了清嗓子:"我就随便一说。"

"得了吧,我还不知道你?"PUD 经理上次电话 battle 没赢,这次抓到把柄肯定不会放过,"你诅咒我们空大梦游也就算了,还诅咒我们闹肚子,你这人极其歹毒,蛇蝎心肠!"

简茸低头刚想接过丁哥递过来的香,伸出手却抓了个空。

丁哥也把香攥手上反击:"是,我心肠歹毒,你又是什么好人?"

PUD 经理道:"我怎么了?你又要倒打一耙是吗?"

"那你说,你上这儿干啥来了?求雨?"丁哥一语道破,"我就不信你没诅咒我们输!"

刚在车上教 Savior 许愿"Soft 赛前因骂人被禁赛"的 PUD 经理老脸一红,说:"我当然没有!"

丁哥冷嗤:"敢做不敢说,你算什么中年男人。"

PUD 经理一推眼镜:"你先管好自己,成熟的中年男人是不会教小孩子诅咒别人的。"

简茸无语地听着,眼里的嫌弃非常明显。

这是什么对骂,把这俩人拎起来往他直播间一丢,两分钟不到就能被那群喷子剥层皮。

神奇的是,他憋了一路的起床气好像散了大半。

他刚想往后一步,跟这两人拉开距离,肩膀就被人拍了一下。

路柏沉的眼睛依旧绷成了单眼皮,垂着眼的时候显得有些冷漠。

他把自己的香分成两半,另一半放到简茸手里:"我们先拜,还要去几个大殿。"

大清早的,行人都忍不住往他们这边瞧。

两个中年男人,一个叉着腰一个双手抱臂,你来我往叨叨半天,两人身后各自站着几个年轻的男生,男生们都戴着棒球帽,满脸倦容,脚上都穿着价值不菲的球鞋。

TTC 其余几个成员都一副看热闹的姿态，甚至还想赌一赌谁能吵赢。PUD 这边听得懂的还在尴尬，听不懂的就一脸茫然。

"行了，别人都看着呢。"XIU 顿了一下，开玩笑道，"而且你没见他们中单在吗，你看 Soft 一副随时准备替他教练出头的样子……你骂得过？"

PUD 经理扫了眼 Soft。

Soft 正和 Road 站在一块儿，低着头，从 Road 手里接过香，转头跟着 Road 去炉前烧香了，看着也没有很想为自己教练出头。

PUD 经理冷哼一声，回头把香还回去："去拜，早点拜完回基地，你们还能再睡一会儿。"

简茸还是没想到要许什么愿，他连过生日吹蜡烛都不搞这一套。

他眼皮沉，学着路柏沅拜了拜，什么也没想，上去把香插好。

身边飘来 XIU 的一句："你就学着 Soft 那样拜就行。"

他回过头，看到 PUD 几个队员站到了他们身边，同样精神不济。

简茸隐约听见他们队伍的 H 国教练和 98k 竟然也是用中文沟通。

XIU 朝他们抬了抬下巴："你们怎么也这么早？"

路柏沅捻开手指沾上的灰，说："习惯。"

刚开始那两年都是富哥带他们来，商人似乎都信这些，说是来越早心越诚，今年还算晚的了。

袁谦插上香回来，问："你们是头一回来？"

"这两年都来。"XIU 打了个哈欠，"不过我们以前来得比较晚，所以才一直没和你们碰上吧。"

虽然两位战队经理见面时吵了半天，但上完这炷香后，两人还是臭着脸并肩走在一块儿，聊了一下那场直播事故的后续情况。

其他人跟在他们身后，没怎么交流，本身两队之间也没那么熟，平时也就只有路柏沅跟 XIU 会联系。

简茸身边靠过来一个人。

"Soft。"Savior 叫了他一声，"今天下午打 H 服吗？"

路柏沅眼尾瞥过来，懒懒地扫了他一眼，很快又转回去。

简茸说："打。"

Savior 眼睛一亮："那我等你？"

"你等我干什么？"简茸一脸疑惑，"我又不和你打。"

旁边的人："……"

好残忍。

Savior 倒没多难过，他拿出手机道："那你加我微信吧，想打了可以找我。"

这次简茸没有拒绝。

加上微信，Savior 顺口问："头像的猫咪好可爱，是你养的吗？"

这是简茸第一次听见别人说小橘可爱。

他咬糖的动作一顿，脸色明显好了很多："它是我儿子。"

丁哥和 PUD 的经理从里头走出来："这殿小，就俩位置，分批进吧，简茸你先去。"

PUD 经理顺手拽了下 Savior："你也去，学着 Soft 就行了。"

简茸还没回过神，帽子就被人摘了。

路柏沅抬手帮他把飞起来的两撮毛顺回去："去吧。"

两队人在寺庙拜了一圈，终于只剩最后一尊佛像。

大家都明显松了一口气，XIU 抬手伸了个懒腰："赶紧拜，拜完回去我还能再睡两小时。"

简茸顺着声朝他看去，动作一顿。

这段时间上海天气好，一行人几乎都穿着短袖，只有 XIU 穿了一件薄薄的长袖，手自然垂落的时候看不见什么，但一旦舒展开来，就会露出他手腕上几张叠在一块儿的止疼贴。

简茸看得有些出神，直到丁哥出声催他，他才默不作声地收回视线。

路柏沅随意拜了两下，起来时发现身边的人还跪着。

他偏头看去，挑了下眉。

一路过来一直都是敷衍地拜几下就起身离开的人，现在正闭着眼，双手合着，动作保持了几秒，然后才弯腰拜了拜。

回去的路途比来时热闹了许多，小白和袁谦在讨论自己鼻孔里全是烟灰的事，Pine 开着声音在打斗地主，车里还放着去年 LOL 的比赛主题曲。

简茸已经没睡意了，他靠在车垫上，转头看着窗外，像在想什么事。

手机振了一下，简茸心不在焉地低头——

R：刚才你许的什么愿？

简茸很快反应过来。

今天开的小型商务车，空间小，声音压得再低前面的人都听得见。

艹耳：说出来就不灵了。

R：可以告诉队长，佛祖能理解。

路柏沅等了一会儿没收到回复，低头打出一行字：你不想说就算了。

艹耳：我许了一个愿望。

艹耳：希望队长的手没事。

LPL 两大豪门战队组队去寺庙祈福了。

这个消息很快就传上了网，爆料路人拍摄的照片也全发到了微博上。

因为是偷拍，所以图片比较模糊，几乎没有正脸。

消息一出，水友粉丝们都有些茫然。

这俩战队粉丝都互捶多少年了，已经到了一家输比赛另一家要放鞭炮并在贴吧发红包庆祝的程度……这段时间怎么天天一块儿出现在电竞新闻上？

希望 LPL 所有战队团结友爱一致对外，还有对此事感到强烈好奇的水友们，立刻杀到了此刻开了直播的 Soft 直播间——

"是去烧香了。"小蓝毛嘴里嚼着口香糖，正垂眼看着小地图，语气一如既往欠揍，"什么……和 PUD？不是很熟。"

"你不是不信这些吗？大年初一都不烧香，前两年过年连播十五天，今天居然跑去寺庙了？"

"不熟，你还跟他们一块儿出门？怎么，人多门票打折是吗？"

"Savior天天在直播间cue你，你现在说和人家不熟，你的良心在哪里？"

"抱走Savior，处罚通告出来了，事情也结束了，两家解绑，麻烦你和你粉丝别再提Savior。"

"饭圈混多了吧？谁跟你们绑过？再说我儿子就算真要跟谁捆绑，也轮不到你家Savior，跟Road绑着不香吗？"

"又吵起来了，电竞粉和CP粉的爱恨真就在一瞬间呗。"

"Soft笑什么呢？"

视频里，一直没什么表情的人吹破泡泡，也不知道看到了哪一条弹幕，抿唇忍了一下，最后还是扬起嘴角笑了。

简茸最开始直播的时候很少笑，只有五杀的时候会动一下嘴角。老水友那时候都叫他臭脸王，还有人开玩笑说自己现实生活太顺风顺水了，才专程来他直播间找不痛快。

后来水友多了，赚了钱日子过得舒服一点儿了，简茸的笑才渐渐变多——不过都是特嘲讽的那种笑，还尝尝伴着一句轻飘飘的"就这"。

像现在这样春风满面的笑……

"第七次了，开播一小时，这傻瓜无缘无故傻笑了七次。"

"像中彩票了，还得是百万级别的。"

"不像，我合理怀疑他飞去H国把前几天骂他的那个喷子揍了一顿。"

"没那么复杂，应该就是脑子出了点儿问题。"

简茸确实一直在看手机，但不是在聊天。

弹幕一提到，他又忍不住低头解锁看了一眼。

上面是他和路柏沅的聊天记录。

"希望队长的手没事。"

当时他打得挺顺手的一行字，回基地清醒之后莫名怎么看怎么不顺眼——直到他直播迟到了两分钟再打开直播间，看见水友满屏幕在刷"希望人没事"。

简茸悟了。

这话没往鼻子前放十炷香熏熏脑子都写不出来。

"我们没约好，和PUD是在寺庙碰见的。"简茸岔开话题，"去这么早都能被拍到……怎么认出来的？"

"哦，那个发出来的博主说看到染着蓝头发的小矮个在烧香，一下就认出来了。"

简茸的劫两秒不到就把对面中单秒死，然后切出来把人封了。

到了季后赛，训练赛就排得越满。简茸回基地后直播了两小时，就跟队友一起钻进了比赛房，晚上十二点才出来。

他出来时，穿着黑色吊带裙、染了一头栗色长鬈发的女生跷着二郎腿坐在客厅沙发上，在夜晚十二点仍旧保持着头发丝儿都精致。

是袁谦的女朋友悠悠。

悠悠听见动静，从手机中抬头，朝他们妩媚一笑，所有目光都落在自己胖乎乎的男友身上："打完了？辛苦啦，我给你们带了夜宵来。"

简茸刚靠近沙发，就闻到了她身上好闻的香水味。

"我买了烧烤、炒面和红薯粉。"悠悠把其中一个黑色塑料袋推到简茸面前，"来，你的杂酱面。"

袁谦没乱说，悠悠确实是简茸直播间的粉丝，知道简茸直播的时候喜欢吃杂酱面，每次带夜宵的时候都会单独给简茸带一份。

简茸一开始还不自然，时间长了也就习惯了。

他接过杂酱面，说："谢谢。"

悠悠整个人倚在袁谦身上。袁谦胖，靠着非常有安全感，她的下巴抵在袁谦的肩膀上："我最近学了熬汤，明天熬了给你送来好不好？"

"好。"袁谦说，"我明天啥也不吃，就喝汤。"

小白问："有我们的份吗，嫂子？"

"有。"悠悠细瘦的胳膊在空中比画了一下，"我用这么大的锅给你们熬。"

小白立刻拍马屁："还是嫂子好，再多来几个嫂子，我一年能胖二十斤。"

袁谦道："别急，快了，没准 Pine 明天就给你领一个弟妹回来。"

小白摇头："没戏，就他这面瘫，我怀疑他到三十岁了都是单身老处男。"

悠悠问："你自己谈个女朋友就好了呀。"

Pine 抬了下眼。

小白的头摇得更厉害了："那不行，我要谈恋爱了，我的老婆粉们跑了怎么办？"

丁哥说："你没有老婆粉。"

小白诚实地改口："那喜欢我和 Pine 的粉丝怎么办？"

"简茸又太小，谈恋爱太早。"小白一圈扫视过去，最后停留在低头吃红薯粉的男人身上，"兜兜转转，还是得指望我哥。"

简茸："……"

路柏沅抬头说："你别指望我，我这儿没你嫂子。"

"别想了，我看队长打算退役后才找女朋友。"袁谦吃着女友的爱心夜宵，含糊不清道，"再说了，队长家庭条件这么好，他家里肯定要给他找个门当户对的。"

"对哦。"小白道，"他爸一看就是要求很高的人。"

袁谦道："说到这儿……我有个家里特有钱的同学，天天相亲，对象都是那些富家千金，结婚那会儿排场大得很。"

小白想起什么，道："哎，哥，我记得阿姨也给你介绍过女生吧？"

那次是在训练室，路柏沅回消息时不小心点开了语音，他妈那句"有空你跟小姑娘见一面"飘了出来，队里人全听见了。

路柏沅简洁道："我推了。"

"阿姨肯定还要给你介绍女朋友，"袁谦随口道，"叔叔这么讨厌你打电竞……估计不赞成你找圈子里的。"

"行了，别聊这些有的没的。"丁哥打断这个话题，道，"我这儿还有件正事儿要说。团队最近做了一批新的战队周边，打算等季后赛开始的时候开卖，我明天让人把样品带过来，你们记得抽个时间开直播，宣传一下。"

战队的新周边很快就送到了基地。

电竞战队的周边无外乎就那几样：键帽、鼠标垫、T恤之类的玩意儿。

简茸第一次看见印着自己ID的物件，鼠标垫上还有蓝头发的Q版人物，他脸上虽然没什么表情，但还是一个个拿起来看了一遍。

每种都有两份，另一份队员可以自己珍藏或者送朋友亲戚。

作为一个成熟的中年男人，丁哥回去躺了一晚已经缓过神了。

电话里，他跟往常一样对简茸说："你看到那件T恤没？这段时间你穿着那件衣服直播吧，多多宣传，卖得好你自己也能分得多点。"

简茸没明白他的意思，问："什么意思？"

丁哥解释："每卖出一个你的个人周边，你都能拿到分红……你签约的时候到底看没看过合同？"

分红……

简茸看着桌上那一堆小玩意儿，说："我知道了。"

中午，粉丝们进入Soft直播间，看到主播穿了一身深蓝，比以前直播时穿的衣服要正式得多，甚至戴着顶帽子。

"开直播戴帽子？还压这么低？怎么，你很拽吗？"

"为什么这件衣服上有你的ID？"

"你穿成这傻样到底想干吗？"

简茸趁回城的工夫扫了一眼弹幕，然后别过头，露出帽子右边的ID。

"我的周边。"简茸散漫地问,"看不出来?"

水友们纷纷打出一个问号。

"过几天战队官网开卖周边,还有周边衣服,"简茸忽然站起身来,抬脚一一介绍,"周边裤子,鞋带,袜子……"

一旁的小白被这朴实无华的推销方法震撼了,满脸惊诧地看了过来。

"谁要看你的臭袜子?"

"周边鞋带是什么鬼东西?骗钱?"

"这谁敢买啊,挂着你的ID上街等人揍?"

"你把你ID去掉,我会考虑购买哈。"

简茸不搭理他们的冷言冷语,继续推销:"还有这个键帽,把它安在你的键盘上,你就能跟我一样强,峡谷随便杀。"

"杀不过怎么办?"

"杀不过就投降,还能怎么办?"简茸挪了挪镜头,"还有这个鼠标垫,垫在鼠标下永不漏兵,买就是赚,不买血亏。"

"有增高鞋垫周边吗?我买爆。"

"你叫声爹,我买十个键帽。"

"别说了别说了,我对童装不感兴趣。"

"我记得这些周边选手都有分红吧,你推销得这么卖力,难道破产了?"

"签约费呢?前两年的存款呢?我给你刷的礼物钱呢?"

简茸补着兵:"我没破产,想多存点钱。"

"存钱干什么……"简茸开大秒死对面中单,随意应了一句,"存给人花呗。"

说话间,训练室的门被推开。

简茸下意识转头瞥了一眼,然后微微一怔。

只见路柏沉拎着早餐走进来,另一只手还拿着一顶周边帽子。

他手里的帽子跟简茸现在戴着的一样,深蓝色,右侧写着一行白色的

"Soft"。

简茸扭过头,没发现弹幕已经刷爆了——

"谁?你要拿我的钱去养谁?你再说一遍!"

"你还是个孩子啊!"

"你是不是欠揍?"

"停一停!今天我们大家欢聚在这里,是为了听我们从小骂到大的Soft宣传带货他的周边。我也发自内心地祝愿他,周边开卖以后,销量和我的排位积分一样无限归零,货囤到发烂、发臭!"

"我听说他之前和球球拍了一支广告。"

袁谦听见动静也转头看了一眼:"队长,醒了?丁哥发的消息你看了吗……"

丁哥一大早就在群里发了一条通知,让他们这几天多直播,多宣传。

他们这种战队周边分红收益很可观,没人跟钱过不去,一大早四个人全开了直播,就连Pine都换上了自己的周边上衣。

路柏沅说:"我看了。"

袁谦看着他手上的帽子,好心提醒道:"拿错了,队长,你手上的是Soft的周边帽子。"

简茸只戴了一边耳机,闻言飞快地舔了下唇。

"嗯。"路柏沅言简意赅,"我觉得好看就拿了。"

简茸:"……"

袁谦:"……"

游戏还在继续,简茸转回脑袋认真操作。路柏沅扫了眼他的游戏界面,然后径直回到自己的机位前,开机吃早餐。

"说到这儿,丁哥抽什么风啊?"小白吐槽,"凌晨五点半发的群消息,我昨晚忘了开静音,直接吓醒了……他不是说过要做个健康的中年男人,三十岁以后不再熬夜吗?"

袁谦耸耸肩说:"谁知道呢,可能昨晚他失眠吧。"

清完敌方的野区,简茸按 B 键回城,这才抬眼回应弹幕。

那些八卦的弹幕全被他忽略掉,只回答了关于周边的问题,水友很快就开始刷屏骂他"死财迷",话题就这么被带了过去。

小白见简茸弹幕这么多,觉得这宣传方式还蛮好用的,正准备学,却见自己的直播间观看人数忽然大跳水,几秒之内嗖嗖掉了四千多。

他大惊失色:"我还没露袜子你们怎么就跑了!哦,我哥开直播了?那没事了。"

路柏沅开直播的那一瞬间,其他《英雄联盟》直播间的观看人数都要跳一下水。别说他们,就是别的 LOL 主播也都已经习惯了。

路柏沅靠在椅子上吃油条,头发凌乱,姿势散漫。

他挂着游戏客户端,点开了电脑版的《欢乐斗地主》,有一搭没一搭地和弹幕上的网友聊天。

"嗯,经理安排的任务,宣传一下周边。"

"每次经理不在,路神的直播画风就特别随意。"

"啊啊啊,老公的周边我买爆!"

"不打游戏吗?"

"我搜了一下,Road 近期排位时间每天不超过三个小时,甚至有一整天都不玩一局的……就这种人配拿联盟第一年薪?真逗。"

"他不配你配?"

"路神的手应该不舒服吧,而且最近所有战队都在打训练赛好吗!队里也就 Soft 冲 H 服第一,所以排位时间长。"

"这么说来,Soft 单排冲分是真快啊,这才几天……马上就要上王者了。"

"周边呢?宣传啊!"

视频中的路柏沅穿的还是平时的衣服,身上也没什么乱七八糟的装饰物。

只见他伸手去探电脑桌上的某件物品。

粉丝都伸着脑袋在期待新周边的款式，直到路柏沅拿出一顶深蓝色棒球帽。

"啊，这……有点眼熟？"

"眼熟+1。"

"我退出去确认了一下，这不是 Soft 的周边吗？"

路柏沅抢了地主，在满屏幕的问号里把帽子放回桌上，评价："配色还行，穿什么衣服应该都挺搭。"

"哥说宣传周边，又没说宣传谁的。"

小白立刻拿起自己的帽子，回头说："哥，你看看我的帽子，比简茸的款式好看多了！"

简茸飞快地瞥了小白的帽子一眼，冷冷地说："好看个屁。"

一局斗地主结束，路柏沅看见弹幕在问他为什么还不开始打排位。

"等人，他这局还没打完。"路柏沅顿了一下，道，"我忘了问他愿不愿意跟我双排了。"

话音刚落，简茸游戏界面跳出一行消息。

（好友）Road：Dai wo ma jian shen？

简神……

简茸第一次被这么叫。

他脑补了一下路柏沅的声音，立马打住，飞快回复。

（好友）Softsndd：Dai。

两个直播间的水友满头问号——

你俩就在一个训练室里，发什么游戏私密聊天？张嘴吼一声不方便吗？其他人是会嫌你们吵还是怎么的？

简茸很快结束这局游戏，两人组队进入匹配队列。

游戏语音里，简茸听见路柏沅还在跟弹幕上的网友聊天："我帮他宣传周边，他会不会给我分红？不知道，我问问他。"

简茸说："分。"

路柏沉笑了一声："算了。卖得好了，你请我吃饭就行。"

简茸拨弄了一下耳机："请……吃什么都请。"

"葱油面吧。"路柏沉声音自然，"上次你带我去的那家还挺好吃的。"

他们很快排进了游戏。

简茸下意识瞄了一眼聊天界面，想看有没有排到眼熟的演员 ID——

XIUXIUXIU：Wo qu……

Savior：Wow，Road ，Soft！

他们撞上了同样在 H 服双排的 XIU 和 Savior。

在 H 服撞车职业选手是很正常的事，在晚上甚至会有十位职业选手或战队青训生排进同一局游戏的情况。

简茸和路柏沉拿的是中单和打野位。

四人相互打了个招呼，然后各自选好英雄，两分钟后，游戏进入读条界面。

简茸正想去倒杯水，路柏沉忽然说了一句："对面下路也是职业选手。"

简茸一愣："是谁？"

"辅助是鱿鱼战队的豆腐。"路柏沉顿了一下，"德莱文是 HT 战队的 AD，Rish。"

听见"HT"，简茸放下杯子坐了回去。

身为 H 国赛区的最强战队，HT 全员游戏分段都高，简茸重新打 H 服至今，还是第一次碰上这个战队的人。

XIU 原本是想放松一局，才让 Savior 跟他一起走下路的，没想到一来就遇到了去年的冠军 AD。

进入游戏后，他立刻打字。

XIUXIUXIU：多抓下，打不过，这家伙还拿的德莱文。

路柏沆这局玩的是梦魇，这英雄要等有大招之后才好抓人。

Road：六级后抓，自己小心，打不过就在塔下等我。

XIUXIUXIU：OK。

XIU原本想的是猥琐补刀，没想到对面打野不当人，三级就往下路走。

简茸正把对面中单压在塔下打，就听见一阵语音播报，他们下路被对面双杀了。

弹幕立刻有一堆人骂PUD菜。

"对面下路德莱文加泰坦，本身组合就凶，再加上对面打野放弃资源三级抓下，他们被抓死很正常。"简茸道，"房管注意一下，带节奏的直接封踢了。"

话音刚落，全屏聊天忽然蹦出一句话。

是HT战队的AD Rish发的，一句外语，简茸看不懂。

他刚要无视这条消息，对方紧跟着又发了几句，然后Savior也回复了。

直到弹幕有看得懂的水友开始激情辱骂HT战队，简茸才察觉不对："他说什么了？这几句话是什么意思？"

水友们还没来得及翻译，路柏沆淡淡开口。

"他问Savior还看不看得懂自己的母语……说他来LPL赛区之后变菜了，问他LPL的钱是不是很好赚。"

直播间的弹幕瞬间炸了。

简茸也冷下表情，说："这人是有病？"

路柏沆"嗯"了一声："看着像。"

后面的对话，弹幕都在给简茸翻译——

Rish：听说你去了LPL，还要去求我们赛区的小队伍打训练赛啊，好可怜啊，Savior。

Savior：队伍是想变强才这样做的，哥。

Rish：LPL里是不是也是用H国语交流？毕竟都是H国人啊。

Savior：外援机制是所有联盟中都允许的，哥。

简茸皱眉道:"都被嘲讽成这样了,还一直叫他'哥'?"

路柏沅解释:"习惯吧,H国那边注重辈分。"

"唉,其实Savior不互动就好了。"

"豆腐就这么在队里看Rish嘲讽LPL赛区?这还不开演?"

"你以为谁都跟Soft一样?我去看了一眼豆腐的直播,他其实也在骂Rish。"

"啊,这人又说话了,翻译快来!"

Rish:你那边的中单是Soft吗?那个说要上H服第一的自大狂?

Rish:好垃圾啊,听说还在排位中故意玩弄队友吧?Savior啊,你去LPL就是交这些朋友的吗?

Savior:他是很好的朋友,别说了,哥。

"我早就听说HT战队那群人私底下经常嘲讽LPL,现在一看果然是!"

"能举报他吗?"

"他没说什么脏话,就是嘲讽,感觉举报不了,我要吐了。"

"都被嘲讽成这样了,Soft怎么连个屁都不放?"

"他可能在专心打游戏,没看弹幕上的翻译吧。"

只见简茸操控乐芙兰位移扔出锁链,行云流水地用二段技能杀掉对方中单,转身走回自己塔下回城。

然后他一脸平静地缩小了LOL游戏界面,打开网站,在百度搜索"翻译器",目标语言改成H国语,打字——

"打个排位屁话怎么这么多?LPL就是有钱买外援,两个赛区你情我愿的事,轮得到你在这儿喷?再说,这事跟你有关系吗?LPL买谁都买不到你这个菜鸟头上,你首发位站稳了吗,就在这儿当阴阳人?"

翻译成外文后,简茸返回游戏,Ctrl+V打在对话框上,刚要发送,游戏界面忽然一暗,是梦魇的大招特效。

紧跟着,一道播报响起——

路柏沅开大招飞下路，直接把刚独自上线的 Rish 单杀了，还用 H 国语在全屏说了一句话。

弹幕里立刻有人翻译——

Road：闭嘴，废物。

图书在版编目（CIP）数据

我行让我上：2 / 酱子贝著. —— 北京：北京燕山出版社, 2021.9
　ISBN 978-7-5402-6214-3

　Ⅰ. ①我… Ⅱ. ①酱… Ⅲ. ①长篇小说 – 中国 – 当代
Ⅳ. ① I247.5

中国版本图书馆 CIP 数据核字 (2021) 第 203012 号

我行让我上 2

作　　者：酱子贝
责任编辑：王月佳
装帧设计：白砚川　等　等
封面绘制：Kaede
出版发行：北京燕山出版社有限公司
社　　址：北京市丰台区东铁匠营苇子坑 138 号 C 座
电　　话：010-65240430（总编室）
印　　刷：长沙鸿发印务实业有限公司
开　　本：710mm × 1000mm　1/16
字　　数：274 千字
印　　张：20
版　　次：2021 年 11 月第 1 版
印　　次：2021 年 11 月第 1 次印刷
定　　价：54.80 元

版权所有　盗版必究